Thomas Engel

Ormog – der letzte Weiße Magier

THOMAS ENGEL

ORMOG –
DER LETZTE WEISSE MAGIER

Fantasyroman

Viel Spaß beim Lesen!
Thomas

Fabulus Verlag

Bibliografische Information der Deutschen Nationalbibliothek:
Die Deutsche Nationalbibliothek verzeichnet diese Publikation in der Deutschen Nationalbibliografie; detaillierte bibliografische Daten sind im Internet über http://dnb.dnb.de abrufbar.

Umschlaggestaltung: r2 | röger & röttenbacher,
büro für gestaltung, leonberg
Satz und Herstellung: Dörlemann Satz, Lemförde
Druck und Bindearbeiten: CPI books GmbH, Leck
Printed in Germany
ISBN 978-3-944788-30-2

Besuchen Sie uns im Internet: www.fabulus-verlag.de

Die Publikation dieses Werks erfolgt auf Vermittlung von
Marion Voigt · Lektorat | Text | Agentur · Zirndorf.

INHALT

PROLOG

Diese Geschichte spielt nicht auf der Erde. Sie spielt auf dem wunderbaren, im wahrsten Sinne des Wortes magischen Planeten Magnus. Er ist der Erde in Größe, Masse, Atmosphäre und Oberflächenbedingungen ähnlich, bevölkert von Menschen, aber auch von zahlreichen anderen vernunftbegabten Wesen.

Der Name des Planeten entspricht einem alten einheimischen Wort. Es steht für großartig, schön oder wichtig. Den Teilnehmern der ersten Expedition von der Erde erschien das lateinische »magnus« dafür als geeignete Übersetzung.

Zugleich weist »magnus« auf die wohl herausragendste Eigenschaft dieser Welt hin: Das Leben ist nicht nur geprägt von der vielfältigen Fauna und Flora sowie von den verschiedensten Lebensweisen und Ideologien der Bewohner. Es zeichnet sich vor allem aus durch die Allgegenwart der Magie.

Die meisten Bewohner sind in der Lage, diese Kräfte zu nutzen – einige haben nur geringe Begabung, andere wiederum verfügen über außerordentliche Fähigkeiten. So ist die Zauberei ein selbstverständlicher Teil des bunten und facettenreichen Lebens auf Magnus.

Die Geschichte, um die es geht, handelt von einer Zeit, lange bevor die Menschen der Erde diesen Planeten entdeckten. Sie hat sich ereignet in einem Land namens Kamal.

In jener Epoche beherrscht das Reich von Kamal den gesamten Kontinent Esatt. Zu seinen Provinzen zählen auch Küstengebiete auf dem riesigen Nachbarkontinent Ahemusa, der größten zusammenhängenden Landmasse auf dem Planeten. Außerdem besitzt Kamal mehrere Kolonien. Doch das Reich ist stark geschwächt und zeigt Anzeichen des fortschreitenden Zerfalls.

Während der Wirren von Putschversuchen, Korruption und unter außenpolitischem Druck erschüttert ein grausamer Bürgerkrieg das Land. Zwei Fraktionen des staatlichen Magierordens ringen miteinander um die Vorherrschaft. Die Gorgul, Mitglieder einer zu allem entschlossenen Sekte, spalten sich von dem Weißen Orden ab, der jahrhundertelang an der Führung des Landes beteiligt war. Sie verfolgen mit einer Mischung aus politischem Geschick, Bestechung und Gewalt ihr Ziel, den Weißen Orden zu vernichten und die Macht in Kamal an sich zu reißen.

Doch hinter all dem steht eine noch viel größere Bedrohung, die aus dem Verborgenen heraus die Fäden zieht und finstere Pläne für die Zukunft schmiedet!

Der Überlieferung nach bewahrte ein Mann die Erinnerung an die tatsächlichen Ereignisse, bis die Zeit reif dafür war, sie weiterzugeben. Tapferkeit und Vertrauen, Mitleid und Liebe sind die Schlüssel zu seiner Geschichte. Er hat nun das Wort.

ERWACHEN

Ormog: Gegenwart

»Noch etwas Wein, Herr?«, fragte Ichtyon beflissen.

»Sei bedankt«, erwiderte Ormog, während sein Leibdiener ihm von dem köstlichen Lhemar-Wein einschenkte. Schon länger spielte er mit dem Gedanken, Ichtyon die Freiheit zu schenken, wenn er selbst wieder vollständig genesen war. Aber würde es je so weit kommen? Während er den Ausblick von der Terrasse seines hochgelegenen Anwesens über die weiten Felder, die satten Wiesen und die bunten Siedlungen des Plemarintals genoss, nagten Zweifel an ihm.

Noch immer konnte er sich nicht an die vergangenen Ereignisse erinnern. Sein früheres Leben lag unter einem grauen Nebelschleier des Vergessens. Wenn er doch nur wüsste, was für ein Mensch er gewesen war. Ein Krieger, ein Adeliger, ein General? Ein Berater des Herrschers? Hatte er eine schlimme Tat begangen und war deshalb hierher verbannt worden? Nur zu gerne hätte Ormog Antworten auf all seine Fragen gefunden. Aber seine Erinnerungen setzten erst bei dem Moment ein, als er die Augen aufschlug und sich vom Krankenlager aus im Ruhegemach der Villa umschaute, in der er nun lebte. Das war über acht Sonnwenden her.

Oft ließ Ormog sich zur Meditation nieder, um in tiefsten Regionen seines Unterbewusstseins nach Hinweisen zu suchen. Manchmal schien es, als könnte er seine Vergangenheit greifen und an das lichte Ufer des Bewusstseins ziehen, doch dann entglitt sie ihm wieder und hinterließ eine gähnende Leere in seiner Seele.

Mehr als einmal hatte er seine Diener gefragt, weshalb er sich in solch beklagenswertem Zustand befand. Doch niemand konnte oder wollte ihm darüber Auskunft geben.

Mit der Dämmerung wurde es Ormog zu kühl und so erhob er sich seufzend aus dem Sessel, um sein Schlafgemach aufzusuchen. Als er aus dem Augenwinkel einer verstohlenen Bewegung gewahr wurde, wandte er sich beunruhigt um, doch alles schien in bester Ordnung. Wahrscheinlich war es nur sein getreuer Ichtyon oder ein anderer der dienstbaren Geister gewesen, die sich tagtäglich um ihn und die Villa kümmerten. Trotzdem legte er, einem unerklärlichen Instinkt folgend, eine Hand auf den vertrauten lederumwickelten Griff seines Schwertes. Der kühle Stahl hatte etwas Tröstliches und gab ihm ein Gefühl der Sicherheit. Ormog schritt auf die Verandatür zu. Da glitten plötzlich aus den Schatten der süß duftenden Büsche an der Terrasse drei schwarz verhüllte Gestalten und warfen sich mit silbern aufblitzenden Klingen auf ihn. Ormog reagierte mit den Reflexen eines Kämpfers, der er vielleicht einmal gewesen war. Er wich aus und schlug den ersten auf sein Herz zielenden Dolch zur Seite. Dann tauchte er unter dem Hieb des zweiten Meuchelmörders hinweg, brachte ihn zu Fall und bohrte mit dem Schwung derselben Bewegung sein Kurzschwert in die dritte vermummte Gestalt. Er rollte sich genau im richtigen Augenblick zur Seite ab, als ein weiterer Dolch die Luft an der Stelle zerteilte, wo sich sein Kopf gerade noch befunden hatte.

Ormog griff hinter sich und packte das Nächstbeste, was er zu fassen bekam. Ein bunt bemalter Blumentopf fand keine Sekunde später sein Ziel. Eigentlich viel zu schade, um auf dem Kopf eines Meuchelmörders zu enden, dachte Ormog.

Mit einem heftigen Schlagabtausch geleitete er schließlich auch den verbliebenen Attentäter an die schwarzen Ufer der Unterwelt. Bevor er zum letzten Stoß ansetzte, konnte er dem Mann in die Augen sehen. Das unmenschliche Verlangen nach Blut funkelte Ormog aus dem Schatten der schwarzen Kapuze entgegen, bevor der stechende Blick dieser mordlüsternen Augen verlosch.

Ein durchdringendes Gefühl der Bekanntheit überwältigte Ormog. Die vermummten Gestalten, der Blick der Augen und nicht zuletzt die unerwartete Sicherheit, mit der er selbst die Klinge geführt hatte, drängten in seinen Geist und weckten Erinnerungen an längst vergangene Tage. Dieses Mal entglitt ihm die Vergangenheit nicht wieder, sondern offenbarte sich ihm glasklar. Eine Flut von Bildern stürzte auf ihn ein und die Größe der Erkenntnis ließ ihn wanken. Dann breiteten sich die samtschwarzen Flügel der Ohnmacht über seinen Geist und er sank in die helfend ausgestreckten Arme herangeeilter Diener.

VERGANGENE SCHATTEN

Ormog erwachte und richtete sich auf dem Bett auf, das ihn so sanft in seiner Ohnmacht behütet hatte. Die grauenvollen Kopfschmerzen ließen seinen Blick verschwimmen, als er sich, auf Ichtyons Arm gestützt, erhob. Nachdem sein Diener ihn hinaus auf die Terrasse geführt hatte, konnte Ormog endlich wieder frei atmen. Er sank in den Sessel.

Der Mordversuch der schwarzen Gestalten hatte in seinem Inneren etwas in Gang gesetzt, sodass die Nebel des Vergessens einzelne Puzzlestücke seiner Vergangenheit preisgaben. Diese Fragmente brachten andere Fragmente mit sich. Bald ergab sich daraus ein Bild, das immer detaillierter wurde und weitere Erinnerungen vor seinem geistigen Auge erblühen ließ.

Ormog rang nach Luft, er drohte in der Flut der Erkenntnisse unterzugehen. Nur mit Mühe gelang es ihm, die Eindrücke zu ordnen. Und so dauerte es einige Zeit, bis er seinem Diener bedeutete, sich neben ihn zu setzen.

»Ichtyon, mein Getreuer, tritt näher. Ich werde dir eine Geschichte erzählen, von der ich glaube, dass es meine ist.«

Aus den Erinnerungen des Ormog

»Die verfluchten Gorgulzauberer ziehen sich in die Stadt zurück und verschanzen sich dort«, knurrte Limiodh.

Ormog überblickte von der Anhöhe aus das öde Schlachtfeld, in dessen Mitte sich die Mauern der einstmals blühenden Großstadt Vimu erhoben. Tatsächlich wichen die schwarzen Hexer langsam hinter die Mauern der Stadt zurück und überließen ihren Söldnern das Feld. »Haben sie also endlich eingesehen, dass der Kampf für sie verloren ist«, erwiderte Ormog und wandte sich an Yoth mit dem Signalhorn: »Gib dem Kommandanten der zweiten Kaptrom das Zeichen, die Deckung zu verlassen und die Stadt von Norden her einzukreisen. Sie sollen den Gorgul den Weg abschneiden.«

Yoth salutierte mit einem zackigen »Kreschat!«, er habe verstanden, und gab die Anweisungen an das Signalkatapult weiter. Einen kurzen Moment sah Ormog den himmelwärts aufsteigenden Glutballen nach, bevor er die Aufmerksamkeit wieder seiner Kaptrom widmete.

Die Entschlossenheit der gegnerischen Ravalsöldner war bereits im Schwinden begriffen. Da bemerkten sie, dass ihre feigen Geldgeber sie auf dem Schlachtfeld im Stich ließen, während sie selbst sich den Reihen der fünften eisernen Kaptrom des Herrschers gegenübersahen.

Als auch noch die dicken Tore der Stadt hinter ihnen verriegelt wurden, entschieden die Söldner offenbar, dass ihnen das Gold, mit dem die Gorgul sie bezahlten, nun nicht mehr so wichtig war wie ihr Leben. Ormog befahl den Katapulten, den Beschuss einzustellen, und beobachtete geduldig, wie die Söldner gut erkennbar ihre Waffen zu Boden warfen. Flink bestieg Ormog sein Reitsamtar, um die Kapitulation des Anführers entgegenzunehmen. Er war froh, dass die Söldner vernünftig waren und nicht bis zum letzten Mann kämpfen wollten. Denn Ormog hasste es, unnötig Leben zu opfern. Während er noch die letzten Befehle für die Aufnahme der Ravals und die Erstürmung der Stadttore gab, sehnte er sich nach seinem Zuhause.

Er wollte zurück in die Hauptstadt, in den Hallen der Weisheit meditieren und sich weiter dem Studium der Zauberkünste widmen. Auch auf das bunte Treiben der abendlichen Souks freute er sich, aber tief im Inneren ahnte er, dass alle die Beschäftigungen, denen er in seiner unbeschwerten Jugend nachgegangen war, längst der Vergangenheit angehörten.

Seit Beginn des Bürgerkriegs in Kamal war alles anders geworden. Die Allgegenwart von Gewalt und Verrat hatte ihre Spuren hinterlassen, sowohl im Land als auch in den Menschen. Ormog machte sich keine Illusionen, er würde nach der Erstürmung Vimus nicht in einem vom Volk bejubelten Triumphzug in die Hauptstadt einziehen, gefeiert als siegreicher Held über die verdorbenen Gorgul – bei Sagash, nein! Der einzige Grund dafür, dass Ormog und seinesgleichen nicht mit Steinen und Stahl vertrieben wurden, wo immer sie auftauchten, war der, dass die einfachen Leute ihre magischen Kräfte zu sehr fürchteten. Zudem hatte der Herrscher alle Angehörigen des Weißen Magierordens mit der Befehlsgewalt über die eisernen Kaptroms ausgestattet und die traurige, aber vielfach bestätigte Regel »Wer die Waffen hat, hat die Macht« galt auch hier. Unglücklicherweise besaßen die Gorgul ebenfalls Waffen.

Der Bürgerkrieg wütete nun schon das zweite Jahr. Genau genommen war es kein

*Bürger*krieg. Es war ein Magierkrieg. Lange Zeit hatte der Weiße Orden neben dem Heer eine anerkannte Macht innerhalb des kamalischen Staatswesens dargestellt. Der Weiße Orden besaß das Recht, jeden magiebegabten Menschen zu sich zu holen und nach den eigenen Regeln auszubilden. Über Generationen hatte dies gewährleistet, dass die Zauberer in Kamal den strengen Verhaltenskodex des Ordens einhielten und ihre Kräfte zum Nutzen des Volkes gebrauchten.

Dann aber hatte sich eine Zauberersekte mit ungeklärtem Hintergrund gebildet, die den Gebrauch der magischen Fähigkeiten ohne Rücksichtnahme auf das gemeine Volk predigte. Im Gegenteil, die Gorgul versprachen das Erlangen fast unbegrenzter Macht über alle anderen. Und genau dadurch wurden sie so gefährlich, denn sie appellierten an die verborgene Gier, die mehr oder minder ausgeprägt in jedem Menschen und besonders in jedem Zauberer steckte. Bald spaltete sich der Orden und viele Weißmagier legten die Ketten der Verantwortung und Rücksichtnahme ab.

Da einige von ihnen auch wichtige politische Ämter ausübten, wuchs sich der Einfluss der Gorgul zu einer realen Bedrohung aus. Als es schließlich zu Anschlägen auf Mitglieder des Weißen Ordens und auf Politiker kam, wurden die Weißen Magier durch den Herrscher ermächtigt, alle Mittel einzusetzen, um die Gorgulsekte zu vernichten.

Viele Menschen hatten schon sterben müssen und im Volk war ein unbändiger Hass auf alle Magier entflammt, ob machthungrige Gorgul oder rechtschaffene Weißmagier. Für das Volk war das einerlei; wo Zauberer auftauchten, herrschten bald Tod und Verwüstung. Die einfachen Leute schworen, sie wären wesentlich besser dran ohne Magier, die nichts als Verderben brachten. So wurden im Kronrat bereits Stimmen laut, die die Vertreibung ausnahmslos aller Magier aus dem Land forderten.

Ormog war sich dessen bewusst. Es bedrückte ihn, dass das Ansehen seiner Kunst durch die brutalen Machenschaften der Gorgul und die dadurch erzwungenen Reaktionen der Weißmagier zerstört wurde. Missmutig ließ er den Blick über das mit Toten übersäte Schlachtfeld und die brennenden Wehranlagen Vimus schweifen. Der Krieg war ihm zuwider, aber es gab nicht mehr viele, die den Gorgul Einhalt gebieten konnten.

Auch wenn das Volk den Kampf nicht zu schätzen wusste und sein Bemühen womöglich auf eine Verbannung aus dem Lande hinauslief, so musste er doch alles versuchen, um die undankbaren Menschen von der grausamen Plage der Gorgul zu befreien.

Mit bitterer Miene sah er zu, wie seine Truppen mithilfe der übergelaufenen Ravalsöldner das Stadttor niederrissen und den feigen Gorgul entgegenstürmten. Auch hier würden eine Menge unbeteiligter Menschen ihr Leben lassen, dachte Ormog düster.

Er war nicht zum Feldherrn geboren. Aber vielleicht gefiel es dem Schicksal, eine bittere Ironie der Götter, dass man genau ihn auserwählt hatte, um die Hauptoffensive gegen eine der größten Gorgulzellen anzuführen.

Vatya Ganta: Vergangenheit

Lautlos huschte Vatya Ganta von einem Schatten zum nächsten, während sie dem Mann, der in einen unauffällig grauen Mantel gekleidet war, durch die stinkenden, finsteren Gassen des Handwerkerviertels folgte. Unglaublich, in welchen Gegenden sich ein für den Weißen Orden so wichtiger Mann herumtrieb. Er war selbst kein Zauberer, allerdings Mitglied im Kronrat des Herrschers und immer ein leidenschaftlicher Unterstützer des Ordens gewesen. Über einen Agenten in seiner Dienerschaft hatten die Gorgul erfahren, dass der Weiße Orden sich versammeln wollte, um große Pläne zu erörtern, und dass dieser Mann hier dabei sein würde. Also hatte man ihr den Auftrag erteilt, ihn zu beschatten, was wesentlich einfacher war, als einem Weißmagier zu folgen, der sofort die Anwesenheit der Gorgul bemerkt hätte.

Sie drückte sich tief in die Dunkelheit eines Eingangsportals, als der grau gekleidete Mann unruhig den Kopf umwandte und mit dem scharfen Blick seiner wachsamen Augen die Gasse nach möglichen Verfolgern absuchte. Dann verschwand er schnell in einem unscheinbar wirkenden Hauseingang, dessen Tür sich wie von selbst lautlos hinter ihm schloss.

In einer fließenden Bewegung huschte sie zu der Tür. Sie zückte einen schmalen Dolch, der unheilvoll im trüben Licht der Monde schimmerte, und steckte ihn mit geübten Bewegungen in den schmalen Spalt zwischen Tür und Rahmen. Einige Sekunden später sprang die Tür mit trockenem Klicken auf.

Ein Wächter stand im Hausflur und sah sie erschrocken an. Noch ehe er in der Lage war, sein Schwert zu ziehen, stieß Vatya einer Schlange gleich vor und versenkte ihren Dolch tief im Lederharnisch des Wachmannes. Sie nahm sich nicht die Zeit, die Klinge zu säubern. Wohin war der Ordensmann unterwegs? Sie musste ihm folgen und herausfinden, was die Weißmagier im Schilde führten.

Eilig, aber dennoch völlig lautlos bewegte sie sich den dunklen Hausflur entlang bis zu einer schweren Holztür. Die Tür war nur angelehnt, ein Streifen fahlen Lichtes fiel durch den Spalt und zeichnete eine mahnende Linie auf den Boden. Vorsichtig spähte sie hinein.

Hinter der Tür befand sich ein kreisrunder Raum ohne Fenster. Dafür wies seine kuppelförmige Decke eine große runde Öffnung auf, durch die blasses Mondlicht schien und sich auf einer kunstvollen Einlegearbeit im Boden spiegelte. Vatya sah genauer hin und stellte fest, dass es sich bei dem mit Silber eingelegten Mosaik um ein Temesch-Oktagramm handeln musste. Dieser magische achtzackige Stern war eines der bestgehüteten Geheimnisse des Weißen Ordens. Aber die Gorgul kannten dieses Geheimnis, denn in ihren Reihen gab es viele abtrünnige Weißmagier. So wusste Vatya, dass es sich bei dem Stern um eine Art Teleportationsvorrichtung handelte, mit der man binnen Sekunden von einem Ort zu einem anderen wechseln konnte, der ebenfalls ein solches Temesch-Oktagramm besaß.

Vatyas Blick erfasste vier Männer in grauen Kutten, die im Schneidersitz um das Oktagramm herum saßen. Im Zentrum dieses magischen Zirkels stand der Mann, den sie beschattet hatte. Ungeduldig herrschte er die Sitzenden an: »Schickt mich zum Ort der Versammlung! Sofort!«

Ohne Umschweife begannen die vier, sich im Kreis an den Händen zu fassen. Dumpfes Gemurmel erfüllte den Raum und steigerte sich schnell zu einem an den Nerven zehrenden Ton, der irgendwie zu entgleiten schien. Der Graue in der Mitte leuchtete bernsteinfarben auf und schien sich in zerfließende Wolken aufzulösen, dann war er verschwunden.

Der Mann, der der Tür gegenübersaß, blickte auf. »Gorgul«, flüsterte er. Vatya stieß die Tür auf und warf sich auf den ihr am nächsten Sitzenden, bevor er sein Schwert ziehen konnte. Geschwind rappelte sie sich hoch und fing gerade noch einen gleißenden Blitz aus der ausgestreckten Hand des Mannes ab, der sie zuerst erblickt hatte. Sie ließ seinen Blitz eine Weile um ihre Finger spielen, dann schenkte sie ihm die Freiheit und streckte damit zwei seiner Gefährten nieder.

Der letzte der Magier tastete hastig nach seinem Schwert, doch er kam nicht dazu, es zum Einsatz zu bringen. Einer Handbewegung Vatyas folgend begann die Klinge plötzlich, ein Eigenleben zu entwickeln, und wand sich schlangengleich um seine beiden Handgelenke.

»Und jetzt wirst du mir verraten, wo der Mann vorhin so dringend hinwollte!« Der Zauberer verneinte energisch und versuchte, seine stählernen Fesseln abzuschütteln. »Dass ihr aber auch immer so störrisch sein müsst!«, knurrte sie und drang in den Geist des Zauberers ein. Nachdem sie gefunden hatte, was sie suchte, verlor sie keine Zeit. Sie stellte sich in die Mitte des Achtzacksternes und murmelte einige Zauberformeln. Im Gegensatz zu dem Mann, den sie hatte beschatten sollen, brauchte sie keine Hilfe. Als Zauberin konnte sie das Oktagramm aus eigener Kraft nutzen. Sie vollendete die Beschwörung und ein kurzes Vibrieren erfasste ihren Körper, die Umgebung verschwamm zu bunten Farbschlieren, die immer schneller um sie herumwirbelten, um sich dann nach wenigen Augenblicken zu einer neuen Umgebung zu verfestigen.

Sie sah sich um. Das erste Licht der Morgendämmerung fiel in den Raum, in den sie teleportiert worden war. Vatya blieb einen Moment geduckt stehen, in jeder Hand einen silbernen Dolch und zwischen den Zähnen einen bösartig gezackten, nicht vergifteten Wurfstern, bereit, sich gegen heranstürmende Wachen zur Wehr zu setzen. Doch in dem Raum befand sich niemand. Trotzdem schloss sie kurz die Augen und spürte der Lebensenergie möglicherweise versteckter Wächter nach, die sie mit Armbrustbolzen spicken oder mit Fangnetzen festsetzen könnten, sobald sie aus dem Raum trat. Vorsichtig öffnete sie die Tür und trat hinaus auf einen gepflegten Rasen. Offensichtlich war dieser Teleportraum, von denen es nur eine Handvoll in Kamal gab, ein eigenes Gebäude in einer ummauerten Gartenanlage. Zwischen den Reihen der ordentlich geschnittenen Bäume erspähte sie ein gewaltiges frei stehendes Bauwerk, dessen Eingänge von schlanken Marmorsäulen umrahmt wurden und dessen marmorne Fassade von riesigen hohen Fenstern durchbrochen war. Ja, die Fenster waren das Markenzeichen dieses Ortes. An ihrem magischen Blau hätte Vatya sie überall erkannt. Nun wusste sie, wo sie war und wo sich bald alle großen Zauberer des Landes versammeln würden. Sie stand vor der berühmten Marmornen

Ratshalle von Akkadu, der wohlhabenden Stadt am Fluss Akkda.

Während sie sich durch die Gartenanlagen langsam näher an das Bauwerk heranpirschte, begegnete sie einigen Wachen, mit denen sie kurzen Prozess machte und die sie im Gebüsch vor den Augen anderer verbarg.

Das Beschatten des Kronratsmitglieds hatte sich gelohnt. Nun kannte sie den geheimen Versammlungsort, wo sich in Kürze der erste Kreis vollständig einfinden würde, um Vernichtungspläne gegen die Gorgul zu schmieden. Sie musste ungesehen in die Halle eindringen, um ihren Verdacht zu bestätigen, aber sie war sich so gut wie sicher.

Ihr Meister würde hocherfreut sein.

Aus den Erinnerungen des Ormog

Ständig trafen Boten mit Meldungen aus allen Teilen der Stadt für Ormog ein. Er musste zwischen diesem und jenem abwägen und Anweisungen an seine Truppen weitergeben, um Ordnung in das Chaos zu bringen. Mühsam lieferten sich seine Truppen erbitterte Straßenkämpfe mit den immer noch verzweifelt Widerstand leistenden Gorgul.

Es sah nicht gerade überwältigend gut aus. Eben hatte man ihm berichtet, dass die Gorgul rings um den Stadtkern

Katapulte mit Brandgeschossen in Stellung brachten. Und im Stadtkern hatte Ormog den Großteil seiner Truppen zusammengezogen. Sie konnten aber nicht gegen die Katapultstellungen vorrücken, da die Gorgul Geiseln genommen hatten und nun damit drohten, sie zu töten, falls ein Angriff auf ihre Katapulte erfolgte. Mit bleiernem Gewissen stand Ormog vor der Wahl: entweder riskieren, dass die Gorgul das Feuer eröffneten und die Innenstadt samt seiner noch aus fünftausend Mann bestehenden Kaptrom in Brand setzten, oder seine Männer schützen, die Katapulte angreifen und damit vielleicht Tausende Geiseln zum Tode verurteilen.

Schweren Herzens gab er die Befehle zum Angriff weiter. Er wusste, dass er sich damit für den Tod vieler Unschuldiger verantwortlich machte, aber das Wohl seiner eigenen Männer wog für ihn schwerer. Denn was konnten einfache Menschen gegen die Gorgul ausrichten? Seine getreuen Soldaten hingegen waren in der Lage, noch viele Gorgul zu töten und vielleicht sogar deren dunklen Machenschaften ein Ende zu bereiten.

Dergleichen Entscheidungen waren leider inzwischen alltäglich geworden und genau ihre unvermeidlichen Folgen waren es, für die das Volk seine Verteidiger hasste. Die Menschen hassten diejenigen, die scheinbar so leichtfertig mit ihrem Leben spielten.

Ormog schlug den Vorhang des Kommandozeltes zur Seite und ging hinaus. Hier auf dem Hauptmarktplatz der Stadt herrschte angespannte Stimmung. In geschlossenen Reihen, Schild an Schild standen seine Soldaten, die Speere kampfbereit nach vorne gerichtet. Löschtrupps warteten darauf, einschlagende Brandgeschosse unschädlich zu machen, Verwundete wurden versorgt und die Wurfarme der eigenen Katapulte mit lodernden Ölamphoren bestückt, um den Gorgul einen verheerenden Feuerregen zu schicken.

Da kam durch die Rauchschwaden auf der Hauptstraße ein berittener Bote auf die Stellung zu. Zunächst dachte Ormog, es wäre eine weitere Meldung seiner Fünfhundertschaftsführer, dass sie nun seinem Befehl nachkamen und gegen die Katapultstellungen vorrückten, doch dann sah er die Farben, in die der Bote gekleidet war: Weiß-Grau, die Farben des Weißen Ordens. Zusätzlich trug er ein blaues Band am Handgelenk, was bedeutete, dass ihn der erste Kreis des Magierrates persönlich gesandt hatte.

Zielstrebig ritt der Bote auf ihn zu, stoppte und überreichte ihm einen offenbar eilig zusammengerollten Papyrus.

Ormog rollte das Schriftstück auf und las es zweimal durch. Dann warf er es in die lodernden Flammen eines provisorischen Kochfeuers und vergewisserte sich, dass es restlos verkohlt war.

Er konnte kaum glauben, was er gelesen hatte. Eine fast verdorrte Hoffnung keimte wieder in ihm auf, nämlich die Aussicht, die Gorgul ein für alle Mal zu vernichten oder zumindest entscheidend zu schwächen, sodass die Weißen Magier mit ihnen leichtes Spiel hätten. Wenn auch nur die geringste Möglichkeit bestand, dass die hier angedeuteten Pläne von Erfolg gekrönt sein würden, musste Ormog alles daransetzen, seinen Teil beizutragen. Er dachte bedrückt an die wehrlosen Geiseln, die genau in diesem Augenblick starben, während seine Truppen gegen die Gorgul vorrückten. Nichts wollte er mehr, als dem Ganzen ein schnelles Ende zu setzen, sodass bald keine Unschuldigen mehr ihr Leben lassen mussten.

Entschlossen winkte Ormog einen bereitstehenden Boten heran und sagte ihm: »Finde meinen Gefährten und Stellvertreter Limiodh, der die Sturmangriffe auf die Gorgul im Norden der Stadt koordiniert. Richte ihm aus, dass ich in einer Angelegenheit von großer Bedeutung vom Orden zurückgerufen worden bin und ohne Umschweife abreisen muss. Ich übertrage ihm den Oberbefehl über meine Truppen. Er soll zu Ende führen, was wir begonnen haben. Wenn Lottong der Glücksgeist gnädig auf uns herablächelt, werde ich bald zurück sein.«

Wie in jeder wichtigen Stadt Kamals gab es auch in Vimu ein unauffälliges Gebäude, in dem der Weiße Orden ein geheimes Temesch-Oktagramm besaß. Ormog sattelte sein Reittier. Er wusste, dass sich der Transportraum in einem schlichten Lagerhaus befand, es lag in den Souks, die parallel zur Hauptstraße zum Hauptplatz verliefen. Die stählerne Mauer seiner Krieger teilte sich sofort vor ihm und die Männer senkten ehrerbietig die Köpfe, als er vorbeiritt. Ormog wusste, dass keinem von ihnen je der Gedanke kommen würde, er könnte sie hier im Stich lassen. Nein. Ormog hatte sie schon siegreich aus einer Unzahl von Schlachten und Scharmützeln gegen die Gorgul geführt. Jeder dieser Männer respektierte ihn und schätzte seine Art, die Truppen zu leiten und die Soldaten zu behandeln, als seien sie Mitglieder seiner eigenen Familie. Wohin auch immer ihr Anführer so schnell musste, alle wünschten ihm Erfolg und dass er möglichst bald zurückkehren möge. Das las er in ihren Augen, als sie ihm den Salut entboten.

Noch einige letzte Anweisungen wurden gegeben, dann drückte er seinem Reitsamtar die Fersen in die Seiten und es trabte los, die breite Straße zu den Souks hinab. Mit etwas Glück konnte er sehr bald in Akkadu sein, wohin man ihn beordert hatte.

Als er das Lagerhaus mit dem Temesch-Oktagramm erreichte, kostete es ihn einige Kraft, die Teleportation selbst einzuleiten, da die sonst vom Weißen Orden abgestellten Helfer längst auf den Straßen waren, um zu kämpfen.

Schließlich begann seine Umgebung aber doch zu zerfließen und sich bald darauf neu zu formen. Aber irgendetwas stimmte nicht. Der Raum, in dem er sich materialisiert hatte, war nicht der Temesch-Raum der Ratshalle von Akkadu. Dieser Raum hier war viereckig, seine Wände waren mit dunklem Holz getäfelt und nicht aus Stein, wie sie es eigentlich hätten sein sollen.

Ormog riss sofort sein Schwert heraus, duckte sich und entzündete einen Brandzauber, den er über seiner Handfläche schweben ließ. War er in eine Falle der Gorgul getappt?

»Beruhige dich, mein Freund!«, erklang eine milde Stimme hinter ihm. Ormog wirbelte herum und packte den Griff seiner Klinge fester, als aus der Tür ein gebeugter grauer Mann langsam auf ihn zuschritt, gefolgt von einem hochgewachsenen Diener, der auf dem Arm ein Silbertablett mit Getränken balancierte.

Erleichtert schob Ormog das Schwert zurück in die Scheide und deutete eine Verbeugung an. »Felrind, mein geschätzter Freund! Kannst du mir erklären, wo und wie ich hier gelandet bin?«

Felrind, der am Magiersitz in der Hauptstadt als zuverlässiger Türhüter gedient und den jungen Novizen oft Süßigkeiten geschenkt hatte, deutete seinerseits eine Verbeugung an und begann zu erklären: »Wir haben dich umgeleitet. Dies ist nicht die Ratshalle von Akkadu, wie du natürlich bemerkt hast. Wir befinden uns in einem Herrenhaus am westlichen Ufer des Akkda, genau gegenüber der Ratshalle. Die Gorgul wissen, dass wir uns in Kürze in der Ratshalle treffen werden, darum versammeln wir uns hier, in einer geheimen Zuflucht, von der sie nichts ahnen, um unsere Pläne zu besprechen, bevor wir zur Ratshalle hinüberwechseln. Aber komm erst einmal zur Ruhe. Du hast sicher einen anstrengenden Tag hinter dir und brauchst eine Erfrischung.«

Wie aufs Stichwort reichte der Diener Ormog ein duftendes feuchtes Tuch und ein Glas Olvim. Dankend nahm Ormog an und genoss einen Schluck des kühlen Weines. Seit Stunden hatte er nichts mehr getrunken und die köstliche Flüssigkeit half ihm, den Geschmack von Rauch und Asche auf der Zunge loszuwerden. Felrind wartete geduldig, bis sich sein Gast erfrischt hatte, und führte ihn dann durch kurvenreiche Gänge in eine Empfangshalle, die bereits voll war mit wartenden Menschen. Alle trugen Weiß oder Grau. Als Ormog die Halle betrat, wurde er sogleich freudig in Empfang genommen. Etliche alte Freunde waren hier und auch sonst bestand die Menge aus bekannten Gesichtern. Hier waren alle Zauberer des ersten Zirkels versammelt, die einflussreichsten, mächtigsten und begabtesten des Weißen Ordens.

Nachdem er vielen die Hände geschüttelt, Begrüßungen

und Umarmungen ausgetauscht hatte, kam Kora Gint auf ihn zu. Ormog verneigte sich vor diesem allseits geachteten Weisen des Weißen Ordens und tauschte mit ihm einige Höflichkeiten aus.

Kora Gint wirkte nicht wie sonst ruhig und gelassen, er verströmte eine nervöse Unruhe. Auch machte er keine kleinen Späße, wie er es gern zu tun pflegte, sondern verhielt sich irgendwie distanziert. So hatte Ormog diesen Mann noch nie erlebt. Kora Gint zeichnete sich normalerweise dadurch aus, dass er für jede Situation einen klugen Rat parat hatte. Sogar der Erzmagier des Ordens beriet sich oft mit Kora Gint, wenn er nicht mehr weiterwusste. Viele sagten, Kora sei der eigentlich führende Kopf des Ordens, denn was ihm in seinem hohen Alter an magischen Kräften verloren gegangen war, das wog sein scharfer Verstand mehr als auf.

Mit der Zeit trafen aus der Richtung, aus der auch Ormog gekommen war, einige weitere Zauberer ein. Schließlich wurde die schwere Holztür geschlossen und mit einem Bannzauber versiegelt. Kora Gint ging zur Stirnseite der Halle und betrat ein schlichtes Rednerpodest. Es war gar nicht notwendig, um Ruhe zu bitten, denn im Raum wurde es schlagartig still.

Kora zupfte an seiner weißen Robe, dann begann er mit seiner weit tragenden Stimme zu sprechen:

»Meine sehr geschätzten Weißen Brüder! Ich bin erfreut, dass ihr alle so schnell den Weg hierher gefunden habt! Wir haben nun keine Zeit mehr zu verlieren, jeder Augenblick ist kostbar, also komme ich gleich zur Sache.« Er schnippte mit dem Finger und bereitstehende Magier legten einen schützenden Bannkreis über die Runde, um den Raum abzuschirmen, sodass kein Laut nach außen drang.

»Der Krieg gegen die Gorgul dauert schon lange und hat viele Opfer gefordert. Auch unsere politische Lage wird immer kritischer, da wir den Rückhalt des Volkes im Kronrat verlieren. Es ist also an der Zeit, der Gorgulplage mit anderen Mitteln Einhalt zu gebieten, als wir es bisher versucht haben. Im engsten Kreise unseres Erzmagiers, der leider erst später zu uns stoßen kann, wurde ein Plan ersonnen, der uns möglicherweise zu einem schnellen Sieg führt. Dieser Sieg wird teuer erkauft sein und es werden vielleicht viele unserer Brüder dabei ihr Leben verlieren, aber wir haben keine andere Wahl, wenn wir verhindern wollen, dass uns die Gorgul in jahrelangem Widerstand weiter aufreiben und unsere Moral zermürben. Ich werde euch nun den Plan erläutern, den wir geschmiedet haben: Schon länger gibt es stichhaltige Hinweise darauf, dass die Gorgul nicht einfach nur eine lose fanatische Organisation sind, sondern dass sie von einem Anführer koordiniert werden. Aus Verhören wissen wir, dass es sich bei ihm offenbar um einen sehr mächtigen Zauberer handelt, der die Gorgul mit dem Versprechen lockt, sie könnten unglaubliche Macht erringen, wie er selbst sie besitzt, wenn sie ihm folgen.

Diesen Mann auszuschalten ist unser Ziel. Leider haben nur wenige Gorgul den mächtigen Anführer, dem sie die Treue schworen, je gesehen, weshalb bisher jeder Versuch, Attentäter auf ihn anzusetzen, fehlgeschlagen ist. Wir denken jedoch, dass wir seinen Ehrgeiz und seinen Willen, nun doch in Erscheinung zu treten, mit einer kühnen Idee wecken können. Über unseren geschätzten Unterstützer im Kronrat haben wir zu den Agenten der Gorgul durchsickern lassen, dass sich der Weiße Orden heute trifft, um entscheidende Pläne gegen sie zu besprechen. Mit Sicherheit haben die Gorgul auch eine der Nachrichten an euch abgefangen. Deshalb haben wir darin einen anderen Ort angegeben als diesen. In gewisser Weise war das noch nicht einmal gelogen und die Gorgul werden die Information bestätigt sehen, da alle Magier des ersten Kreises schlagartig ihre Stellungen verlassen haben und verschwunden sind.

Das Kronratsmitglied hat sich vor einigen Stunden auf den Weg gemacht, um an der Versammlung teilzunehmen. Dachten zumindest die Gorgul. Er wurde beschattet. Wir ließen die Gorgul in dem Glauben, das Kronratsmitglied wolle sich zur Versammlung aufmachen, und ihre Agentin ist ihm dorthin gefolgt. Genau in diesem Moment treffen sich in der Ratshalle von Akkadu viele Zauberer des zweiten Kreises. Wir haben sie magisch maskiert, sodass sie kurzzeitig die gleiche mächtige Ausstrahlung wie wir besitzen. Es wird für die Gorgul nur allzu verlockend sein, vermeintlich alle ihre Feinde auf einem Fleck zu wissen. Wir setzen darauf, dass sie mit einem Großangriff auf die Ratshalle reagieren. Da sie aber glauben, die mächtigsten Magier vor sich zu haben, inklusive des Erzmagiers, hoffen wir, dass auch ihr mächtigster Mann kommen wird, um seine Kämpfer gegen die geballte Kraft des ersten Kreises zu unterstützen und ihnen zum Sieg gegen uns zu verhelfen. Alle Männer, die sich bereits in der Ratshalle von Akkadu befinden, werden Widerstand leisten, bis der Anführer der Gorgul persönlich erscheint.

Dieser Moment wird entscheidend sein. Die tapferen Männer in der Ratshalle werden die Gorgul ablenken und zu schwächen versuchen. Hoffentlich gelingt es. Die Angreifer sollen denken, dass ihre Vorurteile berechtigt waren und die Zauberer des Weißen Ordens tatsächlich schwach geworden sind. Dann aber kommen wir ins Spiel. Wir tauchen über das Temesch-Oktagramm plötzlich auf und führen einen Blitzangriff auf unsere Gegner, der sie mit Sagashs Segen zerschmettern wird. Wir konzentrieren unsere Kräfte auf den Anführer der Gorgul und bringen ihn zur Strecke.

Ich weiß, dies ist ein gewagter Plan mit einigem Potenzial zu einem völligen Desaster – aber sollten wir Erfolg haben, werden uns diese Tat noch unsere Kindeskinder danken! Über alle weiteren Details wird euch nun mein geschätzter Kollege Halmin aufklären«, schloss Kora seine Rede. Mit einem: »Mögen die sieben Geister schützend ihre Flügel über uns halten!«, verließ er das Rednerpult und machte Platz für Halmin.

Vatya Ganta: Vergangenheit

Vatya Ganta strich sich zufrieden eine Strähne ihres langen Haares zurück. Sie hatte sich heimlich Zugang zur Ratshalle verschafft und beobachtete von den unbesetzten Zuschauerrängen aus das Geschehen unter ihr. Die Halle war mehrere Stockwerke hoch und die Ränge schlossen sich in jeder Etage zu einer umlaufenden Galerie. Nach und nach versammelten sich die Magier.

Die Marmorne Ratshalle von Akkadu trug ihren Namen zu Recht, denn ihre Wände bestanden aus nichts anderem als strahlend weißem Marmor. Durch die kristallenen, beinahe bis zur vierzig Meter hohen Decke hinaufreichenden Fenster, deren wunderbar blaues Glas aus dem Fernen Zaynab stammte, fiel erlesener Lichtschein in die Halle. Ein wenig bedauerte Vatya es, dass dieser Ort bald nicht mehr existieren würde.

Verborgen im Schatten einiger Säulen der Galerie behielt sie alles im Blick. Vatya spürte die Ankömmlinge dank ihrer Gorguldisziplinen, noch bevor sie in die Halle traten. Aber sie wurde das nagende Gefühl nicht los, dass etwas nicht stimmte. Sie schloss die Augen und spürte ihrer Umgebung nach. Waren es die Präsenzen der Magier, die sie störten? Ihre Ausstrahlung erschien teilweise hohl, wie von einer leeren Hülle. War der Weiße Orden wirklich schon so schwach? Sie hatte des Öfteren mit Leuten des Ordens zu tun gehabt, aber das waren Schüler oder weniger mächtige Zauberer gewesen. Es erstaunte sie, dass sie die Anwesenheit des ersten Kreises nicht als weitaus mächtiger empfand.

Jedenfalls hatte sie nun genug gesehen, um sich sicher zu sein, dass hier die Generalversammlung der Weißen Magier stattfand. Bald konnten die Gorgul zuschlagen und diese Narren vernichten.

Sie setzte sich im Schneidersitz hinter eine der mächtigen Stützsäulen und begann zu meditieren. Über die Ferne tastete sie nach der vertrauten Präsenz ihres Meisters und sandte einen mentalen Ruf nach ihm durch den Äther. Als eine eisige Kälte sie erfüllte, wusste sie, er hatte sie gehört. Er kannte nun den Ort, an dem sich der erste Kreis versammelte.

Die großen Flügeltüren der Halle wurden geschlossen und Ruhe kehrte ein. Vatya konnte es sich nicht leisten, noch länger zu verweilen. Zum einen wollte sie nicht entdeckt werden, zum anderen spürte sie bereits die zehrende, lähmende Kälte ihres nahenden Meisters. Bis zum Abend würde er eintreffen. Dann würde ihm kein Lebewesen hier mehr entrinnen, gleichgültig ob Freund oder Feind. Auch nicht seine getreue Dienerin, sollte sie die Torheit besitzen zu bleiben.

Während sich unten Stimmen zur Begrüßung der Anwesenden erhoben, schlich Vatya zu dem Fenster, das ihr am nächsten war. Eine Zauberformel auf den Lippen, mehr gedacht als gesagt, berührte sie mit der Fingerspitze das blaue Glas und zeichnete einen großen Kreis genau über dem Boden. Dann legte sie ihre Hand in seine Mitte und der Glaskreis löste sich lautlos aus dem Fenster. Eilig, aber darauf konzentriert, sich durch kein Geräusch zu verraten, legte sie das Glas beiseite, hakte ein Seil an eine fest verankerte Zuschauerbank und verschwand geschmeidig durch die kreisrunde Öffnung nach draußen, weg von den dem Untergang geweihten Zauberern.

Garius Galtar: Vergangenheit

Garius Galtar fühlte sich unwohl in seiner Haut. Er lockerte den engen Brustpanzer etwas über dem Hals, um unbeschwerter atmen zu können. Seine Männer hatten Stellung bezogen und die Halle abgesichert. Die Truppen, die in dem Dienstbotentrakt, den Gärten und der Umgebung der Halle verborgen waren, standen ebenfalls bereit und warteten nur auf sein Signal, um aus dem Hinterhalt loszupreschen. Insgesamt hatte der Weiße Orden drei Fünfhundertschaften loyaler Kämpfer auf dem Gelände der Ratshalle verteilt. Zusätzlich hatten die Soldaten unauffällig die umliegenden Häuser evakuiert. Es lief also alles wie geplant.

Trotzdem herrschte eine erdrückende, entmutigende Kälte und ein Schauer kroch über Garius' Rücken, obwohl die Sonne des Südlichen Ledahl durch die Fenster brannte. Aber auch der Sonne schien die Energie zu fehlen und ihr greller Schein brachte keine Wärme in die Herzen der angespannten Soldaten.

Garius meinte eine verstohlene Bewegung in einer der Zuschaueretagen wahrzunehmen, doch als er den Kopf hob, konnte er nichts erkennen. Wahrscheinlich hatten ihm seine angespannten Sinne einen Streich gespielt. Zittrig ausatmend massierte er sich die schmerzenden Schläfen. Was war nur los mit ihm?

Als er sich umsah, erkannte er, dass es anderen ähnlich erging, alle Anwesenden in der Halle wirkten mürrisch und gereizt, als könnten sie den Schatten des drohenden Unheils spüren.

Einzig die Ankunft der letzten Zauberer mitsamt Hilfstruppen hellte die Stimmung ein wenig auf. Die Magier, maskiert als die Zauberer des höchsten Kreises, sollten den Anführer der Gorgul glauben machen, er habe es mit den besten Zauberern des Landes zu tun.

Auf diese Weise wollten sie seinen Übermut wecken, seine Kräfte ergründen und ihn schwächen, damit die echten Magier des ersten Kreises mit ihm leichtes Spiel hätten.

Für eine Weile hellte die Verstärkung die Mienen auf, doch nach einiger Zeit schien sich die lähmende Kälte auch der Neuankömmlinge zu bemächtigen. Zumal sie als zweitklassige Zauberer wussten, dass sie den Gorgul kaum gewachsen sein würden. Sicher war es auch für sie kein angenehmes Gefühl, den Köder zu spielen, mit der Aussicht darauf, sich abschlachten zu lassen, nur um den arroganten Oberzauberern ein Überraschungsmoment zu ermöglichen. Aber nein, was dachte er da eigentlich? Ihm stand es nicht zu, die Pläne der Weisen zu kritisieren, die dem Wohl aller dienen sollten! Garius zwang sich zur Ruhe.

Plötzlich verstärkte sich die dunkle, ahnungsvolle Stimmung und alle zogen die Schwerter, bereit, sich im nächsten Augenblick ihrer Haut zu erwehren, als sie von draußen ohrenbetäubenden Lärm hörten. Die hölzerne Tür zerbarst in einem gleißenden Feuerball und die Schockwelle riss die Krieger nieder, die der Tür am nächsten standen. Dann, nachdem sich der Rauch verzogen hatte, ergoss sich in den Raum eine wahre Flutwelle schwarz gekleideter Gestalten, die sich mit blitzendem Stahl auf die Verteidiger warfen.

Von der ungestümen Grausamkeit überrascht, wurden die Soldaten des Ordens schnell zurückgetrieben, bevor sie sich zu einer neuen Verteidigungslinie formieren konnten.

Mit raubtierhafter Wildheit stürmten die Gorgul gegen die inzwischen aufgestellte Phalanx der Ordenssoldaten an, sodass diese nur mühsam die Stellung hielten. Solch einen entschlossenen Angriff hatte Garius nur einmal in seinem Leben gesehen, nämlich als er einen Feldzug gegen die Barbaren in den Küstengebieten des Nachbarkontinents Ahemusa führte. Doch im Unterschied zu damals ließen sich die Gorgul nicht so einfach niederkämpfen, zum einen weil sie wesentlich besser ausgerüstet waren als die ahemusischen Barbaren, zum anderen weil sie ausnahmslos in den Künsten der Magie bewandert und wesentlich disziplinierter waren.

Bald war die stickige Luft nicht nur vom Gebrüll der Gorgul, dem Klirren der Waffen und den Schreien der Sterbenden erfüllt, sondern knisterte auch förmlich vor elektrischen Entladungen und dem Brandgeruch von Feuerbällen und Schockwellen. Vor allem Garius' Bogenschützen, die in der untersten Galerie postiert waren, wurden von den magischen Angriffen der Gorgul schnell dezimiert, da die Gorgul im Gegensatz zu dem dichten Kampfgewühl am Boden nicht fürchten mussten, ihre eigenen Männer zu treffen.

Obwohl die Verteidiger tatkräftige Unterstützung durch die falschen ersten Zauberer erhielten, musste Garius bald erkennen, dass der Kampf auf diese Weise nicht mehr lange dauern würde. Sie brauchten Verstärkung. Garius winkte einem Soldaten zu und sogleich erscholl das durchdringende Signal des Hornes. Es bedeutete den versteckt im Dienstbotentrakt wartenden Soldaten, die Deckung zu verlassen und aus dem Hinterhalt anzugreifen.

Zwar schlugen sich die Gorgul tapfer, doch sie waren auf Verstärkung nicht vorbereitet gewesen. In zähem Gefecht gewannen die Ordenskämpfer an Raum. Unterdessen musste Garius wieder selbst zum Schwert greifen, um den hinterhältigen Versuch eines Gorgul zu vereiteln, im Schatten einer Stützsäule die Verteidigungslinie zu umgehen.

Er kam nicht dazu, Atem zu schöpfen. Denn im nächsten Augenblick trat eine aufrechte Gestalt, die alle anderen um mehr als Haupteslänge überragte, in den Saal und schritt langsam und seelenruhig in die Mitte der Halle, als drohe ihr überhaupt keine Gefahr. Garius konnte das Gesicht des Mannes nicht erkennen, denn er war in einen langen nachtschwarzen Mantel gekleidet, dessen Kapuze vollständig sein gesenktes Haupt verhüllte. Eine seltsame Ausstrahlung von Kälte und zehrendem Verfall umgab die Gestalt mit einer beinahe körperlich spürbaren Präsenz. Auf wundersame Weise wurde der Mann – wenn es denn ein Mann war – von keinem einzigen Pfeil oder Wurfspeer getroffen, obwohl er inmitten des Kampfgetümmels stand und obwohl Garius sicher war, dass alle seine Kämpfer in diesem Moment versuchten, die schwarze Gestalt anzugreifen. Garius ahnte, es handelte sich um den lange verborgenen Anführer der Gorgul.

Mit der von hinten hereindrängenden Verstärkung schafften Garius' Truppen es allmählich, die Angreifer einzukreisen. Obwohl seine Gorgul langsam, aber stetig dezimiert wurden, stand der schwarz verhüllte Meister immer noch im Zentrum des Schlachtengewirrs und bewegte sich nicht. Es war unheimlich, wie er inmitten der Gefahr verharrte, als warte er auf irgendetwas.

Jetzt war der richtige Moment gekommen, um die Zauberer des ersten Kreises zu rufen, dachte Garius und gab einem bereitstehenden Laufburschen ein Zeichen.

Garius sah, wie der Bursche sogleich hinauseilte, um

den Signalfeuermannschaften den Befehl weiterzugeben. In wenigen Augenblicken würden die Mächtigen eintreffen und dann zeigte sich, ob die Gorgul sich weiter behaupten konnten.

Noch immer verharrte der schwarze Meister völlig starr. Mit Ausnahme seiner demoralisierenden Ausstrahlung schien er jedoch keine wirkliche Macht zu besitzen, denn sonst hätte er gewiss schon in den Kampf eingegriffen, bei dem sich das Blatt langsam zugunsten des Weißen Ordens wandte. Stattdessen stand er inmitten seiner Gorgul, die sich schützend um ihn scharten. Ein mulmiges Gefühl befiel Garius, als er die beinahe lauernde Gestalt betrachtete.

Doch dann, nach einer halben Ewigkeit, trafen endlich die mächtigen Magier des ersten Kreises ein, angeführt vom ehrwürdigen Erzmagier Kharrun Caltis. Eine blendend weiße Aura ging von ihnen aus und versetzte alle Menschen in der Halle für einen kurzen Moment in ehrfürchtiges Staunen. Dann wurde das weiße Licht unerträglich und entlud sich. Zuckende gleißend blaue Blitze durchquerten in einem Sekundenbruchteil den Raum und ließen die Gorgulkämpfer in ihrer schützenden Formation vor Garius' Augen zu glühenden Funken und Asche zerstieben, die ein darauffolgender Sog wie der Wind der Gerechtigkeit hinforttrug.

Immer noch ungerührt stand im Zentrum des glühenden, aschebedeckten Bodens der Meister der Gorgul. Wie hatte er ein solches Inferno nur überleben können?

Die Weißmagier verloren keine Zeit. Aus ihren ausgestreckten Händen schlängelten sich bläulich schimmernde Energiebänder und vereinten sich zwischen den Händen des Erzmagiers, der die Energie sammelte und daraus eine Kugel formte, die zwischen seinen beiden Händen schwebte und unheilvoll knisterte. Kaum verließ das beschwörende Wort den Mund des Erzmagiers, da schoss ein gewaltiger Energiestrahl, genährt aus der leuchtenden Kugel zwischen seinen Händen, durch die Halle auf den schwarzen Meister zu. Der Strahl traf den reglos verharrenden Hexer in die Brust und ein blendender Blitz durchschnitt den Raum. Offenbar verfügte dieser Meister doch über so viel Macht, dass er nicht gleich in einem glühenden Funkenregen zerplatzte.

Aber dann schienen ihn seine Abwehrkräfte zu verlassen und er sank unter der Gewalt des unentwegt auf ihn einströmenden Energiestrahls unendlich langsam auf die Knie. Er kippte vornüber und brach zu einem schwarzen Häufchen gescheiterter Existenz zusammen.

In diesem Moment fiel auch die erdrückende Kälte von Garius und allen anderen Anwesenden ab und unbändige Freude über den errungenen Sieg erfüllte ihn und seine verbliebenen Männer.

Da geschah das Undenkbare: Der gestürzte Hexer regte sich und erhob sich ganz allmählich. Er richtete sich auf und der blaue Strahl, der immer noch auf ihn eindrang, zerfaserte an seinem Gewand. Blitze wanderten an seinem Körper hinab und es schien, als sauge er die geballte Energie des Strahles in sich auf. Mit jeder Sekunde, die der Angriff der Magier andauerte, richtete er sich weiter auf, bis er wieder in voller Größe vor ihnen stand.

Er hob den Kopf und das Grauen, das von ihm ausging, traf alle Anwesenden wie eine Schockwelle und riss sie zu Boden. Sein Gesicht war vollständig von einer silberroten Maske bedeckt, dann sah Garius die blicklosen schwarzen Abgründe dieser Augenhöhlen hinter der Maske, die sich ihm auf grauenvolle Weise zuzuwenden drohten.

Alles um ihn herum begann zu verblassen, kraftlos und leer zu werden, und Garius meinte sogar zu erkennen, dass sich der abendliche Himmel verdüsterte, bis es keine untergehende Sonne, keine Monde und keine Sterne mehr gab und die Welt von der abgrundtiefen Dunkelheit verschlungen wurde, deren Zentrum dieser schwarze Magier war. Undeutlich empfand er, wie die Kraft aus ihm herausrann und sein Geist aus seinem Körper gerissen wurde, während die Nacht der Todesbotin Kazat seine Augen trübte und alles in kaltem Nebel versank. An dieses Gesicht, das keines war, an diese Maske und die schwarzen Gewänder, die ein grauenhaftes Etwas verbargen, das in dieser menschliche Form imitierenden Hülle seine düsteren Pläne verfolgte, würde er sich noch im Reich der Toten erinnern und ewiglich davor erzittern.

RUINEN

Aus den Erinnerungen des Ormog

Ein erwartungsvoller Ruf durchbrach die vor Anspannung geladene Luft, als sich mit einem leisen Knistern der Eilbote des Kommandanten Garius Galtar materialisierte. Kaum hatten sich die goldenen Farbschlieren verfestigt und den Boten endgültig ausgespien, waren die Zauberer bereit.

»Herr Galtar lässt übermitteln …« Weiter kam der Bursche nicht.

»Platz da, Junge!«, rief der Erzmagier, während er den Boten beiseitestieß und allen voran seinen Platz auf der Plattform einnahm. Kurz darauf lösten sich der Erzmagier und neun seiner Gefährten in goldenes Licht auf, die nächste Gruppe wartete bereits. Mit militärischer Disziplin, reibungslos wie ein perfektes Uhrwerk, folgten die Zehnergruppen aufeinander und ließen sich zur Ratshalle transportieren. Rasch leerte sich der Raum, doch mit jedem Transport wurde der Hauch des Verderbens deutlicher, den Ormog in seinem Nacken verspürte. Irgendetwas musste ganz gewaltig schieflaufen. Ormog ahnte es, noch ehe er es sah. Die vorletzte Zehnergruppe dematerialisierte sich knisternd, da brach eine Woge des Grauens über sie herein und die geometrischen Linien des Temesch-Oktagramms glühten in bedenklichem Rot. Flüchtige Blitze flackerten über seine Oberfläche.

»Verflucht! Irgendetwas stört die Transportvorrichtung. Die Verbindung ist instabil!«, stieß einer der Weißmagier hervor und murmelte einige Beschwörungsformeln, die den zischenden Überladungen zumindest kurzzeitig Einhalt geboten.

»Schnell hinein«, rief Ormog seinen Kollegen zu, »ich versuche, die Verbindung so lange zu stabilisieren, bis ihr drüben seid! Keine Widerrede! Sie brauchen uns, ich fühle es!«

Ohne eine Antwort abzuwarten, öffnete Ormog seinen Geist und versenkte sich in die energetischen Ströme im Inneren des Oktagramms. Ormogs Kollegen zerflossen zögerlich zu gelben Streifen und verschwanden. Ormog wandte seine ganze Kraft auf, um den Zauberern trotz der Störungen eine sichere Ankunft in Akkadu zu ermöglichen. Dann aber, als er fühlen konnte, dass sie sich wieder materialisiert hatten, brach die Verbindung zusammen und das Oktagramm gab funkenstiebend einen gequälten Ton von sich.

»Bei Kreter!« Fluchend versuchte er, die Teleportvorrichtung wieder in Gang zu bringen. »Nur noch einen einzigen Menschen musst du schaffen, einen einzigen Teleport!«, rief er und sah sich hektisch im Raum um. Da saß noch immer der Bote zitternd in einer Ecke. Ormog riss ihm den Gesandtenstab aus der Hand und sprach darüber hastig eine Beschwörung, sodass der Stab zu glühen begann. Schnell kniete er sich vor das Oktagramm und schrieb unruhig, aber mit Präzision einige komplizierte Runen in die Plattform. Als er fertig war, stellte er sich darauf, warf den Stab beiseite und sprach mit erhobenen Händen die Worte der Initialisation. Sofort verschlangen ihn die goldenen Schleier und seine Umgebung schmolz dahin wie in einem nimmer enden wollenden Wirbelsturm. Gerade als sich die formlosen Schemen zu einer neuen Umgebung zusammensetzen wollten, verstärkte sich die Vorahnung des Unheils. Die Dunkelheit vertiefte sich immer mehr, bis sie Ormog grausame Qualen bereitete. Hätte er in diesem Augenblick einen physischen Körper besessen, vielleicht wäre er an der schrecklichen Pein zugrunde gegangen. So aber wand sich sein Geist, im Äther zwischen zwei Orten gefangen, während alles um ihn herum drohte, sich in einem Mahlstrom des Grauens aufzulösen. Die Welt war aus den Fugen geraten, etwas Entsetzliches war geschehen. Eine abgrundtiefe Leere weitete sich aus, ein Vakuum mit unbändigem Hunger.

Die Zeit dehnte sich bis ins Unendliche, bevor der Raum nach und nach die namenlose, entsetzliche Leere zurückeroberte. Die chaotische Welt setzte sich zögerlich wieder zusammen.

Am grauen Himmel flammte die untergehende Sonne noch einmal auf, doch nur kurz. Matt erleuchteten ihre Strahlen die Ratshalle und die Stadt Akkadu – oder vielmehr das, was davon übrig war.

Alle vier Wände des Hauses, das die Plattform beherbergte, waren eingestürzt und als Ormog zögernd über den bleichen Rasen schritt, rührte kein einziger Windhauch die Luft in ihrer Totenstarre. Mit zitternden Beinen fiel er auf die Knie, unfähig, sich weiter zu bewegen. Langsam sah er zu den Überresten der Halle auf.

Das Mauerwerk war in der Mitte senkrecht gebrochen und dann abgerutscht. Geblieben war ein armseliger Trümmerhaufen, aus dem die andere verstümmelte Hälfte emporragte, um das traurige Mausoleum zu markieren, in dem die Weißen Magier des ersten Kreises ihren Tod gefunden hatten. Ormog wagte nicht, daran zu denken, doch er wusste, hier war die Zukunft des Ordens besiegelt. Enthauptet und ohne Bestimmung würde er den Gorgul vollends anheimfallen. Mit dem Erzmagier und dem ersten Kreis war alle Hoffnung dahin, die Gorgul und ihren Meister jemals zu besiegen. Was auch immer hier geschehen war, die einzigen, die mächtig genug gewesen wären, das Verderben aufzuhalten, waren mit dem Geheimnis ihres Untergangs gestorben.

Nach einer Weile raffte sich Ormog auf und folgte der Spur der wunderbar blauen Glasscherben der großen Fenster, die nun wie Tränen aus Saphir im Licht der aufgegangenen Monde glitzerten.

Er öffnete seinen Geist, um die pulsierende Lebensenergie möglicher Überlebender aufzuspüren, doch insgeheim machte er sich keine Illusionen, jemand könnte diesem Schrecken entgangen sein. Nur dadurch, dass er sich in einem Teleportvorgang befunden hatte, war er mit dem Leben davongekommen. Wirklich, die Götter hatten einen grausamen Hang zur Ironie. Er durchsuchte die Trümmer – die Früchte eines Planes, mit denen sich die Weißen Magier selbst vernichtet hatten.

Während er da so über die Schuttberge kletterte, kam ihm etwas zu Bewusstsein, das ihn schon seit längerer Zeit störte. Erst hatte er es für eine Folge der Katastrophe gehalten, doch allmählich dämmerte ihm die furchtbare Erkenntnis: Dem ganzen Ort fehlte die Kraft, die Magie, das

Leben. Alles um ihn herum, die zertrümmerte Ratshalle, die graue, totenstille Stadt, alles schien nur noch eine leere Hülle. Ormog versuchte, seine Kräfte einzusetzen, doch es geschah nichts. So etwas hatte er noch nie gesehen. Hier war nur der makabre Nachhall eines einst lebendigen Ortes.

Durch Herumstochern im Schutt versuchte Ormog seinen Geist abzulenken, doch es gelang ihm nicht, sich vor der toten Leere zu verschließen, die ihn umgab. Er hatte immer größere Schwierigkeiten, sich zu konzentrieren. Das Nichts zerrte förmlich an ihm, dem einzigen lebenden Stern in einer Welt der Schatten. So wie das Vakuum nach Ausgleich strebt, so versuchte auch diese Leere verzweifelt, sich wieder anzufüllen – und zwar mit Ormogs Lebensenergie.

Er wusste, dass er hier nicht mehr lange bleiben konnte, und wollte sich gerade zum Gehen wenden, da spürte er ein leichtes lebendiges Prickeln. Plötzlich schoss etwas unter einem Trümmerteil hervor und packte Ormog am Knöchel. Er hatte das Schwert in der Hand, noch ehe er darüber nachdenken konnte, steckte es aber sofort weg, als er auf eine menschliche Hand blickte. Ein Überlebender! Am liebsten hätte er vor Erleichterung geweint, stattdessen machte er sich stracks daran, den Verschütteten auszugraben.

Schließlich kam ein staubbedeckter Mann zum Vorschein, der sich hustend auf Ormog stützte. Ein Krächzen entrang sich seiner Kehle und Ormog reichte ihm eine

Feldflasche mit Wasser. Gierig stürzte der Mann den Inhalt hinunter, bevor er in der Lage war, irgendetwas zu sagen.

Ormog stellte sich kurz vor. Der Mann nahm es zur Kenntnis und antwortete: »Garius Galtar ist mein Name. Ich bin ... war der Fünfhundertschaftsführer der loyalen Garde des Weißen Ordens, ich ...«, seine weiteren Worte wurden in einem Hustenanfall erstickt, doch er drückte dankbar Ormogs Arm. Als Garius Galtar sich beruhigt hatte, zog Ormog ihn weiter.

»Lasst uns von hier verschwinden. Wenn ich diese von H'xinn verfluchte Leere noch länger ertragen muss, werde ich wahnsinnig!«

Vatya Ganta: Vergangenheit

»Setzt Euch doch, Vatya!«, sagte Norvar Zesk freundlich, aber bestimmt und Vatya wusste, dass sie nicht ablehnen konnte. Er goss ihr einen Kristallbecher perligen Olvims ein und nahm mit eigentümlichem Lächeln Vatyas misstrauischen Blick zur Kenntnis. »Keine Angst, der Wein ist nicht vergiftet.« Er lächelte gewinnend. »Ich habe aus dem Beispiel meines Vorgängers gelernt, dem Ihr, wie ich hörte, eine, nun ja, sagen wir mal, sehr spezielle Behandlung habt zukommen lassen!«

Vatya knurrte beim Gedanken an diesen unschönen Vorfall. »Sprecht frei heraus und bildet Euch nicht ein, dass Ihr durch Schmeicheleien eines Tages meinen Platz zur Rechten des Meisters einnehmen werdet. Ihr bietet mir sicherlich nicht ohne Grund Wein an, also frage ich nur dieses Mal: Was wollt Ihr von mir, Norvar?«

»Nun, ohne Euch beleidigen zu wollen, aber unser aller Meister, der Namenlose, hat mich bereits in Euren Rang erhoben, wohl aufgrund meiner außerordentlichen Leistungen.«

»Ihr meint wohl durch Euer Geschick mit der Zunge, viel Gift und den Dolch habt Ihr Euch hochgearbeitet. Tapferkeit kann man das wohl kaum nennen, eher feige Hinterlist!«

»Mag sein. Aber das sind nun einmal die Qualitäten, die der Meister schätzt, meine Liebe! Ohne natürlich Eure zweifelsohne überaus wertvollen Fähigkeiten mit dem Schwert herabwürdigen zu wollen.« Er schenkte ihr ein spöttisches Grinsen. »Doch nun ist die Zeit des Schwertes und des Feuers vorbei! Wir haben mit Gewalt erreicht, was wir wollten, und Ihr habt Euch dabei als sehr tapfer erwiesen, doch ab jetzt ist keine Tapferkeit mehr vorgesehen in den Plänen des Meisters. Jetzt ist die Zeit der im Finsteren meuchelnden Klingen, der gespaltenen Zungen und der tödlichen Gifte gekommen, wie Ihr es so abschätzig bezeichnet. Alle diese Fertigkeiten werden nun mehr benötigt als Euer

Schwert, seht es ein, meine Liebe. Euer Mond sinkt und meiner steigt, wie die Alten sagen.«

»Soso. Ihr haltet mich also für eine ungeschickte, schwertfuchtelnde Barbarin, wenn ich das richtig verstehe? Ich warne Euch, wenn ich durch die Schatten wandle, dann werdet nicht einmal Ihr mich hören, die Ihr euch so viel auf Eure Fähigkeiten einbildet!«, zischte Vatya und fühlte den pulsierenden Zorn in ihren Adern, der sie belebte und kurzzeitig die klamme Kälte aus ihrem Herzen vertrieb, die sich immer in ihr festsetzte, wenn sie sich in der Nähe des Meisters aufhielt.

»Um auf Eure Frage zurückzukommen, werte Vatya: Der Meister schickte mich, um Euch über die Geschehnisse aufzuklären.« Er schwieg, während sie zu einer fauchenden Erwiderung ansetzte, dass sie nicht wie ein kleines Kind informiert werden müsse, schließlich habe sie den Plan ausgeführt, der die glorreiche Vernichtung ihrer Feinde einläutete.

»Na, na. Nur nicht boshaft werden, meine Dame. Ihr seid mit dem klaren Auftrag des Meisters entsandt worden, um einen wichtigen Politiker aus dem Kronrat des Herrschers zu verfolgen, von dem bekannt ist, dass er mit dem Weißen Orden gemeinsame Sache macht. Ihr seid seiner Spur gefolgt bis zu dem Ort, an dem sich der vollständige erste Kreis treffen sollte, um unsere Vernichtung zu planen.«

»Erzählt mir was Neues und stehlt nicht meine Zeit«, knurrte sie.

»Wie Ihr wünscht«, gleichgültig fuhr Norvar Zesk fort: »Der Meister hat Euch getäuscht. Ihr wart Teil eines wesentlich vielschichtigeren Planes. Nun, da das Geplante gelungen ist, möchte ich Euch den gesamten Plan enthüllen, damit wir weiterarbeiten können: Vor etwa einem Zyklus des alten Mondes bin ich mit der Mission betraut worden, einen Vertrauten des Erzmagiers zu verfolgen. Kora Gint. Ein alter und zweifellos weiser Mann, auf seine Art. Nun ja, Friede seinem Schatten. Aufgrund seines Alters war es relativ leicht für mich, ihn aus dem Hinterhalt zu überwältigen. In einer mühsamen Prozedur löschte ich seine jüngsten Erinnerungen und pflanzte ihm einen Gedanken in den Kopf – einen simplen Plan, um den führenden Kopf der Gorgul zu vernichten. Unter meiner ständigen geistigen Kontrolle kehrte Kora zum Erzmagier zurück und unterbreitete ihm seinen vermeintlich eigenen Plan. Der Erzmagier ließ sich natürlich von seiner Freundschaft zu Kora blenden und bemerkte den fremden Einfluss nicht. Sofort veranlasste er, dass man uns eine Falle legte und durchsickern ließ, dass sie einen finalen Schlag gegen die Gorgul planten, den zu besprechen sie in der Ratshalle von Akkadu gedachten. Mit einem auffälligen Mitglied des Kronrates wollten sie eine unserer Agentinnen anlocken und sie auf eine falsche

Fährte bringen.« Er ließ Vatya einen Augenblick Zeit, damit sie das Gehörte verdauen konnte.

»Ihr wollt also behaupten, ich habe mich an die Fersen eines Köders geheftet? Dass ich ihnen in die Falle gegangen bin?«

»Gewissermaßen. Doch es trifft Euch keine Schuld, denn es war so geplant. Die Weißen Zauberer dachten, sie könnten uns überlisten, indem sie in der Ratshalle zu Akkadu einen Zirkel niederer Zauberer zusammenkommen ließen, die sich mit hohlen Auren großer Macht maskierten, um die Agentin, also Euch, zu täuschen und uns glauben zu machen, sie wären die echten Zauberer. Sie dachten, damit würden sie unseren Meister anlocken können, ihn schwächen und dann aus ihrem Versteck kriechen, um ihn zu vernichten. Dachten sie. In Wirklichkeit war dies nur der geniale Plan unseres erhabenen Meisters. Durch mich und meine Fähigkeiten konnte er den Ratsmagiern einen plausiblen Grund geben, sich alle auf einmal zu versammeln. Geblendet von ihrem scheinbar unfehlbaren Plan, erfüllten sie aus eigenem Bestreben, ohne es zu ahnen, den Willen unseres Meisters, des Schattenwebers, des Herrn der List und der Intrige. Und nun sind sie alle tot und die Stadt Akkadu ist vernichtet – ein positiver Nebeneffekt dieser Aktion.«

Der schwelende Zorn Vatyas war während des Gespräches immer glühender geworden. »Ihr wollt also behaupten, dass ich die ganze Zeit über eine dumme Marionette war, die nach einem Plan des Weißen Ordens gehandelt hat, der in Wirklichkeit Eurer beziehungsweise der Plan des Meisters war? Weshalb hat man mich nicht über den vollen Umfang der List aufgeklärt? Warum? Erachtet man mich dessen nicht für würdig?« Vatya tobte und war kurz davor, Norvar Zesk mit einem Wurfdolch an die Wand zu nageln. Doch war die Geschichte, die er ihr dargelegt hatte, so einfach und offensichtlich logisch, dass Vatya auf den ersten Blick keinen Fehler darin erkennen konnte.

»Was, wenn die Weißen Zauberer Euch geschnappt hätten, nachdem Ihr den Meister über den Standort der Versammlung informiert hattet? Sie wussten ja, dass Ihr da wart! Sie hätten Euch gefangen nehmen und ausgiebig verhören können, um noch das kleinste Detail aus Euch herauszupressen. Zweifellos wäre das für den eigentlichen Plan verhängnisvoll gewesen. Darum haben wir Euch nur so viel wissen lassen, wie den Weißmagiern logisch erscheinen musste im Rahmen ihres eigenen Planes. Ihr seht also, es hatte alles seinen Sinn und Zweck!«

»Und das nächste Mal werde ich Euch mit Sinn und Zweck meinen Dolch zwischen die Rippen rammen!«, erwiderte sie erbost. Es ärgerte sie, dass man sie derart benutzt, mit ihr gespielt hatte. Hatte sie ihren Meister jemals enttäuscht? Oder weshalb war dieser Emporkömmling von ihrem Meister auf dieselbe Stufe erhöht worden wie sie? Warum hatte er sich seiner bedient, um den Plan in Gang zu setzen? Warum hatte er nicht sie, Vatya Ganta, seine getreue rechte Hand, erwählt, die Übersicht über alle Fäden des Spiels zu behalten? Sollte am Ende Norvar Zesk sie ablösen, wie sie seinen Vorgänger abgelöst hatte? War sie schwach geworden?

Ihre zornig kreisenden Gedanken wurden von Norvar unterbrochen, der sie mit stechendem Blick musterte und alle Regungen ihrer Gesichtszüge registrierte. »Und nun, meine Liebe, erwartet Euch der Meister, jetzt da ich Euch auf den neuesten Stand gebracht habe.«

Mit gemischten Gefühlen schritt sie die düsteren Steinkorridore hinab, weg von Norvar und auf ihren Meister zu. Mit gequältem Ächzen schwangen die Flügeltüren langsam auf und gaben den Blick auf die Halle ihres Meisters frei. Sie war länglich und aus schmucklosem grauschwarzem Stein erbaut. Die kuppelförmige Apsis am Ende der Halle besaß große Aussichtsfenster, die nur von zwei dicken Stützpfeilern unterbrochen wurden. Sie gestatteten einen umfassenden Ausblick über das Land davor, mit seinen unfreundlich gezackten schwarzen Bergen, den bedrohlichen Felsmassiven und den in den Tälern versiegenden Bächen. Da sie wusste, dass sich die Anlage größtenteils im Inneren eines Felsmassivs erstreckte, fand sie den Anblick des Himmels, den sie durch die breiten Fenster sehen konnte, tröstlich. Das nächtliche, samtendunkelblaue Firmament, dessen schweigsame silberne Sterne mehr gesehen zu haben schienen als selbst die Götter, beeindruckte sie. Der Himmel wirkte im Gegensatz zu diesem Tal und ganz besonders dieser Feste irgendwie gelassen. Ihn rührte das Schicksal der Menschen nicht.

Der Innenraum der Apsis war ebenfalls schmucklos, er zeichnete sich, wie der Rest dieser Halle, durch das Fehlen jeglichen Mobiliars aus.

Unbewegt stand dort mit gesenktem Haupt der Meister. Natürlich gab es hier keinen Thron, auf dem er sich hätte niederlassen können, denn er hielt dergleichen eitles Gehabe für Zeitverschwendung und eine Schwäche der Sterblichen.

Im Augenblick hatte die verzehrende, hungrige Ausstrahlung ihres Meisters nachgelassen, da er mit dem Leben und der Energie einer ganzen Stadt gesättigt war. Sicher reichte die geballte Kraft der mächtigen Magier Kamals aus, um ihn zunächst zufriedenzustellen, doch sie fragte sich insgeheim, ob es ganz ungefährlich für ihn gewesen war, so viel auf einmal zu verschlingen. Aber sie erlebte dergleichen nicht zum ersten Mal. Und sie wusste aus Erfahrung: Sein unbändiger Hunger würde wiederkehren, immer und immer wieder, bis es nichts mehr gab, das er verzehren konnte, nichts, bis auf die Götter selbst, und dann würde er selbst ein Gott sein.

Sie unterdrückte die Emotionen, die in ihr wach wurden, als sie an ihre Heimatstadt dachte. Ihr Meister hatte sie von ihren Fesseln befreit, ihre Heimatstadt zerstört, ihre Vergangenheit getilgt und nun galt ihre ganze Treue ihm. Sie würde ihm dienen, bis sie als Sterbliche in der ewigen Präsenz ihres Meisters verlosch, als eines der vielen nützlichen Werkzeuge, die ihm in seinem unendlich langen Leben schon gedient hatten.

Mit einem mentalen Befehl, ohne Worte, befahl er ihr, näher zu kommen. Als sie ein Stück herangetreten war, hob der Dunkle Meister sein Haupt nur um weniges, doch es genügte, dass Vatya angesichts der von ihm ausgehenden Welle des Grauens weiche Knie bekam.

Er streckte die Hand aus und Vatya fühlte, wie eisige Kälte ihren Geist durchdrang, ihr Denken lähmte und zum Stillstand brachte. Dann drang eine Flut von Bildern in ihren Kopf. Gesichter verschiedener Leute, Bilder von Protokollen und Akten. Seine tote Stimme hallte leise durch den Raum und obwohl er weit weg von ihr stand, vernahm sie jedes einzelne Wort.

Als er mit seiner Instruktion geendet hatte, drehte er sich schweigend um. Vatya wusste, dass die Audienz nun beendet war, und verließ schnellen Schrittes die Halle. In ihrem

Kopf bereits Pläne wälzend, die letztendlich zum schleichenden Untergang Kamals führen würden. Es würde schwach und schließlich wehrlos sein, wenn ihr Meister es verzehrte, wie schon so viele Länder und Städte an anderen Orten und zu anderen Zeiten.

Aus den Erinnerungen des Ormog

Fast eine Stunde waren sie unter dem gleichgültigen Blick der Sterne dahingewandert, bis die tote Stadt Akkadu endlich hinter ihnen lag. Ormog fühlte, wie seine Umgebung lebendiger wurde, das Gras war wieder kraftvoll grün, die Bäume reckten lebhaft ihre Zweige empor, auf denen Vögel saßen und zwitscherten. Endlich konnte Ormog seine geistigen Barrieren senken, mit denen er sich vor der Leere zu schützen versucht hatte.

Die beiden beschlossen zu rasten, denn Garius war noch immer geschwächt. Ormog ließ sich von ihm in allen Einzelheiten berichten, was sich in der Ratshalle zugetragen hatte. Mit jedem Wort seines Begleiters verdüsterte sich Ormogs Miene mehr und mehr.

Er sprach es nicht aus, doch er fühlte sich in gewisser Weise schuldig an der Zerstörung einer ganzen Großstadt, von der nichts übrig war als Schutt und Leichen. Mit Bitterkeit wurde ihm bewusst, dass er nun wohl der einzige mächtige Weißmagier in ganz Kamal war. Der einzige Angehörige des ersten Kreises. Sozusagen der Letzte einer magischen Elite. Zwar gab es noch den zweiten und den dritten Kreis, doch der eine setzte sich aus gewöhnlichen Dorfzauberern und Alchemisten zusammen, der andere aus Lehrlingen und Ausbildern. Keine dieser Gruppen war stark genug, sich gegen die Gorgul zu behaupten. Und zweifellos würden die Gorgul die Gelegenheit nutzen, die verbliebenen Weißmagier zu jagen und zu vernichten. Mit dem Fall des Weißen Ordens gab es niemanden mehr, der ihre dunklen Machenschaften zu bremsen vermochte. Niemanden außer ihm. Aber was konnte ein Einzelner schon ausrichten?

Verzweifelt seufzte Ormog. Er wusste nicht, wohin. Er hatte kein Ziel, keinen Ort, an den es sich zu reisen lohnte. Außer Vimu, wo er seine getreue Kaptrom zurückgelassen hatte. Ja, vielleicht sollte er zu seiner Kaptrom zurückkehren und zusehen, dass er so viele Weißmagier wie möglich in Sicherheit brachte.

Mühsam rafften sie sich auf. »Sagt einmal, Garius Galtar, ich spüre keinerlei magische Begabung in Euch! Wie habt Ihr das überlebt, was eine ganze Stadt entvölkerte?«

Garius zuckte mit den Achseln: »Ehrlich gesagt, ich weiß es nicht. Womöglich war es die Vorsehung der Götter, die mich vor diesem schrecklichen Schicksal bewahrte.«

Ormog schwieg. Weshalb hatte ausgerechnet dieser Mann überlebt, an dem er beim besten Willen nichts Besonderes erkennen konnte? Er war sicher ein tapferer und tüchtiger Kommandant gewesen, aber eben auch nur ein gewöhnlicher Sterblicher, wie all die anderen tüchtigen Menschen dieser Stadt! Vielleicht hatten die Götter ja wirklich die Hand im Spiel.

Ihr Marsch dauerte lange, denn weit und breit war keine Ansiedlung zu sehen, wo sie hätten Unterkunft finden können. So brauchten sie drei Tage, in denen sie sich über Landstraßen und durch die Wildnis schlugen, bis sie endlich die ersten Häuser eines Dorfes erspähten.

Die ganze Zeit über hatten sie nichts Essbares gefunden, außer einigen trockenen Wurzeln und einem mageren Mumadu, den sie aber aus Mitleid laufen ließen. Da erschien ihnen das Schild des Gasthofes wie eine glückliche Verheißung. Ein Paar Kupfermünzen wechselten den Besitzer und sie bekamen ein einfaches, anständiges Essen und ein Lager für die Nacht.

Die Götter erbarmten sich der beiden und schenkten ihnen einen tiefen traumlosen Schlaf.

Als sie am nächsten Tag die schmale Stiege hinabkamen und in der Wirtsstube ihren Platz einnahmen, bemerkten sie, dass die Leute sie verstohlen ansahen und miteinander flüsterten.

Ein grobschlächtiger Mann kam auf sie zu und knallte seinen Bierkrug auf den Tisch. »Was hat euch denn hierher verschlagen, Fremde?«, fragte er in gespielt interessiertem Tonfall. Mit einem Blick auf Ormogs schmutzige Kampfrobe sagte er: »Ihr seid doch nicht etwa Zauberer?«

Schlagartig verstummte das Gemurmel und Totenstille kehrte ein, sodass jeder im Raum hören konnte, was Ormog leise erwiderte. »Ja, ich bin Zauberer.«

Die Hand des Mannes wanderte zum Griff eines Stiletts, das an seinem Gürtel hing. Mit geheuchelter Freundlichkeit fragte er: »Ihr kommt nicht zufällig aus der Stadt Akkadu, meine Herren Zauberer?«

Ormog, dem das feindselige Funkeln in den Augen des Mannes nicht entgangen war, zögerte mit der Antwort. »Nun ja, wir …«

Das genügte. Hatte im einen Moment noch völlige Ruhe geherrscht, brach nun das totale Chaos aus.

»Ihr dreckigen Hexer, ihr Massenmörder, ihr …« Das weitere Geschrei des Mannes ging in dem Krawall unter, den die aufgebrachte Menge verursachte. Ein gutes Dutzend Leute drang mit gezogenen Messern und Stiletten auf sie ein.

Obwohl Ormog wusste, dass es die Einstellung dieser Menschen zur Zauberei nicht gerade verbessern würde, sah er keine andere Wahl, als sein Schwert zu ziehen und sich mit ausladenden Hieben Platz zu schaffen. Ein Stuhl kam angeflogen. Ormog wich aus und zog Garius mit sich. Mit der Breitseite seiner Klinge versuchte er, die Angreifer schonend bewusstlos zu schlagen, während Garius ihm Rückendeckung gab, doch seine Rücksicht hatte ihren Preis: Er kam nicht mehr dazu, rechtzeitig auszuweichen, als ein weiterer Stuhl durch die Luft auf ihn zusegelte. Das solide Sitzmöbel riss ihn zu Boden und presste ihm die Luft aus den Lungen. Verzweifelt begann er, einen Schutzkreis zu beschwören, doch etwas sehr Hartes zersplitterte an seinem Hinterkopf und die schwarze Nacht des Valigur hüllte ihn ein.

Aus den Erinnerungen des Ormog

Als Ormog stöhnend das Bewusstsein wiedererlangte, dröhnte ihm der Schädel. Sein Blick klärte sich und er musste feststellen, dass er mit schweren Eisenketten an eine schwarze, schleimige Kerkerwand gefesselt war. Links und rechts von ihm saßen oder lagen etwa drei Dutzend weiterer Gefangener. Garius Galtar lag gefesselt neben ihm im dreckigen Stroh der Zelle. Er atmete noch.

»Und, auch ein Zauberer?«, fragte eine raue Stimme zur Rechten Ormogs. Der sah sich um und erblickte einen ausgezehrten, asketischen Mann, dessen Arme so dünn waren, dass er beinahe seine Hände durch die Handschellen hätte zwängen können.

»Ja, ich bin Ormog, Magier des ersten Kreises. Und offenbar der letzte.«

Der ausgemergelte Mann nickte bekümmert. »Ich wusste gar nicht, dass überhaupt einer überlebt hat. Aber das spielt nun auch keine Rolle mehr, man wird uns sowieso alle hinrichten.«

Ormog sah sich um. »Weshalb sind hier so viele Zauberer?« Ormog fragte, obwohl er die Antwort bereits zu kennen glaubte, und sie wurde ihm bitter bestätigt: »Nachdem sich die Katastrophe mit Akkadu herumgesprochen hatte, veranlasste der Herrscher sofort die Verhaftung eines jeden Zauberers, dessen man habhaft werden konnte, und setzte Kopfgelder aus. Vermutlich dachte er, so würde er nicht nur die Unruhestifter dieses Bürgerkriegs los, sondern bekäme auch die Gunst des Volkes, das uns ohnehin hasst. Tja, und jetzt sitzen wir hier, im sichersten Gefängnis des Landes, in unserer ach so glorreichen Hauptstadt Drohm'Eddar.«

Weitere Vermutungen wurden vom Quietschen des schlecht geölten Zellentores unterbrochen. Ein Wärter stieß es auf, andere kamen eilig herein und lösten die Ketten, mit denen die Gefangenen an die Wände gefesselt waren.

Peitschen knallend trieb man sie aus dem Kerker und durch einen von rußenden Trollfettlampen erleuchteten Gang.

Garius Galtar, den man unsanft wieder zu Bewusstsein gebracht hatte, stolperte neben Ormog einher und knurrte: »Wie die Rinder zur Schlachtbank. Ich kann nur hoffen, dass der Henker seine Axt geschärft hat!«

Wie wahr!, dachte Ormog. Der Vergleich hatte etwas. Allerdings bestand ein letzter Schimmer Hoffnung, denn Ormog wusste, dass der Oberste Richter den Namen Gallard der Gerechte trug. Hoffentlich nicht grundlos. Mit Sicherheit konnten sie den Richtern klarmachen, dass die Gorgul letztlich die Schuld an dem Ganzen hatten, nicht der Weiße Orden. Aber stimmte das auch? Ormog war sich inzwischen nicht mehr so sicher. Vielleicht gehörte die Arroganz, mit der die Ordensleute ihre Pläne gegen die Gorgul geschmiedet hatten, wirklich bestraft.

»Wir werden sehen«, sagte jemand neben ihm, »wir werden sehen.«

Vatya Ganta: Vergangenheit

Eine kurze Zauberformel überzeugte die Wächter der inneren Gemächer von Vatyas Befugnis einzutreten und sie ging hoch erhobenen Hauptes, als hätte sie jedes Recht dazu, durch den Gebäudeflügel, der ausschließlich den Richtern vorbehalten war.

Ihr sonst offenes schwarzes Haar hatte sie zu einem Knoten aufgesteckt, wie es für Richterinnen üblich war. Auch trug sie eine lange schwarze Robe, darunter verborgen jedoch, im Unterschied zu denen der echten Richter, ein umfangreiches Waffenarsenal.

Da erblickte sie ihr Auftragsziel: den obersten Lordrichter Gallard ar Ardistan der Gerechte. Nun, dieser Beiname würde ihren Plänen zugute kommen, bei Edja, der listigen Göttin!

Wie zufällig gesellte sie sich zu der Gruppe von Richtern, mit denen sich Gallard unterhielt. In ihrem bezauberndsten Tonfall, den sie mit etwas Magie würzte, fragte sie Gallard, ob er einen Augenblick Zeit habe, sie wolle eine Angelegenheit von größter Wichtigkeit mit ihm unter vier Augen besprechen. Begleitend zu ihren Worten lächelte sie süß und wandte sich mit einem graziösen Hüftschwung von der Gruppe ab, zielstrebig auf ein Nebenzimmer zusteuernd.

»Meine Herren, entschuldigt mich für einen Augenblick, ich muss kurz mit dieser reizenden Dame ein paar Worte wechseln!«, sagte Lordrichter Gallard ar Ardistan zu seinen grinsenden Kollegen und folgte ihr arglos.

Sie schloss die Tür hinter ihm und verriegelte sie unauffällig mit einem Zauberspruch. »Setzt Euch erst einmal, Eure Eminenz!« Mit den Wimpern klimpernd bot sie ihm einen Stuhl an.

»Also, meine Dame, worum geht …« Ein Dolch bohrte sich in seine Brust. Überrascht keuchend klammerte sich der Richter am Tischrand fest, ungläubig auf den Griff der Waffe starrend. Während er langsam zu Boden rutschte, konzentrierte sich Vatya und legte ihm zwei Finger an die Schläfe.

Sie durchforstete Gallards schwindenden Geist, studierte ihn, analysierte seine Persönlichkeit und seine Erinnerungen.

Als sie fertig war, zielte sie mit einem sengenden Feuerstrahl auf den Körper des leblosen Richters. Nur ein Häufchen Asche und ein unansehnliches Loch im Teppich blieben zurück. Dann nahm sie vom Tisch eine Öllampe und ließ sie in dem schwelenden Brandloch zerschellen.

Jeder unbeteiligte Mensch würde nun vermuten, dass die Lampe vom Tisch gefallen war und ein Loch in den Teppich gebrannt hatte, bevor jemand es austreten konnte. Niemand würde Fragen stellen. Auf einen Zusammenhang mit dem verschwundenen Richter oder eine Maskerade würde sicherlich niemand kommen.

Einen Augenblick verharrte sie konzentriert, dann spürte sie ein leichtes Kribbeln auf der Haut. Sie schritt über die verrußte Teppichstelle hinweg zu einem Wandspiegel. Daraus blickte ihr ein adlernasiges Gesicht mit schmalen Lippen und durchdringenden Augen entgegen. Sie war zufrieden mit ihrem Werk. Der Illusionszauber, mit dem sie ihre wahre Gestalt verbarg, zeigte ein perfektes Abbild von Richter Gallard. Niemand würde Verdacht schöpfen.

Eilig verließ sie den Raum und rief laut mit Gallards tiefer Stimme nach der Dienerschaft. »Es hat einen kleinen Unfall gegeben! Eine Öllampe ist heruntergefallen und hat den Teppich beschädigt. Schnell, schnell, schafft Ordnung!«

In der allgemeinen Aufregung, die nun ausbrach, fragte niemand den vermeintlichen Richter Gallard, wo denn eigentlich die nette Dame hingegangen sei. Vatya erlaubte sich kurz ein selbstzufriedenes Lächeln, dann schritt sie auf den Hauptverhandlungssaal zu, in dem die aufgegriffenen Zauberer auf das Urteil warteten.

Aus den Erinnerungen des Ormog

Nachdem man sie aus den düsteren, feuchten und schimmligen Kerkern einige Treppen hinaufgeführt hatte, wurde die Umgebung angenehmer. Nun dämpften dicke Teppiche die Schritte der Gefangenen und durch die Fenster schien die Sonne warm und freundlich.

Sie näherten sich einer Ebenholzpforte, auf der die Symbole des Rechts prangten. Dahinter öffnete sich ein gewaltiger arenaförmiger Saal, von dessen vollbesetzten Zuschauerrängen die aufgebrachte Menge sie mit schändlichen Flüchen in Empfang nahm und auf sie herunterspuckte.

Unsanft stieß man sie auf steinerne Bänke, die das Zentrum des Saales bildeten. Wie Ormog mit einem Stirnrunzeln zur Kenntnis nahm, saßen hier bereits mehrere Dutzend Leute und aus anderen Türen kamen immer mehr Gruppen dazu, von den beißenden Peitschen der Wärter getrieben. Alles in allem mochten es über hundert Angeklagte sein, die sich im Brennpunkt der Aufmerksamkeit zusammendrängten.

Von einem prächtig verzierten Balkon aus überblickten die Richter in ihren schwarz-roten Roben mit überlegener Miene das Durcheinander zu ihren Füßen.

Eine eiserne Kugel wurde auf einen Bronzegong geschlagen und das aufgeregte Publikum kam zur Ruhe. Der Oberste Richter Gallard ar Ardistan erhob sich und eröffnete die Verhandlung mit den zeremoniellen Worten an die Götter. Anschließend verlas man die Anklagepunkte: Störung der öffentlichen Ordnung, Anstiftung eines Bürgerkrieges, eigenmächtige Truppenbewegungen ohne Absprache mit dem Kronrat und zuletzt die Schuld an der völligen Zerstörung der wichtigen Handelsstadt Akkadu sowie die Verantwortung für den Tod von Tausenden …

Der Oberrichter zupfte während der Verlesung gelangweilt an den roten Zeremonialbändchen an seiner Robe, sodass Ormog an seinem beruflichen Ernst zu zweifeln begann.

Der Vorleser schloss seine schier endlose Liste an tatsächlichen, aber auch an offenbar ausgedachten Vergehen mit der rituellen Frage: »Erkennt jemand die verlesenen Anklagepunkte nicht an oder möchte er ihre Richtigkeit bezweifeln, so erhebe er sich jetzt und tue mit eigener Zunge seine Ansicht kund, auf dass die Gerechtigkeit entscheiden möge!« Er räusperte sich und fuhr fort: »So sei den Beklagten nun die Möglichkeit gegeben, sich zu den Vorwürfen zu äußern und uns von ihrer Unschuld zu überzeugen. Möchte jemand von den gefangenen Zauberern eine Erklärung abgeben?«

In den Reihen der Magier blieb es still. »Ihr wollt euer Handeln nicht verteidigen?«, fragte der Oberrichter Gallard mit beißendem Unterton.

Wieder Stille bei den Gefangenen. Das konnte doch nicht sein, dass keiner der Zauberer etwas sagen wollte, das war einfach nicht möglich! Gerade wollte Ormog selbst aufspringen, um sich zu verteidigen, doch dann merkte er, dass er sich nicht bewegen konnte. Er war wie gelähmt.

»Empfindet Ihr Reue für Euer Handeln oder könnt Ihr

es in irgendeiner Weise rechtfertigen?«, fragte Gallard bohrend.

Stille. Ormog wollte den Richter anschreien, doch es kam kein Wort über seine Lippen. Ein unerklärlicher Bann lähmte seine Zunge, während der Richter theatralisch in die Menge schaute.

»Nein? Keine Reue? Keine Rechtfertigungen, dass es nur zum Nutzen des Landes gewesen wäre? Keine langen Beteuerungen, dass es einen Unterschied zwischen Weißmagiern und den sogenannten Gorgul gäbe – wobei wir natürlich alle wissen, dass das Haarspalterei ist, denn Ihr seid alle unheilbringende Hexenkünstler!«

Das Publikum schrie und pfiff und war bereits kaum mehr zu beruhigen. Der Lordrichter Gallard hatte sie völlig in der Hand.

Ormog bemühte sich weiterhin, seiner Stimme Herr zu werden, doch der Druck auf seine Kehle wurde nur noch schlimmer. Verzweifelt sah er zu dem Richterbalkon auf und fing den Blick Gallards ein, der ein kurzes höhnisches Grinsen aufblitzen ließ und Ormog mit seinen kalten blauen Augen musterte.

Etwas stimmte hier eindeutig nicht. Offenbar hielt man alle Angeklagten in einem Bann, um ihnen die Möglichkeit der Verteidigung zu nehmen. Irgendjemand versuchte absichtlich, die Gerichtsverhandlung, wenn man diese überhaupt so nennen konnte, zu manipulieren, und das nicht zu ihren Gunsten! Ormog beschlich das starke Gefühl, dass Richter Gallard hierbei eine nicht unwesentliche Rolle spielte, so wie er das Volk geschickt gegen sie aufhetzte, dass es förmlich nach Blut schrie.

»In Eurer Arroganz habt Ihr das Leben vieler unschuldiger Menschen auf dem Gewissen. Wo Ihr nur hinkamt, gab es Tod und Zerstörung. Ja, ja, Ihr behauptet: Es sind die Gorgul, eine bösartige Sekte, die nicht mit unseren Prinzipien übereinstimmt, die Euch zum Handeln zwingen, doch ich sage, dass Ihr in Wahrheit nur nach einem Grund sucht, die Herrschaft an Euch zu reißen! Euer Orden ist instabil geworden! Ihr habt die Lage nicht mehr unter Kontrolle und lasst zu, dass sich Magier von Euch abspalten. Und während Ihr verzweifelt darum ringt, Eure verlorene Kontrolle wiederzuerlangen und Herren der Lage zu werden, müssen die einfachen und anständigen Bürger unseres teuren Landes dafür mit dem Blute bezahlen …«

Mit jedem Wort, das über Gallards Lippen kam, nahm der brausende Sturm der Verachtung im Publikum zu, bis Ormog glaubte, dass die aufgebrachte Menge bald von den Zuschauerrängen herabstürmen werde, um die Zauberer zu steinigen. Und auf keine dieser Beschuldigungen und Behauptungen konnten sie mit ihren gelähmten Zungen antworten.

»Aber, aber, werter Kollege!«, unterbrach eine tiefe, wohlklingende Stimme die Rede Gallards. »Wir wollen doch keine voreiligen Schlüsse ziehen, wie es sich ganz gewiss nicht für einen Mann Eurer Erfahrung und Weisheit ziemt!« Ein Richter löste sich aus der Reihe der Exzellenzen in ihren schwarz-roten Roben und stellte sich Gallard mit mildem Lächeln gegenüber. »Ihr stellt es so dar, als habe uns die Zauberei nichts als Unheil gebracht, aber im Gegenteil! Denkt doch einmal daran, über wie viele Generationen hinweg der Weiße Orden eine feste, anerkannte Institution war. Ein Hort des Wissens und der Weisheit. Denkt an all die Kräuterkundigen, die uns vor Krankheiten bewahrten und das Vieh segneten, sodass es stets fruchtbar blieb! Denkt an die Siege, durch die Kamal erst groß geworden ist! Zu jeder Zeit kämpften die Zauberer mutig an der Seite unserer tapferen Soldaten und noch immer erzittern die Fremdlande vor dem Ruf unserer Kaptroms. Ich sage, dass die Zauberer seit jeher eine unschätzbare Bereicherung für unsere Gesellschaft darstellten!«

Gallard hatte es für einen Moment die Sprache verschlagen. Er funkelte den anderen Richter giftig an, als wolle er gleich das Schwert ziehen und ihn zum Duell herausfordern. Doch er besann sich offenbar und setzte wieder dem Volk zuliebe seine Maske der Liebenswürdigkeit auf.

»Ihr wollt also sagen, dass Bürgerkrieg und zerstörte Städte eine unschätzbare Bereicherung für unser Volk sind?«

»Nein, das habe ich mit keinem Wort gesagt. Ich meine aber, dass Ihr den Nutzen, den die Zauberei unserem Volk schon immer gebracht hat, überdenken solltet. Nun, da die Lage außer Kontrolle geraten zu sein scheint, möchte ich darauf aufmerksam machen, dass dies nicht an der Zauberei an sich liegt. Nehmen wir zum Beispiel ganz gewöhnliche Soldaten. So weit die Geschichtsschreibung zurückreicht, haben sie der Gesellschaft gedient mit tatkräftigem Schwert und unerschütterlichem Mut. Aber auch bei den einfachen Kriegern gab es schon immer Zwietracht und Verrat. Obwohl unsere Soldaten das Land beschützen, waren sie doch auch Gegenstand so manchen Putschversuches, so mancher Intrige und so manchen Aufstandes. Und jetzt sagt mir, wenn Ihr die Analogie verstanden habt, was ist der Unterschied zwischen beiden Berufen? Ihr werft ihnen einen Bürgerkrieg vor? Wenn ich Eure Logik recht verstehe, dann könnten wir demnächst darüber verhandeln, ob wir unsere Kaptroms abschaffen sollten, bloß weil sie hin und wieder eine Rolle in staatsinternen Zwistigkeiten spielen! Eure Argumentation ist lächerlich! Es verhält sich mit den Zauberern nicht anders als mit jedem anderen Beruf. Ich bestreite nicht, dass die Angeklagten zumindest teilweise schuldig sind, doch man soll sie aufgrund der tatsächlichen Sachlage beurteilen und nicht, weil sie außergewöhnliche Begabungen besitzen! Und schon gar nicht, um den Durst des Volkes nach Rache an Menschen zu befriedigen, die andersartig sind als sie!«

Das war interessant. Ormog, der sich seit Beginn der Verhandlung sicher gewesen war, dass es sich hier um ein abgekartetes Spiel handelte, lauschte der Argumentation dieses Richters hoffnungsvoll. Hätte er reden können, so hätte er dessen Worte aus voller Seele bekräftigt.

Ormog beobachtete Gallard genau, der sich irgendwie unwohl in seiner Haut zu fühlen schien. Offenbar lief es nicht so, wie er es erwartet hatte.

»Und nun sollten wir uns den eigentlichen Anklagepunkten zuwenden.«

Unter den Richtern herrschte Unruhe. Ormog sah, wie ein weiterer Richter an den Redner herantrat und in leisem Tonfall auf ihn einredete. Ormog spitzte seine Magierohren und versuchte, durch magische Verstärkung zu verstehen, über was dort oben im Flüsterton diskutiert wurde, was allerdings durch die Schreie und Rufe des Publikums nicht ganz einfach war. Doch es gelang ihm, einige Wortfetzen aufzuschnappen: »… bedenkt gut Eure Position, Rahes! Der Herrscher hat doch auf Anraten des Kronrates … Reichtum versprochen, wenn wir … wollt Ihr euch wirklich einer direkten Anordnung des Herrschers widersetzen?« – »Kadal, ich werde Recht sprechen, wie es die Götter verlangen, nicht wie unser … Herrscher.« – »Gut, Rahes, ich respektiere das, aber du weißt, ich kann dich nicht öffentlich unterstützen, ich habe Pflichten meiner Familie gegenüber … und wenn diese Verhandlung vorbei ist, musst du fliehen, so weit du kannst …«

Höchst interessant, dachte Ormog. Offenbar hatten die Richter die direkte Anweisung gehabt, die Gefangenen zu verurteilen. Vielleicht hatte man ihnen auch gedroht, sodass sie gezwungen waren, der Aufforderung nachzukommen. Umso mutiger fand Ormog dieses selbstlose Eingreifen in die Verhandlung zu ihren Gunsten durch den Richter, der Rahes genannt wurde.

»Also weiter! Den Angeklagten wird die Anstiftung zu einem Bürgerkrieg vorgeworfen? Dieser Vorwurf sollte eigentlich nicht ihnen gelten, sondern den sogenannten Gorgul, die alles daransetzen, die bestehende Ordnung zu stürzen. Sie waren der eigentliche Auslöser des Krieges. Die Weißen Zauberer haben alles dafür getan, die Gorgul zu vertreiben, man kann also sagen, dass sie versucht haben, unser Land vor der Bedrohung durch die Gorgul zu retten! Wir sollten bedenken, dass es ohne den tapferen Einsatz der Weißmagier um uns heute vielleicht schon viel schlechter bestellt wäre!«

Gallard stieg die Zornesröte ins Gesicht und er wirkte, als müsse er um Fassung ringen.

Der andere fuhr unterdessen fort: »Ist es rechtens, Menschen zu bestrafen, die versucht haben, uns zu retten, und dabei gescheitert sind? Ich glaube nicht! Ein nächster Anklagepunkt war die nicht genehmigte Truppenverschiebung. Nun stellt Euch einmal vor, meine Herren, dass der Orden dem Feind gegenübersteht und erst eine Anfrage an den Kronrat stellen muss, ob es ihm überhaupt erlaubt ist, zu reagieren und dem Feind Einhalt zu gebieten. Bis die Anfrage beurteilt und genehmigt wäre, hätten die Gorgul erneut ein Dorf geplündert und niedergebrannt!«

Gallard meldete sich zu Wort: »Aber, mein lieber Kollege, Ihr seht doch sicher die Gefahr darin, wenn man jemandem, ohne Überwachung der Regierung, erlaubt, Truppen zu kommandieren! So etwas kann in einem Putschversuch enden! Mit dem Kommando über die Hälfte unserer Kaptroms hätten sie leicht die Hauptstadt einnehmen und den Herrscher stürzen können! Ihr versteht also hoffentlich dieses Mindestmaß an Kontrolle, das der Kronrat über die Situation bewahren will!«

»Gewiss! Und ich bestreite auch gar nicht, dass es wider das Gesetz war, doch der Umstand, dass es zu unser aller Wohl geschah, sollte bei der Urteilsfindung berücksichtigt werden, oder etwa nicht, Oberrichter Gallard?«

Dieser konterte sofort: »Die Zerstörung der Stadt Akkadu war also Sache des Gemeinwohles?«, fragte er höhnisch.

»Aber sicher!«, antwortete Rahes ungerührt. »Es liegen von einem wichtigen Mitglied des Kronrates, dessen Anonymität ich wahren will, Informationen vor, die eindeutig belegen, dass die Weißen Zauberer in Akkadu sogar versucht haben, zum finalen Schlag gegen die Gorgul auszuholen. Man darf also davon ausgehen, dass dort etwas anders gekommen ist, als es geplant war. Ich denke, die Gorgul waren letztendlich schuld an dem Desaster und der Weiße Orden wollte uns davor bewahren!«

»Da seht Ihr, was die Hexerei für Unheil über uns bringt! Ich sage Euch, die Zauberkunst ist gefährlich und gehört verboten, denn sie verursacht nur Leid!«, warf Gallard ein, dem offenbar die Argumente ausgingen.

»Das«, erwiderte Richter Rahes kalt, »das ist Verhandlungsgegenstand der Sitzung, die zurzeit im Kronrat abgehalten wird. Hier geht es nur darum, in welchem Maße diese Menschen hier schuldig sind.«

Gallard ergriff eine letzte Möglichkeit und wandte sich ans Volk: »Ihr habt die Argumentation meines Kollegen und meine eigene gehört! Ich frage euch: Seid ihr für die Hinrichtung ausnahmslos aller dieser gemeingefährlichen Hexer?«

Rahes unterbrach ihn. »Muss ich den Herrn Kollegen an

die große Charta von Chulun-Thal erinnern? Die Grundlage unseres Bürgerrechts? Laut Paragraf dreihundertzweiundsiebzig, schwarze Tafel, ist das Gericht verpflichtet, die Gesinnung des Täters und den Zweck seiner Tat zu bewerten und dies in die Urteilsfindung einfließen zu lassen. Sollte nachweisbar eine positive Gesinnung hinter den mutmaßlichen Verbrechen stehen, so muss die Todesstrafe ausgesetzt oder in eine angemessene Strafe umgewandelt werden.«

Ein aufgeregtes Murmeln lief durch die Menge. Rahes wandte sich an die anderen Richter: »Ich rufe Euch nun auf zu entscheiden, ob Ihr die Hinrichtung der gefangenen Weißmagier befürwortet oder ob Ihr die Charta, die von unserem Herrscher vor Jahren gebilligt wurde, mit einbezieht und einer Verurteilung, jedoch ohne Todesstrafe, zustimmt. Ich schlage dazu einen Kompromiss vor: Die Gefangenen werden der Jakkarth-Zeremonie unterzogen, die ihnen sowohl ihr Gedächtnis als auch ihre magischen Fähigkeiten raubt, anschließend verbannt man sie. Ich fordere Euch nun auf, eine Entscheidung zu fällen!«

Dieser Richter Rahes war genial! Nun hatte er die anderen Richter in der Hand: Sie konnten seinem Vorschlag zustimmen oder sich nach Gallard richten und die Todesstrafe fordern, was allerdings ein öffentlicher Verstoß gegen die Charta von Chulun-Thal wäre, die der Herrscher selbst erlassen hatte. Es war klar, wofür sie sich entscheiden würden. Ein Verstoß gegen die Charta musste üble Folgen nach sich ziehen, der vorgeschlagene Kompromiss erlaubte ihnen dagegen, ihrer Anweisung entsprechend die Gefangenen schwer zu bestrafen, wenn auch auf andere Weise.

»Nun, meine Herren?«

Die Richterschaft zögerte. Schließlich trat ein Richter mit verunsichertem Blick vor: »Ich stimme für die Bestrafung im Jakkarth«, sagte er leise, sodass es kaum zu hören war. Ein weiterer Richter schloss sich ihm an, dann noch einer und noch einer. Schließlich wurde mit sieben zu vier die Vollstreckung der Jakkarth-Zeremonie als Urteil angenommen.

»So hat nun das Recht der Götter entschieden, dass die Angeklagten mit dem Jakkarth bestraft werden ...«, rezitierte der Vorleser die abschließende Litanei und beendete die Sitzung mit der rituellen und für Ormogs Geschmack viel zu überschwänglichen Ehrung der Götter des Rechts.

Das Publikum erhob sich lärmend und strebte den Ausgängen zu, während die Zauberer von den peitschenschwingenden Aufsehern hinausgetrieben wurden.

Am Ausgang sah sich Ormog noch einmal nach dem Oberrichter Gallard um. Wie versteinert stand dieser auf dem Richterbalkon, unbändigen Zorn verströmend. Aber etwas war seltsam. Einen Moment lang schien es, als habe

Gallard langes schwarzes Haar und tiefblaue Augen. Hatte Richter Gallard nicht kurzes braunes Haar gehabt?

»Heda! Nicht trödeln, Hexerabschaum!«, fuhr ihn ein Aufseher an und trieb ihn durch die Ebenholzpforte. Just in diesem Augenblick, als Gallard aus Ormogs Gesichtsfeld verschwand, spürte er den lähmenden Druck von seiner Kehle abfallen. Probehalber verfluchte er den Wärter. Es funktionierte! Er konnte wieder sprechen!

»Ihr! Wärter! Bringt den da zu mir!«, ertönte da eine befehlsgewohnte Stimme hinter ihnen. Eine schwere Hand fiel auf Ormogs Schulter und drängte den beunruhigten Zauberer aus dem Tross der anderen Gefangenen. Geschwind schob man ihn in ein Nebenzimmer, das am Gang lag, und verriegelte die Tür hinter ihm.

»Lasst uns allein!«, befahl ein großer Mann in schwarzroter Robe dem Wärter und schloss die Tür hinter ihm. Es war Richter Rahes.

»Ich habe nicht viel Zeit, deshalb fasse ich mich kurz: Ich habe meine Tarnung als Richter gefährdet, um Euer Urteil abzumildern. Das war alles, was ich tun konnte. Ich wusste, dass die Gorgul einen Spion einschleusen würden, um die Verhandlung zu manipulieren. Mir ist nicht entgangen, wie Euch Gallard angesehen hat, woraufhin Ihr kein Wort mehr hervorbringen konntet. Ich vermute, Gallard gehört zu den Gorgul. Mehr weiß ich nicht. Auf jeden

Fall hatte ich nicht erwartet, dass ich eure Freilassung erwirken könnte, und mich auf den Kompromiss mit dem Jakkarth vorbereitet. Hier! Nehmt das!« Er drückte Ormog ein unauffälliges Silberamulett in die Hand. »Tragt es bei der Durchführung des Jakkarth. Ich weiß, dass Ihr mächtig genug seid, um den Schaden dieses Urteils zu minimieren! Es kann sein, dass Ihr trotzdem Eure magischen Fähigkeiten und Euer Gedächtnis verliert, aber benutzt dieses Amulett und nutzt seine Kraft! Es ermöglicht, dass Eure Erinnerungen vielleicht eines Tages zurückkehren!«

»Wer seid Ihr? Warum helft Ihr mir?«, fragte Ormog, doch sein Gegenüber schnitt ihm das Wort ab.

»Keine Zeit für Erklärungen. Sollte Euer Geist das hier heil überleben und Euer Gedächtnis zurückkehren, dann werdet Ihr die Antworten finden. Inzwischen habe ich dafür gesorgt, dass Ihr an dem Ort der Verbannung genügend Geldmittel zur Verfügung habt, um nach Wiedererlangen Eurer Persönlichkeit gegen die Gorgul vorzugehen. Natürlich habe ich Ähnliches für viele andere der verurteilten Zauberer veranlasst, aber ich befürchte, keiner von ihnen wird mächtig genug sein, um daraus Nutzen zu ziehen. Ihr seid der letzte Überlebende des ersten Kreises, möglicherweise ruht das Schicksal des ganzen Landes auf Euren Schultern, also gebt Euer Bestes. Und nun muss ich hier verschwinden, bevor mich die Schergen des Kronrates ausfindig machen! Gehabt Euch wohl!« Er riss die Tür auf und rief nach den Wärtern.

»Wartet, Rahes, was …«

Aber schon rissen ihn zwei muskelbepackte Männer aus dem Zimmer und schleiften ihn zurück zu der dreckigen Kellerzelle, wo sie ihn unsanft auf das feuchte Stroh warfen.

Hier ging eindeutig etwas Seltsames vor, dachte Ormog und öffnete seine Handfläche, auf der das unscheinbare Amulett schimmerte. Welchem Schachspiel der Mächte er auch unterworfen sein mochte, er war gewillt, seine Chance auf Rettung zu ergreifen.

Aus den Erinnerungen des Ormog

Genauso unsanft wie das erste Mal wurden sie am nächsten Morgen geweckt und aus der Zelle getrieben. Als Garius aufstehen wollte, stieß ihn ein Wächter grob zurück. »Halt! Du nicht! Du bist kein Zauberer. Dir ist ein anderes Urteil vorgesehen.«

Garius sah hilflos zu Ormog her.

»Lebt wohl, mein Lieber, mögen die Götter stets ihre schützende Hand über Euch halten«, verabschiedete sich

Ormog leise, bevor man ihn aus der Zelle zerrte. Er hoffte, dass Garius als Nichtmagier bald freigelassen werde. Im Stillen wünschte er ihm Glück.

Am Rande registrierte Ormog, dass der Zug der Gefangenen dieses Mal nicht nur von den peitschenbewehrten Aufsehern begleitet wurde, sondern sogar von einer zusätzlichen Eskorte schwerbewaffneter Soldaten. Mit milder Belustigung bemerkte er, dass ihre Bewacher mindestens genauso viel Angst hatten wie die Gefangenen. Einige hielten sogar Schutzamulette gegen Zauberei umklammert und murmelten ängstlich Gebete zu allen möglichen Geistern und Göttern. Ormog konnte die Furcht dieser bemitleidenswerten Männer nachvollziehen. Sie sollten jegliche Fluchtversuche der Zauberer vereiteln, auch wenn es sie vermutlich das Leben kostete. Zu ihrem Glück dachte keiner der Gefangenen ernsthaft daran zu flüchten. Jedem war klar, dass sie vielleicht ihre Eskorte überwinden könnten, doch sehr weit würden sie nicht kommen, bevor man sie aufhalten und mit Armbrustbolzen spicken würde.

Nachdem sie schließlich das Eingangsportal passiert hatten, stolperten sie hinaus ins blendende Sonnenlicht. Sie wurden von den Flüchen und Buh-Rufen einer tobenden Menschenmenge empfangen, die nur durch eine Kette aus breitschultrigen Soldaten davor zurückgehalten wurde, sich auf die zerlumpten Gestalten zu stürzen und sie zu zerfleischen. Während man die Verurteilten durch die schmale Passage führte, wurden sie vielfach von Steinen, fauligem Gemüse oder rohen Eiern getroffen, die aus der Menge geflogen kamen.

Gerade noch konnte Ormog mit seiner Kette eine schleimige Mondpfahlwurzel abwehren, er verlor dadurch jedoch sein Gleichgewicht und stürzte. Unsanft riss man ihn hoch. Mehr durch einen Soldaten geschleift als aus eigener Kraft erreichte er schließlich den Jakkarth-Platz.

Der Steinkreis befand sich an dieser Stelle seit undenklichen Zeiten. Er war schon alt gewesen, als die Dunklen Könige hier vor tausend Jahren herrschten. Ormog wusste, dass diese Menhire eine besondere magische Kraft hatten. Vermutlich war das auch der einzige Grund, weshalb die Mitglieder der Steinmetzgilde sie nicht längst weggeschafft hatten.

Nun, diese besonderen Eigenschaften sollten sie jetzt zu spüren bekommen, dachte Ormog bitter.

Schnell wurden sie alle zusammengekettet und jemand hakte die Hauptkette in einen fest im Boden verankerten Ring. Ein hochgewachsener Raval in langem schwarz-rotem Gewand trat an sie heran und schickte mit ungeduldiger Handbewegung die Soldaten fort.

»Hier sind nun die verruchten Zauberer! Hier wird ihnen

Gerechtigkeit widerfahren, ganz so, wie es das Hohe Gericht in seiner Weisheit beschlossen hat ...«

Die Worte des Ravalrichters versetzten die Menge in lauten Jubel und unter den anfeuernden Schreien seiner Zuschauer leitete er genüsslich und mit theatralischem Bedacht das Ritual ein, das den Magiern ihre Erinnerungen und ihre Kräfte rauben sollte.

Sanft, fast zärtlich strich er über die kantige Oberfläche des Monolithen, der ihm am nächsten stand, Beschwörungen murmelnd.

Ein Beben lief durch die Erde und der Richter sah zu, dass er sich von dem Steinkreis entfernte. Die Zeit war gekommen, um den Rat des seltsamen Richters Rahes zu befolgen. Ormog umklammerte unauffällig das Silberamulett und bot seine ganze Konzentration auf, um es zu aktivieren.

Das Beben des Bodens erreichte seinen Höhepunkt, als gelb-orange Blitze von den hohen Menhiren herniederzuckten und die gefesselten Zauberer erfassten, die sich vor Schmerzen schreiend wanden.

Ein lähmender Schmerz durchfuhr Ormog und seine Knochen fühlten sich an, als gösse man sie mit geschmolzenem Metall aus. Mit unkontrollierbaren Zuckungen fiel er vornüber und sein Blickfeld trübte sich zusehends. Sein Innerstes wurde förmlich zerrissen von den gierigen Blitzen, die sich auf der Suche nach magischen Verbindungen und Erinnerungen durch seinen Körper brannten, um sie abzutrennen und zu verstümmeln.

Ormog versuchte, in dieser Tortur einen klaren Kopf zu behalten, und richtete seine schwindenden Geisteskräfte auf das Amulett.

Kaum merklich schwanden die höllischen Schmerzen und Ormog nahm halb bewusst war, dass das Amulett begann, seine Arbeit zu tun. Mit einem sanften Netz fing es die hinfortgeschwemmten Erinnerungen und Fähigkeiten wieder ein, einem unsichtbaren Sieb gleich.

Seine Persönlichkeit schmolz dahin wie das Eis in der Sonne, aber in seinem Inneren fühlte er, wie sie sich in den tiefsten Gefilden seines Geistes niederschlug und sammelte, um ihm eines Tages wieder zugänglich zu sein.

Oh Götter, bewahrt mich, dachte er. Dann senkte sich gnädige Schwärze über ihn und er spürte nichts mehr.

Aus den Erinnerungen des Ormog

Als sein Bewusstsein das erste Mal nach dem Jakkarth aus wirren Träumen auftauchte, nahm er bruchstückhaft wahr, dass er in einer Kutsche lag, die holpernd über eine schlecht gepflasterte Straße rollte. Eine Stimme sprach beruhigend auf ihn ein und er glitt wieder hinüber in jenen seltsamen

Zustand zwischen Schlaf und Wachsein, zwischen Wirklichkeit und Einbildung.

Grelle Helligkeit stach in seine Augen, dann kamen Stimmen hinzu. Sie flüsterten einen Namen – Ormog. War das sein Name? Ja, sicher war er Ormog, oder etwa doch nicht? Er war verwirrt und konnte sich an nichts erinnern, dann erlosch die Sonne mit einem Mal. Nein, nicht die Sonne war erloschen, sondern man hatte ihn in ein Gebäude gebracht, das war es! Aber wieder senkte sich die Verwirrung über ihn und die Schwere seiner gelähmten Glieder zog ihn abermals hinab in dunkle Tiefen.

In den Momenten, in denen sein Geist, einer Wasserleiche gleich, an die Oberfläche des Bewusstseins trieb, registrierte er undeutlich seine Umgebung. Viele Gesichter umringten ihn, manche mit nachdenklich gerunzelter Stirn, andere mit Bechern und Kristallfläschchen voller übel riechender Gebräue und Tinkturen vor sich.

Das nächste Mal, als er erwachte, fühlte sich sein Geist erstaunlich klar. Nicht mehr zäh und wirr. Ormog bemühte sich aufzustehen. Sofort eilte ein freundlich wirkender Diener herbei und reichte ihm eine Erfrischung. Sein Name lautete Ichtyon Vanastera.

Ichtyon und die anderen Diener kümmerten sich gut um ihren Schutzbefohlenen, sodass Ormog zumindest körperlich langsam genas.

Oft saß er still da und fragte sich, was früher einmal den Platz in seiner Seele gefüllt hatte, den jetzt allein gähnende Leere beherrschte. Sonnwende um Sonnwende verging. Dann, eines Abends, kamen die Gorgulattentäter und die Erinnerung kehrte zurück.

DURCH DAS AUGE DES ADLERS

Ormog: Gegenwart

»Das war die Geschichte, von der ich denke, dass es meine ist.«

Nachdenklich gestattete Ormog sich einen Schluck des rubinfarbenen Weines. Noch immer stand ihm lebhaft vor Augen, welche schrecklichen Dinge seine Vergangenheit barg. Doch je mehr Erinnerungen zurückkehrten, desto weiter weg wünschte er sich die Bilder von Tod und Zerstörung, die durch seinen Kopf zogen.

Eines gestand er sich ein: Er war hier lange Zeit in Sicherheit gewesen, doch nun hatten die Gorgul ihn gefunden. Und nach dem Scheitern des ersten Mordanschlages würden sie gewiss wiederkommen, um ihr Werk zu vollenden. Es war nur eine Frage der Zeit.

Während Ormog mit gerunzelter Stirn Ichtyon seine Sorgen mitteilte, sah dieser betreten zu Boden, als wolle er etwas sagen, halte sich aber absichtlich zurück.

»Ich werde noch etwas meditieren«, seufzte Ormog schließlich, nachdem beide eine Weile geschwiegen hatten. »Lass in der Zwischenzeit ein Samtar mit Ausrüstung, Proviant und Waffen für mich satteln. Ich muss fort, bevor die Gorgul wiederkehren.«

Dann fügte Ormog hinzu: »Ach, und sorge dafür, dass alle Bediensteten dieses Haus so bald als möglich verlassen und im Plemarintal Unterschlupf suchen. Ich will sie nicht dem rücksichtslosen Zorn der Gorgul ausgeliefert wissen, wenn die Attentäter bemerken, dass ich nicht mehr hier bin!«

Nachdem Ormog alles Nötige veranlasst hatte und er sich sicher sein konnte, dass seine Anweisungen rasch befolgt wurden, schlenderte er ein letztes Mal durch die Hallen und Räumlichkeiten der Villa. Es war seltsam: Er hatte vor sich hingelebt, sich fragend, was mit ihm geschehen war, von einem Tag zum nächsten, ohne Ziel, bis ihn die Vergangenheit unsanft eingeholt hatte. Und nun, da er wieder über die meisten seiner Erinnerungen verfügte, blieb ihm keine Zeit mehr, alles zu verdauen, sondern er musste von dem Ort fliehen, der ihm so lange Zuflucht geboten hatte.

Beinahe empfand er Nostalgie, als er über die schweren Holzmöbel strich, die bunt gewirkten Wandteppiche befühlte und die alten Schriftrollen und Bücher auf seinem Gambholzschreibtisch öffnete.

Schließlich zog er den Vorhang beiseite und ging hinaus auf die Terrasse. Nichts, außer vielleicht einem kleinen dunklen Fleck am Boden, hätte vermuten lassen, dass die Ruhe dieses Ortes am vorherigen Tage auf so bösartige Weise gestört worden war.

Ormog setzte sich im Schneidersitz nieder auf die warmen Fliesen, sog die vom Blütenduft des Gartens erfüllte Luft tief ein und genoss noch einmal den wunderbaren Ausblick über das friedliche Plemarintal.

Als ihn das Gefühl völliger Gelöstheit durchströmte, schloss er die Augen, wie er es schon viele Male getan hatte, und begann zu meditieren.

Aber etwas war anders. Etwas schien an seinem Geist zu zupfen. Es war wie ein leises Flüstern, ein zarter Windhauch. Nicht aufdringlich, aber doch so, dass es nach Aufmerksamkeit verlangte. Ormog spürte ihm nach. Er hatte dieses Flüstern lange nicht mehr vernommen, aber er kannte es. Es war ein vertrauter Ruf. Er folgte der Kraft, die er über so viele Sonnwenden nicht mehr gespürt hatte. Er fühlte das Leben um sich herum pulsieren. Die Wurzeln der Bäume, die sich mit stoischer Geduld immer tiefer in die Erde gruben, den hektischen Mumadu, der sich mit einem Tvip um eine heruntergefallene Frucht balgte, und den begehrlichen Blick, den der Greifvogel, der am Himmel kreiste, ihnen zuwarf. Das alles konnte er fühlen und noch viel mehr! Es war eine wunderbare Euphorie, die er in diesem Augenblick empfand. Mit seinem Gedächtnis kehrte nun auch der Grundpfeiler seines früheren Lebens zurück. Das, was ihm gewaltsam entrissen worden war, ja, an dessen Vorhandensein er sich nicht einmal mehr hatte erinnern können. Seine Begabung zur Magie. Die Magie war zu ihm zurückgekehrt! Das letzte große Loch in seiner Seele begann sich zu schließen.

Aber noch war sie sehr zaghaft. Ormogs Geist musste sich erst mühsam daran erinnern, wie er diese Kraft lenken und nutzbar machen konnte.

Der Adler zieht unter den Strahlen der tiefer sinkenden Sonne vorbei …

Ormog öffnet seine Augen. Seine Adleraugen. Er sieht die Welt von oben in einer Schärfe, zu der ein Mensch niemals in der Lage wäre. Einige Nagetiere spielen im hohen Gras, aber er widersteht dem Drang, hinabzustoßen und die Klauen um eines davon zu schließen. Nein. Er hat ein anderes Ziel. Gekonnt mit dem Wind spielend dreht er ab und zieht davon, in die Richtung des großen Etwas, das in sein Revier eingedrungen ist. Er muss es vertreiben, denn dies sind seine Jagdgründe.

Da! Langsam schiebt es sich vor die Sonne und wirft einen länglichen, ovalen Schatten auf die Wiesen. Höher, immer hö-

her kreist er, bis er über dem Eindringling fliegt. Es ist ein seltsames Etwas; bedrohlich, mit scharfen Kanten und sehr schnell. So ein Ding hat der Adler niemals zuvor in seinem Leben gesehen. Er ist beunruhigt. Aber Ormog weiß, was das schwebende Objekt darstellt, das beinahe wie ein Schiffsrumpf geformt ist. Es ist ein Bataal. Ein magisches Fluggerät.

Auf seinem Deck erkennt der Adler viele Gestalten. Alle vermummt in schwarze Gewänder und mit übergestreiften Kapuzen. Silbriger Stahl funkelt blutdürstig in ihren Händen.

Eine der Gestalten sieht auf und der Wind weht ihr die Kapuze zurück.

Langes schwarzes Haar flattert um ihren Kopf und umspielt ein anmutiges Gesicht. Eine Rüstung aus Jagdleder schmiegt sich geschmeidig an ihren Körper und die bronzenen Plättchen, mit denen sie besetzt ist, funkeln in der Sonne.

Der Blick des Adlers kehrt schnell zu ihrem Gesicht zurück. Zu diesen faszinierenden dunkelblauen Augen. Es ist der Blick einer Jägerin, wie von seinesgleichen, das erkennt der Adler sofort.

Nun sieht sie den Adler direkt an und ein beinahe spöttisches Lächeln erscheint auf ihren vollen Lippen. Der Blick der Jägerin lässt ihn nicht mehr los, er bohrt sich in seinen Kopf – dann senkt sich Schwärze über die Augen des Adlers.

Ruckartig öffnete Ormog die Augen und stand auf. Die

gelassene Stimmung und die Freude über die wiedererlangte Magie waren verflogen.

Was er da eben gesehen hatte, war höchst beunruhigend. Ein Bataal, ein magisches Transportmittel der Gorgul, näherte sich dem Plemarintal mit hoher Geschwindigkeit. Es würde nicht lange dauern, bis sie hier eintrafen, und dann sähe sich Ormog einer ganzen Ladung Gorgul gegenüber! Vielleicht knapp eine Stunde blieb noch Zeit.

Glücklicherweise war sein Reittier bepackt und stand bereit. Ormog zögerte dennoch. Was, wenn er losritt, um vor den nahenden Gorgul zu fliehen, und ihnen geradewegs in die Arme lief? Sicher rechneten sie damit, dass er einen Fluchtversuch unternehmen würde, also wieso sollten sie nicht auch Männer in den Hügeln und im Wald postiert haben, um ihn abzufangen?

War es nicht doch besser, hier im Schutz des Hauses zu bleiben und Widerstand zu leisten, als ohne Deckung durch den Wald zu fliehen, wo es wahrscheinlich vor Gorgul nur so wimmelte? Nein, es war zu spät, um noch an simple Flucht zu denken. Ormog spürte bereits von allen Seiten das Unheil nahen.

So festigte sich in ihm der Entschluss, zu bleiben und sich der Gorgul zu erwehren. Wenn er sie besiegt hatte, konnte er immer noch ungesehen verschwinden. Aber falls er hier den Tod finden sollte, würde er wenigstens in Würde sterben und nicht hinterrücks, von einem vergifteten Pfeil auf der Flucht niedergestreckt. Bei Lorginhorp! Mal abwarten, wer hier besser kämpfen konnte!

Er hoffte, dass die Dienerschaft seinem Befehl, die Villa zu verlassen, sofort nachgekommen war.

Ormog atmete tief ein. Seine magischen Kräfte waren noch sehr begrenzt und geschwächt, kein Vergleich zu früher. Erst langsam, Stück für Stück, musste er wieder erlernen, was in den Abgründen des Vergessens verschwunden gewesen war: Wie er diese unglaubliche Macht nutzen und sein eigenes Potenzial voll entfalten konnte. Es würde also nichts daraus werden, die Gorgul in einem Blitzsturm hinwegzufegen. Er musste eine andere Möglichkeit finden, sich wirkungsvoll zu verteidigen. Ormog erinnerte sich an seine Lehrlingszeit. Hatten sie nicht damals ihren Meistern boshafte Streiche gespielt? Viele davon waren raffiniert und gefährlich gewesen. Ormog zweifelte nicht daran, dass er trotz seiner begrenzten Fähigkeiten diese Lehrlingsstreiche wieder hinbekommen würde. Vielleicht konnte er sie mit noch etwas mehr Bosheit würzen. Sogleich machte er sich ans Werk, beschwor hier, verfluchte da, verhexte dort.

Über eine halbe Stunde musste er schon beschäftigt gewesen sein, da spürte er die Nähe der Gorgul. Offenbar taten sie nicht viel, um ihre Präsenz zu verschleiern. Sollte ihr Opfer ruhig das Verderben spüren, noch ehe es seine Mörder sehen konnte! Doch wenn sie das Haus stürmten, konnten sie sich auf einiges gefasst machen, dafür hatte Ormog gesorgt.

Eine Fensterscheibe zerbarst und ein langer Pfeil blieb in der gegenüberliegenden Wand stecken. Vorsichtig linste Ormog durch das zersplitterte Glas und spähte hinunter. Auf den ersten Blick machte er ein halbes Dutzend Gorgul aus, die mit Bögen bewaffnet durch das Gebüsch und den Garten schlichen. Wahrscheinlich waren aber noch viel mehr von ihnen da draußen. Die Möglichkeit der Flucht hatte sich nun endgültig erledigt.

Ein schwarzer Schatten zog vor der mittlerweile sinkenden Sonne vorbei und Ormog vernahm Krachen und Rumpeln vom flachen Dach der Villa. Ein besonders guter Bataallandeplatz.

Es war so weit. Ormog begab sich stracks nach oben, ins letzte Stockwerk, lockerte seine Lieblingsklinge am Waffengürtel, prüfte seine Armbrust und verharrte in angespannter Erwartung. Mit einem hässlichen Geräusch wurde die Tür, die zum Dach führte, aufgestemmt und eine wahre Flut dunkel gekleideter Meuchelmörder ergoss sich in den Raum.

Der Ansturm verwandelte sich aber schon bald in ein ungeordnetes Stürzen und Purzeln, denn Ormog hatte als eine der ersten Maßnahmen mehrere Treppenstufen durch bloße Illusionen derselben ersetzt. Rasch packte er die bereitliegende Armbrust und sorgte dafür, dass einige der Gestürzten sich nie wieder erhoben.

Der zweite Schub Gorgul, die durch die Tür kamen, scheiterte an den plötzlich feuerspeienden Öllampen, die zuvor unschuldig in ihren Wandhaltern vor sich hingeflackert hatten. Bald aber fanden die Gorgul einen geeigneten Schutzzauber und Ormog musste nun wirklich zum Schwert greifen.

Sich unter den schweren Hieben der Eindringlinge hinwegduckend, gebot er einer Marmorstatue in einer Ecke des Zimmers, sich zu erheben. Umgehend löste sich die Statue aus ihrem Sockel und deckte die Gorgul mit wahrhaft steinernen Fausthieben ein. Die daraus resultierende Verwirrung gab Ormog etwas Raum und er griff sich einen herrenlosen Gorgul-Bogen, um die Anzahl seiner Gegner weiter zu verringern. Dann gebrauchte er wieder sein Schwert, parierte den Hieb einer Klinge, teilte einen Kampfstab in zwei Hälften und zeigte einem Gorgul den Weg aus dem Fenster.

Während sich die anderen Gorgul bemühten, die zum Leben erwachte Marmorstatue mit Feuerblitzen zu zerstückeln, hatte Ormog einen Augenblick Zeit für die nächste Beschwörung. Mit feuchter Lautlosigkeit kroch die Erde aus den vielen Blumentöpfen und ballte sich zu einem kleinen Golem, der sich von hinten an die Gorgul heranschlich, um sie mit modrigen Fäusten zu ersticken.

Inzwischen war Ormog die Treppe zum Erdgeschoss hinuntergeeilt, als die Gorgul davon Notiz nahmen und ihm mit Marmorsplittern und Erdklumpen bedeckt hinterhersetzten.

Auf für die Gorgul gar unglückliche Weise bildete der Teppich unter ihren Füßen Schlaufen aus, die sie schon wieder gehörig ins Stolpern brachten. Doch nicht nur das! Der Teppich rollte sich auch noch blitzschnell zusammen und wickelte die Gestolperten zur Gänze ein.

Irgendwo im Haus hörte Ormog eine Erschütterung und nahm Brandgeruch wahr. Wahrscheinlich hatte gerade ein Attentäter Bekanntschaft mit einem der Feuerkäfer gemacht, die Ormog bei einem Tierhändler aus Dondul erstanden und vorhin mit einem Explosionszauber belegt hatte. Schade um die schöne Inneneinrichtung der Villa, aber es ließ sich nicht vermeiden.

Schließlich war es so weit. Ormog stand in der Mitte der großen Halle des Hauses und wartete, bis sich möglichst viele Gorgul hier eingefunden hatten, um ihm den Rest zu geben. Rasch zog er eine geschuppte Kugel aus der Manteltasche und streckte sie den Näherrückenden entgegen. Der Ball faltete sich auseinander und leckte sich kurz mit seiner langen Zunge die ledrigen Flügel, während er ein flimmerndes Rauchwölkchen ausstieß – es war ein kleiner Drache.

Der Drache fiel zu Boden, begann Luft einzusaugen und immer praller und praller zu werden. Als die Gorgul begriffen, was das bedeutete, war es für sie schon zu spät. Ormog fasste den Stiel eines fliegenden Besens, den er hatte heransausen lassen, schwang sich darauf und brach damit durch eines der hohen Fenster. Die Gorgul wollten in wilder Panik vor dem unschuldig dreinblickenden geschuppten Wesen fliehen, doch die Ausgänge und Fensterrahmen des Saales vereitelten dies, indem sie scharfe Fangzähne ausfuhren und die schwarzen Hexer am Kragen packten.

Ormog hatte unterdessen auf seinem Besen das Flachdach erreicht und eilte auf den nun unbewachten Bataal der Gorgul zu. Er sprang hinein und ergriff die Kontrollhebel, als kalter Stahl seine Kehle küsste. Eine Stimme, so selbstzufrieden wie die einer Katze, befahl ihm, die Steuerung loszulassen und die Hände hochzunehmen. Ormog reagierte blitzschnell, drehte der Angreiferin das Schwert aus der Hand und stieß sie von sich.

Er holte aus, aber genau in diesem Moment fegte ihn eine bläuliche Welle vom Deck des Bataals. Mit einem übernatürlich langen Sprung war die Angreiferin wieder bei ihm und wollte zustechen. Als er abwehrend sein Schwert hob, sah er ihr einen Augenblick ins Gesicht. Er erkannte sie. Es waren dieselben blauen Augen, die ihn bei seiner Meditation vom Bataal aus betrachtet hatten. Und es waren sogar dieselben blauen Augen, die ihn aus Richter Gallards Gesicht höhnisch angestarrt hatten, das wurde ihm blitzartig klar. Offensichtlich war seine Gegnerin in den höheren Weihen der schwarzen Magie bewandert, um zu alldem fähig zu sein. Seine Annahme bestätigte sich, als sein Schwert ihm auf ein Schnippen ihrer Finger hin entglitt und über den Boden schlitterte. Ihr nächster Schlag würde Ormog niederstrecken, dessen wurde er sich bewusst, und er versuchte verzweifelt, auf seine letzten magischen Reserven zurückzugreifen, aber seine Angriffe wurden mühelos abgewehrt.

Da plötzlich ertönte ein blechernes Scheppern und die Gorgulkriegerin hielt inne. Sie kippte, die Augen nach oben verdreht, vornüber.

Hinter ihr kam die in eine weiße Tunika gehüllte Gestalt Ichtyons zum Vorschein. Lässig schwang er eine Bratpfanne, deren Boden eine beachtliche Delle aufwies.

Für Verwunderung von Ormogs Seite über die Rückkehr seines Dieners war jedoch keine Zeit, denn die zusammengesunkene Gestalt am Boden stöhnte und begann sich zu rühren. Einen Moment lang sah Ormog auf sie hinab, sein aufgehobenes Schwert in der Faust. Er holte aus. Sollte er diese Gefahr nicht gleich an Ort und Stelle eliminieren?

Wenn er es nicht tat, würde die Kriegerin ihn weiter verfolgen, und sie war, zumindest noch, stärker als er. Ormog überlegte es sich aber anders. Er würde keine Wehrlose hinterrücks erschlagen, er war schließlich kein Gorgul.

Ein lauter Ruf lenkte ihn ab. Er kam von Ichtyon, der inzwischen auf den Bataal geklettert war und die Kontrollen bediente. Da erinnerte sich Ormog, dass ihm wohl nur noch Augenblicke blieben, bevor seine geschuppte Falle zuschlug. Also machte er einen Satz an Deck. Er musste gar nicht das Wort an Ichtyon richten, denn dieser hatte die Situation offenbar völlig erfasst und stieß den Geschwindigkeitshebel nach vorne.

Keinen Augenblick zu früh, denn als sie hinaus in den blutroten Sonnenuntergang schossen, gab es einen gewaltigen Knall und die Scheiben der Villa barsten. Das obere Stockwerk brach ein und schickte eine helle, funkenstiebende Glut in den Himmel empor. Traurig sah Ormog, wie in seinem letzten Zuhause die Flammen aufloderten, zugleich war er erleichtert, den Gorgul lebendig entkommen zu sein. Nun sollte er unbemerkt fliehen und untertauchen können.

Die Idee, alle Gorgul in einen Raum mit dem jungen Hausdrachen zu sperren, war von unvermutetem Erfolg gekrönt gewesen. Der Drache hatte sich nach seinem Verdauungsschläfchen in Ormogs Tasche ausgerollt, Luft eingesogen, explosive Gase erzeugt und dieses Gemisch dann mit einem Funken aus seinen Nüstern entzündet. Zweifellos konnte sich der kleine Drache nun an gegrillten Gorgul erfreuen.

Ein Gedanke ließ Ormog keine Ruhe. Wer war diese Frau, die ihn beinahe getötet hätte? Sie unterschied sich deutlich von den anderen Gorgul. Zwar hatte sie sich der hinterhältigen schwarzen Künste bedient, doch sie besaß eine Ausstrahlung, eine besondere Art, die Ormog nach all den Jahren Kampf mit den Gorgul irgendwie neu war. Er fragte sich, ob sie die Explosion überlebt hatte.

Vatya Ganta: Gegenwart

Wütend schritt Vatya den basaltenen düsteren Korridor hinab zur Halle ihres Meisters. Mit ärgerlicher Handbewegung scheuchte sie die Sklavinnen fort, die mit feinen Pinzetten versuchten, die Holzsplitter aus ihrer Haut zu ziehen, ihre Verbrennungen zu behandeln und die größer werdende Beule an ihrem Hinterkopf zu verbinden. Sie würde den Schmerz ertragen, das gehörte schließlich zu ihrer Ausbildung, außerdem hatte sie im Moment andere Sorgen. Sie war so kurz davor gewesen, ihren Auftrag zu erfüllen, doch dann hatte sich wohl eine der verhexten Kreaturen dieses Zauberers von hinten an sie herangeschlichen und sie mit seiner seltsam blechern scheppernden Klaue niedergeschlagen. Zusätzlich war das ganze verfluchte Haus in Flammen aufgegangen und sie hatte sich nur mit einem starken Schildzauber einigermaßen vor der sengenden Hitze retten können.

Norvar Zesk, der sie begleitete, war kaum besserer Laune. Nein, er zitterte am ganzen Leib, denn er wusste genauso gut wie Vatya, dass der Dunkle Herr kein Versagen duldete.

Sie erreichten das Ende des Korridors und die schweren Steintüren öffneten sich mit dem Geräusch eines aufgleitenden Sarkophagdeckels. Beim Eintreten empfing sie erstickende Finsternis.

Sein Zorn traf Norvar und Vatya mit einer solchen Wucht, dass all ihre Versuche, sich gegen das Kommende zu wappnen, sinnlos wurden. Die Woge schwarzer Emotionen wischte ihre geistigen Barrieren beiseite, begrub ihre Gedanken und löschte augenblicklich jeden Funken Hoffnung aus.

»Norvar Zesk und Vatya Ganta. Ich entsandte euch beide nach Plemarin, damit ihr etwas ganz Einfaches tut.« Vatya fühlte, wie sich die Dunkelheit verdichtete. »Aber ihr habt versagt. Ihr solltet einen einzelnen, von allen magischen Kräften verlassenen Zauberer aufspüren und töten und habt es nicht geschafft ...« Einer Würgeschlange gleich wand sich die bösartige Präsenz ihres Meisters um ihren Geist. »Ich bedarf keiner nutzlosen Werkzeuge.«

Eine quälend lange Pause verging. »Wen von euch soll ich zuerst töten?«, fragte er kalt. »Ich denke, dich«, entschied er und freudloses Lachen erfüllte den Raum. Vatya wurde durch die Luft geschleudert und prallte auf dem Steinboden auf. Die schwarze Silhouette des Meisters schälte sich aus der Finsternis. Unbarmherzig wurde sein stählerner mentaler Griff fester und fester. Visionen, auf grauenvolle Weise unmenschlich, überschwemmten Vatya und rissen ihr Bewusstsein fort an den Rand lodernden Wahnsinns.

Schlagartig war alles vorbei. Als zitterndes Bündel blieb sie auf dem Boden liegen, nicht fähig zu unterscheiden, ob sie sich im Diesseits oder schon im Schattenreich befand. Egal – alles war besser als dieser unsäglicher Schmerz.

Nur langsam fanden ihre gemarterten Sinne in die Wirklichkeit zurück.

»Ich habe es mir anders überlegt. Ich werde dich, Norvar Zesk, töten, denn du warst für die endgültige Planung zuständig.« Norvars Schreie und Beteuerungen brachen abrupt ab, als sich die langen, spitzen, behandschuhten Finger in seine Brust bohrten. Blutrote Blitze wanderten an seinem Körper entlang und wurden von der Rechten des Meisters aufgesogen. Vor Vatyas Augen verwelkte Norvars Körper. Seine Haut wurde faltig und grau, seine Wangen fielen ein und bald kamen seine Rippen unter der immer dünner werdenden Haut zum Vorschein. Die Haut schrumpelte zusammen und warf Blasen wie ein Blatt, das vom Feuer verzehrt wird, bis sie schließlich zerplatzte und bleiche Knochen freigab. Die Augenhöhlen wurden von Rissen durchzogen, bis das Gerippe zu Staub zerfiel.

»Nun zu dir. Du wirst mir erklären, wieso ihr versagt habt. Sollte mir die Antwort nicht gefallen …« Er wies mit dem Daumen auf die unkenntlichen Reste von Norvars Körper.

Die Kohlebecken entzündeten sich von selbst und leuchteten die Halle dürftig mit ihrem unsicher flackernden rötlichen Schein aus. Um Atem ringend sog Vatya die nach Tod und Verfall riechende Luft ein und begann, die Ereignisse der letzten Nacht zu schildern.

»Dein Ziel hatte also seine Kräfte wiedererlangt, sagst du. Ich warne dich, belüge mich nicht, um deinen eigenen Misserfolg zu verschleiern«, donnerte er.

»Niemals würde ich es wagen, Euch zu belügen.«

»Du wirst diesen Zauberer jagen und zur Strecke bringen. Falls du ein weiteres Mal versagst …« Er musste den Satz nicht zu Ende führen.

Vatya verneigte sich tief, ihre Stimme bebte: »Ich bin Eure ergebenste Dienerin, Meister. Ich werde Euch nicht enttäuschen.«

INOFFIZIELLE WEGE

Ormog: Gegenwart

Der Gorgulbataal, in dem sie reisten, trug den Namen »Finsterklinge«. Der Morgen dämmerte bereits herauf, als endlich die Lichter der erhabenen Hauptstadt des Reiches am Horizont erschienen – Drohm'Eddar.

Ormog hatte sein Versäumnis nachgeholt und Ichtyon die Freiheit geschenkt, indem er ihm den eisernen Ring um sein Handgelenk abnahm, das Symbol der Knechtschaft.

In all der Zeit war so etwas wie Freundschaft zwischen ihnen entstanden. Vielleicht war Ichtyon deshalb zurückgekehrt, um Ormog zu helfen. Warum auch immer, er erwischte jedenfalls genau den rechten Moment. Ormog hatte sich schon mehrfach überschwänglich bedankt und Ichtyon versprochen, sie würden in der Hauptstadt seine Freiheit feiern.

»Wenn wir in Drohm'Eddar sind, kaufen wir dir eine schöne Ausrüstung, schließlich bist du jetzt ein freier Mann und eine Bratpfanne ist nicht unbedingt die geeignete Waffe für dich«, scherzte Ormog.

Dann wurde er plötzlich ernst. »Was ist das?«, fragte er und deutete auf einen Punkt am Horizont. Sie waren sich nicht sicher. Unverzüglich spannte Ormog die Armbrust und legte sie an. Als der Punkt näher herankam, zeigte sich, dass er zu klein war für einen Bataal und auch zu klein für irgendein gefährliches Flugmonster. Nein, das Wesen besaß eine Flügelspannweite von etwa einer Elle. Der Körper selbst war nicht länger als zwei oder drei Handspannen und geschuppt: der kleine Drache. Er ließ sich an der Reling nieder und schaute mit seinen gelben Augen umher. Dann fiel sein Blick auf Ormog, er stieß sich ab und machte einen Sprung auf ihn zu. Ormog hatte bereits sein Kurzschwert hochgerissen, darauf gefasst, sich seiner Haut erwehren zu müssen, doch der Drache wich geschickt aus, krallte sich in Ormogs Mantel fest und verkroch sich in einer Manteltasche.

Wieso war sein explosiver Helfer ihnen nachgeflogen, fragte sich Ormog irritiert. Da erinnerte er sich, dass es von Drachenjungen hieß, sie ließen sich auf denjenigen prägen, der sie zum ersten Mal berührte und bei dem sie sich wohlfühlten. Ormog hatte die eben geschlüpfte kleine Feuerechse von einem Händler erstanden, um die Chp-Chp-Plage auf seinem Anwesen einzudämmen. Ab und an trug er das Junge auch in der Manteltasche herum, wenn es vollgefressen vor sich hindöste. Wahrscheinlich hatte er den Drachen damit auf sich geprägt. Jetzt, wo er da war, brachte es Ormog nicht übers Herz, ihn wieder fortzuscheuchen, also nahm er ihn mit unter Deck und setzte ihm ein Stück rohes Fleisch aus der Proviantkammer vor. Das Tier drehte aber widerwillig den Kopf weg, sah sich die Vorräte an und schnappte sich ein Stück geräucherten Schinken vom Haken. Gierig verschlang es den Happen und rülpste zufrieden, dann kroch es in Ormogs Manteltasche und rollte sich dort schmauchend zusammen.

Lächelnd kam Ormog zurück an Deck. Nun hatte er einen weiteren Begleiter. Das war sicher nicht das Schlechteste, waren Drachen doch magische Geschöpfe und sehr intelligent. Das Gewicht in seiner Tasche hatte etwas Beruhigendes an sich, als sie in den Landeanflug auf Drohm'Eddar übergingen.

Zur Sicherheit steuerten sie etwas außerhalb der Stadt ein Waldstück an, verbargen den Bataal in einem Gebüsch und bedeckten ihn mit Blättern. Zweifelsohne würde man sie als Zauberer entlarven, wenn sie mit so einem magischen Fortbewegungsmittel in der Stadt landeten, und Ormog erinnerte sich noch zu gut der Anfeindungen vom letzten

Mal, als man ihn als Zauberer erkannt hatte – sie brachten ihn ins Gefängnis, lieferten ihn seinen Gegnern aus.

Die Hauptstadt war von beeindruckender, gewaltiger Architektur, sie sah überall nach Reichtum und Überfluss aus. Jegliche Gebäude waren aus Marmor, großzügig gebaut und geschmückt mit vergoldeten Säulen. Auf den ausgedehnten Plätzen und in den Parks blickten marmorne Statuen auf die elegant gekleideten Bürger herab. Springbrunnen und Säulengänge erfreuten das Auge eines jeden Besuchers. Hier war das Zentrum des Reiches, die Mächtigen residierten in prunkvollen Palästen und ergaben sich der Dekadenz.

So teuer wie die Stadt selbst waren auch ihre Waren und Ormog musste hart mit einem beleibten Händler feilschen, um zu neuen Waffen und Rüstungsteilen für Ichtyon und sich zu kommen. Das Geld, das er bei seiner Flucht in einem Lederbeutel bei sich getragen hatte, reichte gerade für das Nötigste.

Nachdem sie ihre Einkäufe erledigt hatten, schlenderten sie durch die überfüllten Straßen und Gassen auf der Suche nach einer Herberge. Doch überall bekamen sie dieselbe Antwort: Die Zimmer seien ausgebucht; ob sie denn nicht wüssten, dass heute Abend das Albalynefest stattfand. Von nah und fern strömten die Menschen herbei, um der Zeremonie zu Ehren Albalynes, der Göttin der Feste, beizuwohnen und sie anschließend mit Orgien zu ehren. Deshalb sei kein Platz mehr in den Wirtshäusern.

Nach einiger Zeit entdeckten sie doch einen kleinen Gasthof, in dem man sie um die gehörige Summe von acht Silberdhals für ein Zimmer erleichterte.

Der Zeremonie wohnte Ormog nicht bei, er verzichtete lieber darauf, sich hemmungslos zu betrinken, wie es vermutlich die ganze Stadt jetzt tat. Stattdessen zog er sich in seine Kammer zurück und meditierte.

Am nächsten Morgen fand ein ausgezeichnetes Mahl den Weg in ihre Bäuche, bevor sie aufbrachen.

In der Stadt war noch kaum etwas los und die wenigen Leute, die ihnen begegneten, sahen aus, als litten sie unter schweren Kopfschmerzen. Sicher die Nachwirkungen der Orgien, dachte Ormog. Hier, im Zentrum der Macht, war auch ihr schleichender Zerfall am meisten zu spüren. Die ruhmreichen Zeiten, in denen das kamalische Reich die Hälfte der bekannten Welt umspannte, waren lange vorbei. In der Hauptstadt blühte die Dekadenz und der Herrscher vergnügte sich lieber bei Trinkgelagen, anstatt zu regieren. Bevor der Bürgerkrieg gegen die Gorgulsekte begonnen hatte, waren die Weißen Magier vollauf damit beschäftigt gewesen, die friedliche Einheit von Kamal zu wahren. Einige Randprovinzen erklärten sich für unabhängig, im Süden erhoben sich die Hadad und Teskyth und von den nördlichen Meeren fielen die Barbaren aus Yu-Key ein. Nein, das Reich war nicht mehr das, was es einmal gewesen war. Mithilfe der Weißmagier hatte man die Ordnung aufrechterhalten können, doch nun, ohne den Orden, war auch diese letzte Stütze weggebrochen. Ormog fragte sich ernstlich, wie die Zukunft Kamals aussah. Es war Zeit für eine Erneuerung. Aber dergleichen Erneuerungen, die sterbende Reiche aus ihrer Asche auferstehen ließen, verliefen zumeist blutig. Vielleicht wäre Kamal ja unter der Herrschaft der Gorgul wieder aufgeblüht, wenn der Orden deren schleichende Machtübernahme nicht verhindert hätte. Aber Ormog bezweifelte das. Anstelle eines zwar inkompetenten und korrupten, aber wenigstens einigermaßen volksorientierten Monarchen wäre die grausame Herrschaft der Gorgul getreten.

Dann wischte Ormog seine finsteren Überlegungen beiseite und machte sich auf den Weg ins Qanskip, das Viertel des Adels. Sie waren nicht zum Vergnügen hergekommen. Eigentlich war es sehr gefährlich, sich in der Hauptstadt vor seinen Häschern zu verbergen. Aber Ormog wollte nach Garius Galtar suchen. Er hatte ihn geschätzt und konnte außerdem jede denkbare Hilfe gebrauchen. Hoffentlich lebte sein ehemaliger Reisegefährte überhaupt noch. Vielleicht hatte Garius als einfacher Soldat nicht das Los der Zauberer geteilt und es gab Aufzeichnungen über seinen Verbleib.

Außerdem würde Ormog Nachforschungen über den seltsamen Richter anstellen, der ihm das schützende Amulett gegeben hatte. Seinen vollen Namen kannte er nicht, aber er würde den Mann schon finden und ihm dann einige brennende Fragen stellen, denn er ahnte hinter dessen wohlmeinender Tat noch etwas anderes. Weshalb sollte ihm ein Richter in so selbstloser Weise helfen und damit sein Amt riskieren?

Die Fassade des Gerichtspalastes ragte über ihnen auf und zwischen den tiefen Schatten der Säulen konnten sie die verkaterten Wachsoldaten sehen, die sich schwer auf ihre Speere stützten. Ormog schickte Ichtyon zur Herberge. Er wollte sich zunächst alleine hier umsehen.

»Was willst du, Fremder? Verschwinde!«, grunzten die Wachen, als er auf sie zuschritt. Bei dem Versuch, die Speere professionell vor dem Tor zu kreuzen, kippten beide beinahe um.

»Meine Herren, hättet Ihr wohl die Güte, mir mitzuteilen, wo ich den Zuständigen für die Gerichtsprotokollierung und Verwaltung finden kann?«

Der eine Wächter kratzte sich am Kinn. »Loma Paleesch findet Ihr in ihrem Büro, die Haupttreppe hoch, dann den linken Korridor entlang, die große verzierte Tür. Ist nicht zu verfehlen. Ihr braucht aber einen Termin, sonst dürft Ihr da nicht rein.«

Ormog dankte höflich und ging weiter seines Weges. Jedenfalls solange ihm die Wächter nachblickten. Dann verschwand er flink um eine Hausecke und umrundete das Gebäude, sodass er zu der Seite kam, an der nach der Beschreibung das Büro der Verwaltungsbeamtin lag. Er besah sich eine Weile die Fassade und beobachtete die Wachen, dann zog er sich zurück.

Als der Abend heraufdämmerte, fand Ormog sich wieder am Gerichtsgebäude ein. Diesmal in Begleitung Ichtyons. Während Ormog sich in die Schatten der Hauseingänge drückte, eilte Ichtyon auf die Wachen zu. Er winkte mit den Armen und gestikulierte wild. Wortfetzen wehten zu Ormog herüber wie: »Banditen ... Überfall ... Hilfe ... schnell!« Sofort ergriffen die Wachen ihre Speere und eilten in die von Ichtyon gewiesene Richtung.

Kaum waren die Wächter außer Sicht, gesellte sich Ormog zu Ichtyon und packte seine Ausrüstung aus. Ein Seil mit Haken schoss die hohe von Fackelschein erleuchtete Fassade hinauf und verankerte sich in einem der verschnörkelten Simse. Einige wohlgezielte Armbrustbolzen rissen aus den Halterungen die Fackeln herunter, die mit feuchtem Zischen am Boden verloschen.

Behände kletterte Ormog das Seil entlang zum Fenstersims, dann löste er die Verankerung und Ichtyon rollte das Seil ein. Als er die Stimmen der Soldaten vernahm, versteckte sich Ichtyon schnell hinter einem Stapel Kisten.

Ormog zog einen schmalen Dolch aus seinem Gewand, vergewisserte sich, dass niemand sich in dem Raum befand, auf dessen Fensterbrett er nun saß, und stach einmal kurz zu. Ein faustgroßes Stück Glas splitterte aus der Scheibe, gerade groß genug, dass Ormog seine behandschuhte Rechte hindurchstrecken und das Fenster von der Innenseite aus öffnen konnte.

Lautlos schwang der Flügel auf, während die Wachen unten wieder Posten bezogen und über den Fehlalarm schimpften: »Bei Horloh dem Siebenhässlichen! Dieser verfluchte Nichtsnutz hat gesagt, da wäre ein Überfall. Ha, von wegen. Hat uns an der Nase herumgeführt. Wahrscheinlich wieder irgend so eine Wette von einem dieser fetten Aristokraten.«

In sich hineingrinsend glitt Ormog durchs Fenster, verschloss es und stellte eine geschnitzte Götterfigur vor die Bruchstelle im Glas.

Der Raum war in kühlem Weiß gefliest, ein Schreibtisch und mehrere Regale füllten den größten Teil des Zimmers aus. Das Vorzimmer, nahm Ormog an. Eine robuste Tür mit Eisenbeschlägen war in eine Seitenwand eingelassen. Von den schweren Riegeln ließ sich Ormogs Schlossöffnungszauber aber nicht beeindrucken und schon bald ging die

Tür, beleidigt, in ihrer Ruhe gestört worden zu sein, mit müßigem Knirschen auf. Dahinter erstreckten sich die juristischen Archive des Gerichtsgebäudes ins Halbdunkel hinein.

In schier endlos langen Reihen von schwindelerregender Höhe zogen sich die beschrifteten Regale durch den Raum. Jedes davon zum Bersten gefüllt mit Protokollen auf Papyrus. Sich hier zurechtfinden zu wollen glich dem Versuch, das goldene Blatt im Laubhaufen aufzuspüren.

Da regte sich etwas in Ormogs Tasche. Der kleine Drache streckte verschlafen den Kopf heraus und blickte fragend mit seinen gelben Augen. Ormog beugte sich hinunter und flüsterte ihm etwas ins Ohr, dann nahm er ihn vorsichtig aus der Tasche und setzte ihn sich auf die Hand. Der Drache gähnte und ließ dabei ein Rauchwölkchen zur Decke aufsteigen; er leckte sich gemächlich die Flügel, spannte sie auf, stieß sich ab und verschwand mit leisem Flappen in der Dunkelheit des Archivs. Ormog war gespannt, ob die sprichwörtlich magische Nase des Drachen ihm weiterhelfen würde.

Nach einer kurzen Weile des geduldigen Wartens kam das geschuppte Tier mit fröhlichen Flügelschlägen und stolz erhobenem Kopf zurück. Es warf eine Papyrusrolle in Ormogs ausgestreckte Hände. Langsam rollte er sie auf.

Liste der Verurteilten der Gerichtsverhandlung an den Iden des Monats Nilhu

Zauberer:
Lamor Velquim
Kala Maak
Ormog Marabat
Lumora Adaras
Karaskis Vedor
Moluquay Dolmer
Soldindur nal Geltim

Eine Reihe weiterer Namen folgte, bis Ormog endlich auf das Gesuchte stieß. In einer Extraspalte standen die Namen derer, die mit den Zauberern aufgegriffen worden waren:

Nichtmagische Begleiter:

Fatyma Selgiesch	*Lamor Velquim*
Norruk von Verkath	*Hazzarat Gaa*
Sort der Baum	*Kala Maak*
Felsing der Bär	*Folundas Komendor*
Garius Galtar	*Ormog Marabat*

Hier war also sein Gefährte genannt. Ormog suchte danach, welche Strafe man über die nichtmagischen Begleiter verhängt hatte, und schließlich wurde er fündig:

Alle nichtmagischen Personen, die man in Begleitung eines Zauberers aufgegriffen hatte, wurden an den Sklavenhändler Rullik Tefar verkauft.

Aha, dorthin hatte man sie gebracht. Es würde nicht schwer sein, Rullik Tefar zu finden. Sicher betrieb er seinen Handel am Hauptplatz der Stadt, so wie jeder Sklavenhändler, der etwas auf sich hielt.

Ormog gab dem Drachen einen Klaps und dieser brachte die Rolle zurück in das Regal, in dem er sie aufgestöbert hatte.

Die Sklaverei war eine widerwärtige Institution, gegen die der Weiße Orden oft versucht hatte vorzugehen. Doch stets verbat sich der Herrscher jede Einmischung in dieses Geschäft, immerhin bestritt ein Gutteil der Mächtigen damit ihr Einkommen.

Ormog hoffte, dass man Garius an irgendeinen reichen Hausbesitzer verkauft hatte, den er umsorgen sollte, und nicht in die Eisenerzminen von Kazzu oder die Bergwerke von Mendrat oder gar als Galeerensklave. Dann wäre die Chance gering, ihn lebendig wiederzufinden.

Schwere Fußtritte hallten hinter Ormog. Er huschte aus dem Archivraum, zog so leise wie möglich die Tür hinter sich zu und wollte um die Ecke verschwinden, da richtete sich eine Speerspitze auf seinen Brustkorb.

»Halt, was suchst du hier!«, bellte die befehlsgewohnte Stimme eines Unterkommandanten der Wache ihn an.

Ormog überlegte kurz, den Soldaten einfach niederzustrecken, doch er verabscheute unnötige Gewalt. Stattdessen bediente er sich eines Geisteszaubers.

»Ich bin nicht wirklich hier. Ich bin nur eine Illusion. Du wirst mich sofort wieder vergessen.«

»Du bist nicht wirklich hier, du Illusion. Ich vergesse dich am besten gleich wieder!«, schnarrte der Offizier leicht verwirrt. Ormog wandte sich schon zum Gehen, da fiel ihm noch etwas ein: »Ach ja, wärst du so gütig, mir zu sagen, wie man hier am besten ungesehen hinauskommt?«

»Wieso sollte ich einer Illusion meines Geistes erklären, wie es am leichtesten hier rausgeht?«, murmelte der Soldat nun völlig irritiert. Ormog seufzte, er musste noch an seinen Manipulationsstricks arbeiten. Schon an der Magieruniversität war das nicht sein bestes Fach gewesen.

»Äh, damit die Illusion auf schnellstem Wege aus deiner Sicht verschwinden kann und du dich nicht länger darum zu kümmern brauchst, dass du Selbstgespräche führst.«

»Hmm«, widersprach der Unterkommandant, »wenn du eine Einbildung meines Kopfes bist, dann weißt du doch auch alles, was ich weiß.«

Das Stampfen einer weiteren Patrouille näherte sich. Hastig erwiderte Ormog: »Du meinst wohl, du wirst alt und weißt nicht mehr, wo der Geheimausgang ist? Und du willst es dir selbst gegenüber nicht zugeben.«

Erbost erwiderte der Soldat: »Natürlich weiß ich es! Du gehst den Gang hinunter, dann kommt rechts eine Statue, die den Zugang zu einem Geheimgang markiert, über den wichtige Leute im Notfall schnell aus dem Gebäude evakuiert werden können. Der führt in einen Tunnel und endet am Zelaplatz in einer Lagerhalle.«

»Vielen Dank«, flüsterte Ormog und verschwand in die angegebene Richtung. Das war ziemlich knapp gewesen. Beim nächsten Mal würde er seinen Zauber besser formulieren müssen.

Vom Zelaplatz aus schlich er zu Ichtyons Versteck, wo dieser auf ihn gewartet hatte, und gemeinsam gingen sie gut gelaunt zur Herberge zurück.

Vatya Ganta

Inzwischen hatte Vatya sich von der Audienz bei ihrem Meister erholt und begann Pläne zu schmieden, wie sie diesen überaus lästigen Zauberer zu fassen bekommen könnte. Wie war es möglich, dass er sich mit magischen

Kräften gewehrt hatte, die er eigentlich gar nicht mehr haben sollte? Und wie hatte er es geschafft, ihr und ihren Brüdern – allesamt hervorragend trainierte Kämpfer – zu entkommen? Das waren Fragen, auf die sie Antworten suchte. Offenbar hatte er auch genau gewusst, wer seine Gegner waren, das hieß, er musste in irgendeiner Form seine Erinnerungen zurückerlangt haben.

Lange sann Vatya über das Problem nach. Ihren Informationen zufolge war dieser Ormog ein hochrangiges Mitglied des ersten Kreises gewesen. Daher standen ihm wohl noch weitaus größere Kräfte zur Verfügung, als er sie bis jetzt demonstriert hatte. Sie musste vorsichtig sein.

Da kam ihr ein Gedanke: Hatten diese Weißen Magier nicht Dutzende an Lakaien, Bediensteten und verweichlichten Mitläufern gehabt? Sicher war dieser Ormog in Begleitung von mindestens einem seiner getreuen Schoßtierchen gewesen. Falls man ihn zusammen mit einem solchen gefangengenommen hatte, bestand die Chance, dass der Gefährte noch lebte. Vatya führte den Gedanken weiter. Wenn sie es schaffte, diesen Mann aufzuspüren, was gewiss einfacher war, als einen Zauberer zu erwischen, dann könnte sie ihn als Köder für Ormog verwenden. Sie verließ sich dabei auf die größten Schwächen des Weißen Ordens: Mitgefühl und Vertrauen. Solch ein edler Zauberer würde doch nicht seinen ehemaligen Weggefährten im Stich lassen, oder?

Ohne Umschweife ließ sie sich zu einem der Teleport-Oktagramme in der Hauptstadt bringen und suchte von dort aus einen geheimen Unterschlupf der Gorgul auf. Schnell war für sie ein Verkraan gesattelt und abflugbereit. Sie verlor keine Zeit. Das große blau-grün gefiederte Flugtier erhob sich mit ihr auf dem Rücken in die Lüfte über das Armenviertel und schoss in Richtung Qanskip davon.

Nachdem sie direkt vor der Haupttreppe des Justizgebäudes gelandet war, hielt sie sich nicht mit Belanglosigkeiten wie Geisteszaubern oder Ähnlichem auf, stattdessen fegte sie einfach die Wächter, die ihre Hellebarden vor ihr kreuzten, mit einem Ausbruch magischen Zornes beiseite.

Ein zufällig vorbeikommender Richter gab ihr bereitwillig Auskunft, wo die Protokolle gelagert wurden, als sie ihm einen bösartig gekrümmten Dolch unter die Nase hielt.

So bahnte sie sich ihren Weg in die angegebene Richtung. Ein Alarmgong wurde laut, doch das störte sie wenig. Sie schickte alle Wachen, die sich ihr entgegenstellten, ins Land der Träume. Sie tötete diese armen Teufel aber nicht. Schließlich hatten sie nichts mit ihr oder ihrem Auftrag zu tun und Vatya empfand fast so etwas wie Mitleid mit ihnen. Ihr Meister würde das zweifellos als Schwäche ansehen, aber er brauchte es ja nicht zu erfahren.

Sie ging durch ein karg eingerichtetes Vorzimmer und machte zwei weitere Wächter unschädlich. Die schwere Archivtür allerdings war versperrt und Vatya musste sie mit einem Feuerblitz heraussprengen.

Nun stand sie vor einem unerwarteten Problem: Das Archiv war weitaus umfangreicher als gedacht. Sie schnappte sich also einen verängstigen Sklaven und befahl ihm herauszusuchen, was sie wünschte. Nach einiger Zeit hielt sie es dann in den Händen – das Verhandlungsprotokoll mit den abschließenden Details der Gerichtsverhandlung vor acht Sonnwenden.

Liste der Verurteilten der Gerichtsverhandlung an den Iden des Monats Nilhu

Vatya überflog eilig die Namensliste, bis sie zu den erhofften Informationen kam: Ormog Marabat … Garius Galtar.

Er war tatsächlich nicht allein gewesen, als man ihn aufgriff. Sie suchte weiter und fand den Hinweis, dass alle nichtmagischen Begleiter der Zauberer an den Sklavenhändler Rullik Tefar verkauft worden waren.

Interessant. Die Gorgul hatten schon des Öfteren mit Tefar Geschäfte gemacht. Es würde nicht schwierig sein zu erfahren, wohin man diesen Garius Galtar verkauft hatte, schließlich schuldete Rullik Tefar den Gorgul noch etwas.

Rufe näher kommender Soldaten waren zu vernehmen, deshalb schlug Vatya ein Fenster ein, kletterte nach draußen und ließ sich an der nächstbesten Fahnenstange hinabgleiten. Vor den Augen einer ängstlich zurückweichenden

Menge bestieg sie ihr Verkraan, das bei der Eingangstreppe gewartet hatte, und erhob sich in die Lüfte. Sie wusste, wo sie Rullik Tefar finden konnte, und hoffte, Ormog werde bald kommen, um seinen Gefährten freizukaufen. Ein Plan nahm in ihrem Geist Gestalt an. Dieses Mal würde ihr Ormog nicht entwischen. Er durfte ihr nicht entwischen. Mit Schaudern erinnerte sie sich an das Ende von Norvar Zesk. Das nächste Mal würde ihr Meister sich nicht mehr zwischen zweien entscheiden müssen, dann war sie an der Reihe.

Ormog

Rullik Tefar betrieb einen großen Sklavenmarkt auf dem Haupthandelsplatz der Stadt. Allerdings dauerte es fast eine Stunde, bis Ormog ihn im bunten, feilschenden, schreienden Gedränge des Marktes gefunden hatte.

Auf hohen Podesten bot Rullik Sklaven verschiedener Herkunft und Eignung feil. Besonders stolz war er anscheinend auf seine frisch eingetroffene Ladung Luxussklaven aus Omskath, für die er bei den Käufern Höchstpreise erzielte.

Dergleichen Fäulnis war es, die an den Grundfesten der kamalischen Gesellschaft nagte. Es erfüllte Ormog mit

Zorn, sich mit diesem unwürdigen Geschacher befassen zu müssen, aber ihm blieb keine Wahl, wenn er Garius wiederfinden wollte. Falls er noch lebt, flüsterte eine boshafte Stimme in seinem Hinterkopf.

Mit festem Griff packte er Rulliks Schulter und zog ihn von seinem Podest. Erst protestierte der Händler lautstark, dann aber verstummte sein Schwall heftiger Beschimpfungen, als er ein Goldstück zwischen Ormogs Fingern aufblitzen sah. Unmut wurde durch Habgier ersetzt und beflissen zeigte er Ormog den Weg zu seinem Lagerhaus, wo sie unter vier Augen sprechen konnten.

»Also … Ihr erwartet doch nicht ernsthaft von mir, dass ich mir merke, an wen ich wann meine Sklaven verkauft habe.«

Ormog seufzte. Offenbar musste er der Erinnerung des Händlers ein wenig auf die Sprünge helfen. Ein rasch gezogenes Messer an seiner Kehle und ein verlockend klimpernder Beutel mit Gold als andere Option überzeugten Rullik davon, noch einmal in sich zu gehen und sich zu erinnern.

Träge räusperte er sich: »Nun. Die Gefangenen aus der großen Gerichtsverhandlung vor acht Sonnwenden, sagt Ihr? Speziell ein Mann namens Garius Galtar? Was liegt Euch denn an diesem Sklaven? Wollt Ihr nicht lieber zwei heute frisch eingetroffene Luxussklaven aus Omskath kaufen? Euch mache ich einen Sonderpreis!«

Ormog erinnerte Rullik mit einem sanften Druck seiner Klinge daran, dass es ihm ernst war.

»Ja, wenn Ihr darauf besteht ... Ich könnte meine Verkaufslisten einsehen, vielleicht finde ich etwas. Nur könnte das etwas dauern ...«

Ormog verstand die Andeutung und warf dem Sklavenhändler widerwillig das Goldsäckchen zu. Dieser revanchierte sich mit einem schmierigen Lächeln und wuselte zwischen den Regalen der Lagerhalle davon, um nach einer unwahrscheinlich langen Wartezeit gemächlich zurückgewatschelt zu kommen, in den Händen ein zerknautschtes Pergament. Müßig wanderten seine Augen über die Tabellen, während er sich herausfordernd an seinem stoppeligen Doppelkinn kratzte. »Also, Garius Galtar sagt Ihr? Einen Sklaven dieses Namens habe ich vor vier Sommern an den Sklavenmeister des Ratsherrn Galahun Hetos verkauft. Ein einflussreicher Edelmann, dessen Stadtvilla am nördlichen Ende des Qanskip nahe der Mauer liegt.«

Ormog dankte, aber nicht ohne den Mann seine abgrundtiefe Verachtung spüren zu lassen, und verschwand wieder in der Menge, die ihren üblen Geschäften nachging. Ein kurzes Grinsen erhellte dennoch sein Gesicht. Wie gerne hätte er Rullik Tefars Blick gesehen, wenn diesem aufging, dass er ein leeres Säckchen in den Händen hielt. Die Kunst,

Illusionen zu schaffen, hatte Ormog schon immer zu schätzen gewusst.

Als er sich bald darauf mit Ichtyon traf, hatte er bereits einen Plan geschmiedet. »Ich gehe in den Palast von Galahun Hetos und bringe in Erfahrung, ob Garius sich noch dort befindet. Falls ja, werde ich versuchen, ihn freizukaufen. Oder ich muss seine Freiheit auf anderem Wege erwirken …« Er ließ den Satz unvollendet im Raum stehen, doch Ichtyon verstand.

»Ich sollte besser mitkommen, denn wenn es Schwierigkeiten gibt …«

»Ichtyon, verzeih mir, aber ich glaube, du wärst keine große Hilfe. Du hast in deinem Leben als Diener wahrscheinlich niemals eine Klinge in die Hand genommen, geschweige denn sie geschwungen. Ich kämpfe besser, wenn ich mich nicht sorgen muss, dass du jeden Moment aufgespießt wirst! Nicht als dein ehemaliger Herr, sondern als dein Freund empfehle ich dir: Bleib hier und warte auf meine Rückkehr.«

Widerwillig gab Ichtyon schließlich nach.

HOHE HERREN

Ormog

Seit Jahrhunderten strebte das Haus Hetos nach Einfluss und Ansehen. Wiewohl sich seine Mitglieder in früherer Zeit durch Tapferkeit und kühne Heldentaten hervorgetan hatten, schien der ritterliche Edelmut jener Tage vergangen. Die Hetos hatten sich vielmehr seit einigen Generationen von den hehren Idealen der Vergangenheit getrennt und suchten ihr Heil in der Politik, denn die edlen Damen waren es leid gewesen, ihre Söhne zu Grabe zu tragen. Sie mussten aber feststellen, dass die Männer, die vorher den Zähnen von Drachen oder den Speeren übermächtiger Feinde zum Opfer fielen, nun durch die Dolche und das Gift machthungriger Rivalen ihr junges Leben verloren.

Galahun Hetos, der neunzehnte Patriarch des Hauses, pflegte denselben üppigen Lebensstil wie seine Gegner, denen er so viel Verachtung entgegenbrachte. Innerhalb des kaiserlichen Rates hatte er eine bedeutsame Position inne und war sogar ein Vertrauter des Herrschers.

Die Ländereien der Hetos erstreckten sich von der Schleife des Keralflusses im Süden bis zum Ofnigebirge im Norden und reichten weit bis an die Hügel vor Drohm'Eddar heran. Tausend Sklaven waren Galahun zu Diensten und seine Töchter hatte er mit den Mächtigsten des Landes vermählt.

Doch all dies hatte er nicht durch die mühsame Arbeit seiner eigenen Hände und die ruhmreichen Taten seiner Söhne erreicht, sondern durch Intrigen, Verrat und Mord.

Die Einrichtung seiner Stadtvilla spiegelte den verderbten Lebensstil von Galahun Hetos in allen ihren Einzelheiten wider. In der Vorhalle zum Audienzsaal ließ Galahun die gewöhnlichen Menschen warten, bis man sie zu seiner Exzellenz rief oder sie einen Herold bestechen konnten, sie vorzulassen. Hier schob sich Ormog zwischen den zwielichtigen Gestalten der Bittsteller hindurch und hielt einen Haussklaven an, der mit einem Tablett voller Erfrischungen für seinen Herrn unterwegs war. Ein Schluck köstlichen Yobasaftes kühlte Ormogs Kehle und er mischte sich wieder unter die Menge der verwahrlosten Wartenden, deren Ausdünstungen ihm in dem schlecht belüfteten Raum beinahe den Atem raubten.

Er hielt einen weiteren geschäftig vorbeieilenden Sklaven an und fragte ihn: »Kennst du den Sklaven, der sich Garius Galtar nennt?«

»Nein, nein, Herr, ich weiß nichts, lasst mich gehen«, stotterte der Sklave ängstlich und hastete gesenkten Hauptes davon.

»Wisst Ihr es denn nicht?«, raunte eine Stimme hinter Ormog, die einem kräftigen, unrasierten Mann gehörte. »Der Sklave, nach dem Ihr fragtet, ist vor drei Tagen entlaufen. Aber niemand wagt, darüber zu sprechen, denn es ist eine Schande für den Patriarchen, und jeder, der etwas außerhalb der Mauern verlauten lässt, wird von Galahun grausam bestraft. Seid Ihr aus der Zunft der Sklavenjäger oder weshalb liegt Euch etwas an diesem Ausreißer?«

Bis jetzt hatte Ormog noch keinen ausgereiften Plan gehabt, um Garius zu finden. Er hatte sich an den Sklavenaufseher wenden wollen. Doch nun bot sich ihm eine bessere Gelegenheit, die er unverzüglich ergriff.

»So ist es. Ich bin Sklavenjäger, auch wenn ich den Begriff Kopfgeldjäger vorziehe«, bestätigte Ormog mit seiner rauesten Stimme und bot dem Fremden, der vermutlich ein Schmuggler war, etwas Yobasaft an. Sie tauschten sich noch eine Weile über die »Geschäfte« aus. Vorsichtig erkundigte Ormog sich nach dem entlaufenen Sklaven. Wenn das stimmte, dann hatten die Götter Ormog wahrhaft den rechten Weg offenbart. Und er wusste nun, dass Garius noch lebte, zumindest bis vor drei Tagen. Düster dachte Ormog daran, was einem Ausbrecher drohte, wenn er erwischt wurde. Er fragte weiter und erfuhr, dass er um eine Audienz bitten müsse. Erst dann könne er dem Herrn seine Dienste als Sklavenjäger anbieten und von seiner Erhabenheit persönlich das Recht erlangen, ihm den Verursacher der Schmach einzufangen. Ormog hoffte, dass Galahun Hetos Informationen über Garius hatte, die ihm dabei helfen würden, den Gefährten zu finden.

Wenig später schob sich Ormog durch die drängelnde Menge in Richtung der großen Ebenholztür, die zum Audienzsaal führte, und schritt auf den dort stehenden Herold zu. Dieser wurde von zwei finsteren Ravalsöldnern flankiert; sie sträubten ihr Gefieder und schnappten angriffslustig mit den Schnäbeln.

»Du wirst mich als Nächsten zu deinem Herrn vorlassen.«

»Du da! Du bist als Nächster an der Reihe!«, keifte der Herold zu Ormog herüber.

Ormog beglückwünschte sich zu seinem gelungenen Manipulationszauber. Man führte ihn durch die ebenhölzernen Pforten des stinkenden Vorraumes einen hohen Korridor entlang zum Audienzsaal. Selbstverständlich war dieser weit genug entfernt, damit Galahun nicht von den schlechten Ausdünstungen und dem Lärm der Wartenden belästigt wurde.

Die Wände waren vollständig mit kostbaren Stoffen behängt, ein Teppich, der die Heldentaten des Hauses pries, dämpfte die Schritte und dem Rosenduft, der den Parfümschälchen spärlich bekleideter Sklavinnen entströmte, gelang es beinahe, den üblen Brodem zu vertreiben, der sich im Vorraum über Ormogs Gaumen gelegt hatte.

Das Licht der Vamyaöllampen wurde in allen Regenbogenfarben vom edelsteinübersäten Thron zurückgeworfen, auf dem sich die feiste Gestalt Galahuns räkelte, des neunzehnten Patriarchen.

Die ölige Stimme eines dürren, in eine Seidentunika gewandeten Adjutanten, der dezent neben den Stufen des Thrones stand, richtete sich gelangweilt an Ormog: »Ihr dürft nun Euren Namen und Euer Anliegen nennen. Ihr werdet den Herrn mit Erhabener ansprechen.«

Ormog entschied sich für ein direktes Vorgehen.

»Man nennt mich Sesnik das Netz, ich bin Sklavenjäger. Erhabener, mir ist zu Ohren gekommen, Euch sei ein Haussklave entlaufen.«

Die kleinen, blassen, unter Wülsten liegenden Augen Galahuns wurden schmal: »Du spielst mit deinem Leben, Fremder.«

»Erhabener, Ihr besitzt die Macht, diese überaus lästige

Sache selbst zu erledigen. Doch ich biete euch die Möglichkeit, sie rasch und diskret aus der Welt zu schaffen, denn wir wissen beide, dass dies Eurer Familienehre förderlich wäre.«

Ein lastendes Schweigen erfüllte den Saal. Der Adjutant konnte es als Erster nicht mehr ertragen: »Nennt uns Euren Preis!«, stieß er hervor, wurde aber von der ungeduldigen Bewegung goldberingter Finger zum Schweigen gebracht.

»Ja, in der Tat, Sklaven ... Sie sind doch ein lästiges Gut, sie benötigen immer Nahrung, Pflege und Aufsicht.« Ein grollendes Lachen erfüllte den Raum. »Mein Adjutant wird Euch mit den nötigen Mitteln ausstatten«, sagte Hetos jovial und fügte mit träger Stimme hinzu: »Sorgt dafür, dass dieser Sklave auf möglichst langsame und qualvolle Weise stirbt und bringt mir anschließend seinen Kopf oder das, was davon übrig ist.«

Er erheiterte sich über seine eigenen Worte und erneut fegte ein dröhnendes Lachen durch den Saal.

»Seid versichert, dass Euch das Ergebnis zufriedenstellen wird, Eure Erhabenheit.«

Ormog neigte das Haupt und verließ den Audienzsaal, wobei er darauf achtete, Galahun niemals den Rücken zuzukehren, denn er traute dem fetten Aristokraten durchaus zu, ihm wegen solch einer Nichtigkeit den Kopf abschlagen zu lassen.

Der Adjutant geleitete Ormog tatsächlich in den Sklaventrakt des Palastes. Er führte ihn an endlos erscheinenden Reihen steinerner Verließe vorbei zu der Zelle, in der man Garius untergebracht hatte.

Der Adjutant deutete Ormogs angewiderten Gesichtsausdruck falsch und versicherte ihm, dass der Geruch hier weit besser sei als im Trakt der gewöhnlichen Sklaven, seien hier doch die persönlichen Leibsklaven Seiner Erhabenheit untergebracht. Doch Ormogs Miene spiegelte vielmehr die Abscheu über die Behandlung der Sklaven wider und über das Gehabe von Galahun Hetos, das beinahe anmutete, als hielte er sich für den Herrscher selbst.

Während Ormog die Zelle begutachtete und eine an einem Glied durchgeschliffene Kette sowie das verkratzte Schloss der Zellentür betrachtete, erklärte der Adjutant: Am Abend von Garius' Flucht habe man bei der Wachablösung die Zelle offen vorgefunden, mit einem toten Wächter darin. Anscheinend habe Garius in jahrelanger mühsamer Arbeit die Kette durchgescheuert, die ihn nachts an die Wand fesselte, und zwar geschickt an nur einem Glied, sodass es den Kontrolleuren nicht auffiel. Mit dem losen Kettenende an seinem Handgelenk habe er dann wohl den Wächter von hinten durch die Gitterstäbe erwürgt.

Seltsam, es war bestimmt nicht Garius' Art, Unbeteiligte hinterrücks zu erdrosseln, dachte Ormog. Und warum kam ihm der Wächter überhaupt so nahe? Doch er maß diesen Details nicht viel Bedeutung bei, schließlich wusste er nichts über Garius' Zustand oder die näheren Umstände seiner Flucht. Er konnte es ihm auch nicht verübeln, denn nach vier Jahren Sklaverei war es nur natürlich, dass ein Mann jede sich bietende Gelegenheit zur Befreiung beim Schopf ergriff. Wenn er dazu den Wächter töten musste, nun ja. Letztlich war es nicht an Ormog, das infrage zu stellen, hatte er doch selbst das Leben so vieler Unschuldiger auf dem Gewissen.

Irgendwie musste es Garius gelungen sein, die Schlüssel aus dem Gürtel des toten Wächters zu ziehen und damit erst die Gittertür, dann die Schlösser seiner Handfesseln zu öffnen. Kleidung und Waffen des Toten dienten als Tarnung.

Als Ormog genug gesehen hatte und sich entschloss, keine Zeit zu verlieren, grinste Galahuns Adjutant ihm ölig zu: »Euch ist doch sicherlich bewusst, dass die Bezahlung erst erfolgt, wenn Ihr mit dem entflohenen Sklaven oder zumindest einem Stück von ihm zurückgekehrt seid. Solltet Ihr versuchen, den Herrn zu betrügen, seid Ihr des Todes.«

Natürlich war er sich dessen bewusst, doch es betraf ihn nicht, schließlich war er in Wirklichkeit kein Sklavenjäger, den nur sein Gewinn interessierte. Er hatte nie vorgehabt,

Garius auszuliefern. Einzig und allein auf die Informationen und Hinweise, die er gerade in dieser Zelle gefunden hatte, war es ihm angekommen.

Wohl am wichtigsten war die Tatsache, dass Garius erst vor drei Tagen entflohen war. Also würde Ormog ihn mit dem Bataal einholen können. Es bedeutete aber auch, dass sein Freund möglicherweise von Hetos' Soldaten oder anderen Kopfgeldjägern verfolgt wurde. Außerdem schien es ein seltsamer Zufall zu sein, dass Garius genau jetzt ausgebrochen war, wo Ormog wieder durch die Lande zog. Selbst die Götter arrangierten selten solche Fügungen.

In jedem Falle drängte die Zeit, denn auch ohne Verfolger lauerten auf einen Flüchtling viele tödliche Gefahren, also verließ Ormog auf schnellstem Wege die Villa der Familie Hetos.

Vermutlich hatte Garius die Stadt verlassen, zum einen weil er hier viel leichter eingekreist werden konnte, zum anderen weil sich ein Stadttor nahe am Anwesen befand. Er versuchte wahrscheinlich, sich zu seiner Heimatstadt Gelvho durchzuschlagen, zumindest würde Ormog das an seiner Stelle tun.

Das Kernland von Kamal und die Hauptstadt Drohm'Eddar schmiegten sich an die westliche Küste des rundlichen kleinen Kontinents Esatt an. Der Kontinent wurde von den sieben Provinzen des kamalischen Reiches eingenommen:

Mendrat, Fayem und Mirrak im Norden, Kazzu und Cafnur im Westen und Epalin und Ledahl im Süden. Garius' Heimat befand sich auf halber Strecke zwischen Drohm'Eddar und der Provinzhauptstadt von Ledahl, Laynlynn.

Also war Garius auf dem Weg in den Süden, durch die großen Ödlande und Dünenwüsten, die das südwestliche Ende des Kontinents prägten. Ormog sann lange darüber nach, wo genau er Garius finden konnte. Er rief sich eine Karte des Umlandes von Drohm'Eddar ins Gedächtnis und überlegte, wo es im Umkreis von drei Tagesmärschen südwärts am ehesten Zuflucht vor den Häschern Hetos' gab.

Aber ihm fiel in den Weiten der Ödlande nur ein Versteck ein, das völligen Schutz vor Verfolgern bot – die Dünengräber von Varrcrom, das Tal der Dunklen Könige.

Es war ein gefürchteter, unheimlicher Ort, auf dem angeblich viele Flüche lasteten und dessen schwarzmagische Präsenz für jeden Sterblichen überwältigend sein sollte.

Ormog schauderte beim Gedanken daran, dass sein Gefährte dort Unterschlupf gesucht haben könnte. Doch es schien durchaus vernünftig aus Garius' Sicht, denn an diesen Ort würde ihm niemand folgen, der gesunden Verstandes war. Niemand würde überhaupt auf die Idee kommen, dass der Geflohene sich dort aufhielt. Garius als Soldat hatte wahrscheinlich nicht allzu viel auf die Gerüchte um Varrcrom gegeben, doch Ormog als Zauberer wusste die

Gefahr sehr wohl einzuschätzen. Wenn Garius sich in Varrcrom aufhielt, dann war keine Zeit mehr zu verlieren.

Zusammen mit Ichtyon, der vor dem Anwesen Hetos' gewartet hatte, machte er sich auf den Weg zum Stadttor. Ungeduldig schoben sie sich durch die Menschenmassen. Die gelassene Langsamkeit, mit der sich die Menschen durch die prunkvollen Wehranlagen bewegten, schien sie zu verhöhnen, während Ormog die Zeit unter den Fingern zerrann. Als sie endlich draußen waren, strebten sie querfeldein auf das kleine Waldstück zu, in dem sie ihr Fluggerät versteckt hatten, den Bataal der Gorgul.

Von tarnendem Gestrüpp und Ästen befreit erhob sich der Bataal bald in geschwindem Steigflug in die Lüfte und flog dann niedrig über dem Boden weiter, um kein Aufsehen zu erregen. Ormog hoffte, schon bald die Ödlande und Varrcrom zu erreichen. So trieb er unerbittlich den magischen Motor des Bataals an, der mit einem stöhnenden Vibrieren seinen Widerwillen zu dieser Schinderei kundtat.

SANDIGE WEGE

Ormog

Grausam brannte die Sonne auf das Tal der Dunklen Könige hernieder und der heiße Atem des Wüstenwindes peitschte ihnen entgegen, als sie zur Landung ansetzten.

Ringsum erstreckten sich Dünen, so weit das Auge reichte, doch der Eingang zu den Gräbern war nicht zu übersehen. Er wurde flankiert von zwei gigantischen Statuen, die den Ankömmlingen mit zornigem Blick zu folgen schienen. Über dem ganzen langgezogenen Tal zwischen den riesigen Dünen war der lastende Schatten geballter schwarzer Magie zu spüren, der sich langsam in ihre Herzen stahl.

Die halb vom Sand überwehten Steinplatten des Weges, der sich schlangengleich vom Eingang des Tals bis zu seinem Ende wand, führte sie an vielen Gräbern vorbei, die sich zu beiden Seiten der sandigen Steilwände entlangzogen.

Monumentale Statuen stützten Vordächer und Portale düsterer, mit Granitplatten versiegelter Grufteingänge. Die bedrohliche Architektur dieses Ortes spiegelte die Macht der Dunklen Könige wider, die sowohl im Leben als auch im Tod gewaltig genug erschienen, um die Gemüter der Sterblichen förmlich zu erdrücken. Überall wachten die steinernen Abbilder der finsteren Herrscher, als lauerten sie darauf, die beiden Gefährten mit ihrer bloßen Präsenz zu zermalmen.

Vor vielen, vielen Generationen hatten die Dunklen Könige mit ihren schwarzen Künsten ein Reich beherrscht, das vom Sonnenaufgang bis zum Sonnenuntergang reichte. Aus seiner Asche hatte sich schließlich das Reich von Kamal erhoben.

Im Schatten eines hohen, mit unheilkündenden Runen bedeckten Pylonen entdeckte Ormog die erste menschliche Spur im vor Hitze glühenden Sand.

Er legte eine Hand in die nahezu verwehten Abdrücke. Garius' Spuren, er wusste es. Nicht wegen Größe und Form der Abdrücke, sondern aus einem anderen Grund. Ormog spürte das drohende Unheil, die Gefahr, in der Garius schwebte.

Er betrachtete die Spuren eingehender und bemerkte,

dass sich die folgenden Abdrücke in einer unregelmäßigen Schlangenlinie zwischen umgestürzten Steinblöcken dahinzogen. Auch die Abstände waren unregelmäßig, Garius musste verletzt sein.

Ormog schloss die Augen für einen Moment und versuchte, seiner Ahnung nachzuspüren. Ein flackerndes Bild zog an seinem inneren Auge vorbei. Ein gequältes, ausgemergeltes Gesicht, in dessen stumpfem Blick Ormog etwas Flehendes erkannte. Dann schlugen die schwarzen Fluten der Dunkelheit über diesem flüchtigen Eindruck zusammen und schwemmten Ormog mit urgewaltiger Kraft zurück in die Wirklichkeit.

Nun war er ganz sicher, dass sich Garius in der Nähe befand und Hilfe brauchte. Ichtyon, der in respektvollem Abstand gewartet hatte, half ihm auf. Gemeinsam verfolgten sie die unsteten Spuren bis zur breiten Treppe einer nahegelegenen Gruft.

Nur widerwillig ging Ormog auf den Einlass zu. Seit Jahrhunderten lagen sie hier bestattet und doch bereitete es Ormogs empfindsamem Zauberergeist große Qualen, sich einer der Grabstätten auch nur zu nähern. Er hatte Mühe, sich der ständigen Einflüsterungen der längst Verstorbenen zu erwehren. Macht, unvorstellbare Macht schienen sie ihm zu versprechen. Je näher sie dem Grufteingang kamen, desto schwerer fiel es Ormog, sich zu beherrschen und nicht den dunklen Pfaden des Geistes zu folgen, die sich ihm verführerisch darboten.

Immer wieder warf Ichtyon seinem Freund besorgte Blicke zu. Er verstand durchaus, dass dieser Ort Ormog wesentlich mehr zusetzte als ihm selbst, da er kein magisch begabter Mensch war. Er spürte nichts von dem, was Ormog wahrnahm, und er war in gewisser Weise dankbar dafür, als er in die gequälten Augen seines Freundes blickte. Dafür spürte Ichtyon etwas, das Ormog wiederum durch seine überlasteten Zauberersinne verborgen blieb. Er fühlte sich beobachtet. Als er jedoch beunruhigt stehen blieb und sich aufmerksam umsah, konnte er nichts Ungewöhnliches erkennen. Nicht ein raschelndes Dornengestrüpp, nicht einen verdächtigen Schatten. Trotzdem lockerte er sein Schwert am Gürtel, ein Reflex jahrelanger Erfahrung mit … Nein, er durfte jetzt nicht daran denken. Im Augenblick war er für Ormog der ehemalige Diener Ichtyon und dabei wollte er es zunächst belassen.

Als sie endlich unter der mörderischen Wüstensonne schwitzend die Treppe zum schattenspendenden Vordach erklommen hatten, gönnten sie sich einen Augenblick der Ruhe. Sie lehnten sich an die Körper der Statuen, die auf ihren roh behauenen Schultern das Vordach stemmten, und sahen sich um. Sofort stach ihnen ein senkrechter Spalt in der mit schwarzmagischen Verwünschungen bedeckten Siegelplatte ins Auge. Sie verschloss den trapezförmigen Eingang zur eigentlichen Gruft und hier endete auch Garius' Spur. Ormog atmete tief ein, er suchte Ichtyons Blick. Mit gezogenen Schwertern quetschten sie sich durch den Spalt und wurden sofort von der gierigen Dunkelheit verschlungen.

Vatya Ganta

Noch bevor die Späher ihr Bericht erstatteten, wusste sie es bereits. Ormogs in einer grauen Welt ansonsten schwer zu fassende Präsenz erschien nun wie ein Signalfeuer im Kontrast zur Finsternis dieses Ortes. Es war erstaunlich, welche Macht und Präsenz die Dunklen Könige immer noch ausstrahlten, obwohl sie seit unfassbar langer Zeit schon bei den Schatten weilten. Doch der Nachhall ihrer Macht erfüllte diese uralten Anlagen, er durchdrang alles, war überall und zuletzt auch in ihrem Herzen. Aber sie hatte keine Angst davor. Sie wurde nicht von dem widerwärtigen Kodex des Weißen Ordens in ihrem Talent verstümmelt. Es war töricht, Selbstlosigkeit und Rücksichtnahme in einer Welt zu lehren, in der es keine Selbstlosigkeit und Rücksicht mehr gab! Die Gorgul hatten das erkannt. Ihr Meister lehrte seine Anhänger, die eigenen Fesseln zu sprengen und sich den Wegen wirklicher Macht zu öffnen. So bereitete ihr der Kitzel der Verheißung, der die Luft dieses Ortes durchtränkte, eher Vergnügen. Sie aalte sich in diesem Gefühl, fühlte ihre Sorgen dahinschwinden und ihre Stärke wachsen. Das war es, was die Gorgul anstrebten. Dafür waren sie geschaffen. Und hier würde Vatya ihre Aufgabe zu Ende bringen. Hier würde sie ein für alle Mal die Überlegenheit der Gorgul und ihrer Lehren unter Beweis stellen.

Sie genoss es, hier im Schatten zu lauern, wo ihr Feind sie nicht von den anderen Schatten unterscheiden konnte. Im rechten Augenblick würde sie zuschlagen. Falls dieser elende Zauberer nicht vorher in eine der zahllosen Todesfallen tappte, die Vatya hatte instand setzen lassen.

Es war nicht unbedingt vorgesehen gewesen, dass Ormog hier in Begleitung erschien, doch das würde sie nicht aufhalten. Ihre Späher berichteten, dass es sich bei diesem Mann nicht um einen Magier handelte.

Vatya spürte die Ungeduld der anderen, doch sie konnte sich darauf verlassen, dass keiner von ihnen die beiden vorzeitig angreifen würde. Dafür hatten die Gorgul zu großen Respekt vor ihr, denn sie kannten ihre Macht und wussten, wie sie mit Leuten umging, die sich ungehorsam zeigten. Und jedem war klar, dass dieser Sieg ihr gebührte und niemandem sonst.

Zur Sicherheit hatte sie diesen Garius Galtar am Leben

gelassen; sie rechnete damit, dass Ormog sich an der Lebensenergie seines Gefährten orientieren würde, um ihn zu finden. Zusätzlich hatte sie Spuren legen lassen, die Ormog auf direktem Wege hierher führen sollten, in diese Kammer.

Insgeheim beglückwünschte sie sich zu der genialen Idee, einen Ausbruch aus dem Sklaventrakt des Hauses Hetos zu inszenieren. Sie hatte alles so eingefädelt, dass Ormog zu dem Schluss kommen musste, der Gesuchte sei irgendwo hier in den Dünengräbern, und zwar aus eigenem Antrieb. Mit einem ihrer Krieger hatte sie dann geschickt Spuren im Sand hinterlassen, die Ormog den weiteren Weg weisen sollten. Und bisher funktionierte ihr Plan offenbar bestens, denn ihr Opfer hatte noch keinen Verdacht geschöpft.

Gedankenverloren blickte sie den gefesselten Mann an, der hilflos vor ihr auf dem Steinpodest neben dem Sarkophag lag. Er war der Köder, der seinen Freund ins Verderben lockte.

Ormog

In gewisser Weise war Ormog sogar froh, der Hitze und der erbarmungslos niederbrennenden Sonne zu entgehen, allerdings gab es hier drinnen keine wirkliche Erleichterung. Die

Luft schmeckte abgestanden und tot und bei jedem Schritt wirbelten sie den dicken Staubteppich auf, der sich über alles gelegt hatte.

Als sie immer tiefer in den steinernen Korridor vordrangen und das Licht, das durch den Eingangsspalt drang, langsam versiegte, beschwor Ormog ein kleines Werlicht, damit es mit seinem eisblauen Schein notdürftig die Dunkelheit zurückdrängte.

Sie folgten dem mit Granitplatten ausgekleideten Korridor eine Weile und machten immer wieder Halt, um die einzigen Spuren im Staub vor ihnen zu prüfen. Ormog beschlich ein ungutes Gefühl. Warum war Garius so tief in das Grab vorgedrungen? Hatte er etwas gesucht? Oder war er vor jemandem geflohen und suchte hier drinnen Unterschlupf? Irgendetwas war hier faul, das spürte Ormog, aber seinen Freund zu retten hatte erst einmal Vorrang. Danach konnte er sich immer noch um mögliche Verfolger kümmern.

Bald weitete sich der Korridor zu einer Halle, deren zyklopische Architektur jedoch nicht minder bedrückend wirkte. Im Schein länglicher Kristalle, die blutrotes Licht verströmten, konnte Ormog den Ausgang ausmachen, der wie ein gieriger Schlund die grausame Regelmäßigkeit der runenbedeckten Wände durchbrach. Vorsichtshalber gingen sie an der Seite entlang weiter, um nicht etwa auf eine getarnte Fallgrube in der Mitte der Halle zu treten und in der Versenkung zu verschwinden.

Plötzlich packte Ichtyon Ormog am Kragen und riss ihn zu Boden, gerade rechtzeitig, dass Ormog einer Klinge entging, die auf Kopfhöhe aus der Wand schnappte. Keuchend rappelten sie sich wieder auf. »Danke, mein Freund«, keuchte Ormog.

»Nichts zu danken. Hast du denn keine Erfahrung mit solchen Anlagen? Dir hätte diese Druckplatte doch auffallen …«, er verstummte.

»Nein«, erwiderte Ormog, »damit habe ich keine Erfahrung. Du etwa?«

»Äh, nein«, stellte Ichtyon hastig klar, »aber was man so hört … Druckplatten und andere Auslöser sind berüchtigte Mittel …« Er wandte sich ab und gab vor, die Wände nach weiteren Fallen abzusuchen.

Ormog wischte den Argwohn beiseite und folgte ihm. Hatte Ichtyon etwas zu verbergen? Taktvollerweise vermied er es jedoch, weiter danach zu fragen. Gewiss hatte Ichtyon unter verschiedenen Herren so manches erlebt, bevor er in Ormogs Haus gekommen war.

Nun noch umsichtiger unterzogen sie ihren weiteren Weg einer genauen Prüfung, wodurch sie es vermieden, in einer Schlangengrube zu enden, in Flammen aufzugehen oder von widerwärtigen Kreaturen gefressen zu werden.

Mehrmals in dieser Stunde entrannen sie knapp dem Tod, der in Form von zusammenstampfenden Wänden, aus dem Fels schießenden Stacheln und Pfeilen, Fallbeilen und anderen Überraschungen hinter jeder Ecke lauerte.

»Bei Vater Uskimbaar dem Nervensäger, diese Fallen und Monster werden allmählich lästig«, schimpfte Ormog, als er den grünlichen Schleim eines Jaxxonwurmes von seiner Klinge wischte.

Ichtyon pflichtete ihm bei. »Ich frage mich nur, wer für den ganzen Hokuspokus zuständig ist und sich um die Monster kümmert. Allzu oft dürften sich keine Abenteurer hierher verirren, um als Futter herzuhalten.«

»Nun ja, Genügsamkeit ist eine Tugend«, lachte Ormog.

Jäh wurden sie von einem Drachen unterbrochen, der sich größte Mühe gab, die beiden zu seinem Mittagsmahl zu machen. Feuerstrahlen erhitzten die Luft und zwangen sie, Haken schlagend davonzurennen. Der Drache ließ jedoch nichts unversucht, sie einzuäschern.

Zweifellos hätten sie bald als Kascht geendet, doch da rührte sich im letzten Moment etwas, das Ormog schon beinahe vergessen hatte. In seiner Manteltasche rappelte und kratzte es, dann schob der kleine Drache – vom verlockenden Brandgeruch geweckt – seine schuppige Schnauze heraus in die schwere Grabesluft.

Er spannte die ledrigen Flügel auf und hopste flatternd

aus Ormogs Tasche. Fluchend blieb dieser stehen, um seinen kleinen Gefährten wieder einzufangen. »Komm zu mir! Sonst muss ich dich hier zurücklassen!«, schimpfte er, doch das Wesen machte keine Anstalten, auf ihn zu hören. Stattdessen hüpfte es auf seinen ungleich größeren Artgenossen zu und baute sich vor ihm auf.

Die beiden Männer trauten ihren Augen nicht, als ihr Gegenüber tatsächlich die riesigen Schwingen zusammenfaltete und seine Bemühungen, sie zu grillen, einstellte. Ormog meinte beinahe einen schuldbewussten Blick in den Augen des großen Drachen zu erkennen, als dessen kleinere Ausgabe strafend knurrte und beleidigt mit den Schwingen flappte. Wie entschuldigend zog die große Feuerechse ihren Schwanz ein und verzog sich mit leicht geröteten Schuppen zurück in den Seitengang, aus dem sie gekommen war.

Zufrieden sprang der kleine Drache auf Ormogs Arm und ließ sich hinter den kurzen, zurückgebogenen Hörnern kraulen.

»Na, dein Schoßdrache ist ja doch zu etwas gut«, grinste Ichtyon und wischte sich einen Rußstreifen vom Gesicht.

Der kleine Drache fauchte.

»Ist mir ein Rätsel, was er gegen dich hat«, meinte Ormog schmunzelnd, als Ichtyon schnell die Finger zurückzog.

»Hmm«, antwortete dieser und warf einen Stein in den

Tunnel, der sich vor ihnen auftat. Dem Eingang entsprossen tödliche Metalldornen. »Ich glaube, wir sollten den anderen Weg wählen«, sagte er trocken und begutachtete den nächsten Durchgang.

Auf diese äußerst mühsame Art suchten sie sich ihren Weg durch die labyrinthartigen Gänge des Grabes. Ormog fragte sich ernstlich, wie Garius es in seinem – den Spuren nach zu urteilen – schwer verwundeten Zustand durch all diese Todesfallen geschafft hatte und weshalb in aller Welt er immer tiefer eingedrungen war, womöglich auf der Flucht vor Verfolgern, die Ormog aber beim besten Willen nicht ausmachen konnte. Eine höchst rätselhafte Angelegenheit.

Bald nahm Ormog etwas Neues wahr. Ein feiner Hauch im düsteren Medium der hier vorherrschenden schwarzen Magie. Garius! Offenbar waren sie also auf der richtigen Spur und er lebte noch. Das gab Anlass zu hoffen.

Als Ormog schließlich Garius ganz nahe vermutete, aber auch lauerndes Unheil in seinem Nacken verspürte, erreichten sie ein gewaltiges Gewölbe. Es war die Hauptgrabkammer, deren Grenzen sich in der Finsternis verloren. Spärlich erleuchtet von phosphoreszierenden Flechten und den vormals schon gesehenen blutroten Kristallen, zeichneten sich in der Mitte des Gewölbes die Umrisse eines steinernen Podestes ab. Darauf stand ein mit vage erkennbaren Intarsien verzierter Sarkophag, hinten schützend von einem

Flügelpaar aus Alabaster umfangen, das der Statue einer längst vergessenen Gottheit angehörte.

»Denjenigen, der es wagt, die Ruhe des allmächtigen Königs zu stören, den möge der Tod mit den Schwingen des Verderbens erschlagen!«, verkündeten kantige Runen, die am vorderen Ende des Sarkophags eingraviert waren.

Doch all diese Details wurden schlagartig nebensächlich, als Ormog die zusammengekrümmte Gestalt vor dem Sarkophag sah.

Schnell waren sie bei ihm und beugten sich über den reglos daliegenden Mann – Garius Galtar. Er war ohne Bewusstsein. Als Ormog seinen Puls fühlte, bemerkte er, dass sich unauffällige schlanke Fesseln um Garius' Hände wanden.

So froh Ormog auch war, diesen Mann wiederzusehen, so überwog nun seine Besorgnis. Es musste sich um eine Falle handeln. Die Fesseln waren ein eindeutiger Beweis. Beunruhigt sah er auf und zog sofort sein Schwert.

Die tiefen Schatten um sie herum entwickelten ein Eigenleben und verdichteten sich zu verhüllten schwarzen Gestalten, die einen enger werdenden Kreis um Ormog, Ichtyon und den bewusstlosen Garius bildeten.

Ormog sandte sein Werlicht hoch über ihre Köpfe und enthüllte dabei flüchtig die mordlustig blitzenden Augen der Krieger, die sie umzingelten. Die Gorgul hatten ihn hierhergelockt, um zu Ende zu bringen, was sie einst nicht hatten vollenden können. Ormog schalt sich selbst einen Narren, dass er nicht früher darauf gekommen war.

Garius' Flucht und alles andere waren also nur vorgetäuscht gewesen, um seiner habhaft zu werden. Das Engagement, das die Gorgul in diese Sache investiert hatten, war bewundernswert. Sie mussten ihn ja für eine sehr große Bedrohung halten, wenn sie solche Mittel aufboten. Oder sie taten das aus Prinzip, weil sie die Weißen Magier hassten, oder einfach nur, um ihren Jagdtrieb zu befriedigen.

Seine geschmeidigen Bewegungen zeugten von bitterem Zorn, aber auch von dem Willen, den Gorgul einen guten Kampf zu liefern, bevor sie ihn mit ihrer schieren Überzahl erdrücken würden. Sein Schwert verwandelte sich in einen konturlosen Schatten, als er sich seinen Feinden entgegenwarf, hoffend, dass er wenigstens genug Zeit herausschlug, damit Ichtyon und Garius sich in Sicherheit bringen konnten. Vielleicht hatten sie eine Chance, solange sie den Gorgul nicht in die Quere kamen. Denn die Gorgul wollten ihn, Ormog. Garius war für sie nur ein Mittel zum Zweck gewesen.

Seine Klinge fuhr auf und ab, blockte, stach und schnitt mit der gnadenlosen Präzision eines Mannes, der sich seinem Ende gegenübersah und nichts mehr zu verlieren hatte.

Ein doppelseitiger Kampfstab zerbarst an seinem Rückenpanzer und schickte einen scharfen Schmerz tief in seine Knochen, doch Ormog nahm dies kaum war. Er verwandelte sich in einen Sturm vollkommener Präzision, durchbohrte Gegner hinter sich zurücklassend. Aber die ewigen Schatten des Grabes spien immer weitere Gorgulkämpfer aus, die sich ihm mit höhnischem Schweigen entgegenstellten.

Der Treffer eines bösartig gezackten Dolches drang in seinen konzentrierten Geist vor und Ormog nahm undeutlich die brennende Lähmung war, die sich von der Wunde her ausbreitete. Natürlich war der Dolch vergiftet gewesen.

Eine gleißende Energiewelle entfesselnd verschaffte sich Ormog für einige Atemzüge Ruhe und blickte sich nach Ichtyon und Garius um. Er wappnete sich innerlich gegen das, was er vielleicht entdecken würde. Aber seine schlimmsten Befürchtungen bewahrheiteten sich nicht.

Die beiden waren noch nicht von hinterhältigen Hieben durchbohrt worden, aber was Ormog sah, beruhigte ihn nicht unbedingt. Ichtyon stand breitbeinig auf dem Steinpodest, schützend vor Garius, der sich zu regen begann, und wehrte sich gegen eine Gruppe Gorgul.

»Ichyton! Was tust du noch hier? Nimm Garius und renn, so schnell du kannst!«, schrie Ormog ihm zu.

Doch Ichtyon rührte sich nicht vom Fleck. Er schien ihn

gar nicht gehört zu haben. Einen schrecklichen Augenblick lang sah Ormog Ichtyon straucheln, während er ungeschickt mit erhobener Klinge die wuchtigen Schläge der Gorgul abfing, die eindeutig mit ihm spielten. Jeden Moment würden sie Ichtyon aufspießen, der keinerlei Übung im Umgang mit dem Schwert hatte. Doch zu Ormogs Überraschung schaffte es Ichtyon irgendwie, sich zu behaupten, während er unkontrolliert stolperte. Stattdessen wandelte er sein Straucheln in einen flinken Vorwärtsstich um, der seine Klinge tief in einen Rüstungsspalt trieb.

Lottong war ihm gnädig gewesen! Sehr gnädig! Der Stoß hatte beinahe zu geschickt ausgesehen, als dass er an Zufall glauben ließ. Nun, manchmal schenkten die Götter eben auch einem ungefiederten Herv einen guten Wind!

Nun begann Ormog, sich durch die wieder an ihn heranrückende Menge zu kämpfen, um Ichtyon vor der Rache der anderen Gorgul zu bewahren.

Einer der dunklen Kämpfer verstellte ihm den Weg und entfesselte einen glühenden Feuerblitz in Ormogs Richtung. Ormog setzte zu einem langen Sprung an und lenkte dabei den Feuerstrahl zurück zu seinem Beschwörer.

Ein weiterer Sprung brachte Ormog hinter den nächsten Gegner, den er rasch außer Gefecht setzte. Nach dem folgenden heftigen Schlagabtausch stieß er rücklings mit jemandem zusammen. Es war Ichtyon.

Ormog schnellte herum und bog im letzten Moment einen tückischen Hieb ab, der für Ichtyon bestimmt gewesen war. »Verflucht, wieso bist du nicht gegangen, solange sie sich nicht für dich interessiert haben!? Schnapp dir Garius und verschwinde, ich halte dir den Rücken frei!«

»Ich lasse dich nicht zurück, Ormog! Genauso wenig, wie ich dich in deiner Villa zurückließ! Ich stehe dir zur Seite, egal wie viele Gorgul noch kommen, es kann nicht endlos so weitergehen, bei Karras!«

Ormog wollte etwas erwidern, doch er kam nicht dazu. Die Gorgul hatten von ihnen abgelassen und bildeten einen Kreis um sie herum. Ormogs Sinne vibrierten, als er spürte, wie sich die dunklen Energien dieses Ortes in den Händen der Gorgul konzentrierten.

Ein violettroter Blitzsturm brach aus den ausgestreckten Händen der dunklen Hexer hervor, begierig, das Blut ihres Erzfeindes zu kosten, und Ormog sah seinem nahen Tod ins Auge.

Da schloss sich eine Kaskade aus blauem Licht um Ichtyon, Garius und Ormog und absorbierte die grausam auf sie abzielenden Blitze.

Es dauerte einen Moment, bis er begriff, dass dieser Schutzwall sein eigenes Werk war. Er wusste nicht, woher er die Energie nahm, waren seine Kräfte doch noch immer angeschlagen. Doch offenbar hatte sich in der höchsten Todesgefahr ein weiterer vergessener Teil seines Geistes geöffnet und erlaubte ihm, den Schild aufrechtzuerhalten, der sie vor den wild zuckenden Blitzen bewahrte.

Dann versiegte der Sturm manifestierter schwarzer Magie. Die Reihen teilten sich und er erblickte *sie*.

Vatya Ganta

Sie hatte den Kampf lang genug beobachtet. Nun schritt sie in finsterer Erwartung durch die Reihen ihrer Krieger, die respektvoll vor ihr zurückwichen.

Mit raubtierhaftem Blick musterte sie Ormog. Auch der beiden anderen Männer hinter ihm war sie sich bewusst, doch sie maß ihnen keine Bedeutung bei.

Ihre Aufmerksamkeit galt allein dem Weißen Zauberer. Sie registrierte jede noch so kleine Bewegung und studierte seine Reaktion auf ihr Kommen. Und sie genoss den Ausdruck des Wiedererkennens, der über sein Gesicht huschte, als sie vor ihn trat.

Mutig sah er sie an und sie las im Blick dieser interessanten grünen Augen eine beachtliche Entschlossenheit, sich bis zur letzten Sekunde zu wehren. Sie zollte seiner Standhaftigkeit Anerkennung, indem sie ihr Haupt in einer universellen Kriegergeste neigte, um ihm ihren Respekt zu bekunden. Im Gegensatz zu seinen Kollegen, die sie nacheinander aufgespürt hatte, winselte Ormog nicht um Gnade, sondern bewahrte sich inmitten seiner übermächtigen Feinde eine aufrechte Gesinnung.

Vatya gestattete sich ein dämonisches Lächeln – jetzt war der Augenblick der Vollendung gekommen. Ein flüchtiges Gefühl des Bedauerns überkam sie, nun, da sie den Letzten des Weißen Ordens gestellt hatte. Wenigstens dieser wirkte, als werde er ihr genügend Widerstand entgegensetzen, den zu brechen sie auskosten wollte. Ein würdiger Abschluss ...

Sie breitete die Hände aus und öffnete sich für die schwarze Macht des Grabes. Sie ließ sich von ihr durchströmen und schöpfte aus ihr. Vatya ließ die Dämme der Zurückhaltung sinken und entfesselte eine urgewaltige Flut an Kräften, die nach der langen Zeit hier förmlich um Verwendung schrien. Ein manifestierter Strahl schwärzester Hexenkunst traf Ormogs magischen Schutzschild frontal und wurde größtenteils in Form sengender Hitze reflektiert.

Sie war überrascht, dass Ormog dem standhielt, doch sie fühlte ihn schwächer werden und nährte ihre eigene Kraft aus seinem nahenden Untergang.

Doch dann geschah etwas Unerwartetes.

Ormogs Schild verdichtete sich in einem letzten Aufbäumen gegen den Tod und änderte seine Farbe zu einem fließenden Silber.

Vatyas Angriff wurde von der silbernen Fläche gespiegelt und in abgeknicktem Winkel zurückgeworfen, sodass er den Granitsarkophag traf und knisternde Funken aus Energie über dessen Oberfläche sandte.

Für einen Moment kehrte die alte Grabesstille zurück. Dann war eine Erschütterung zu spüren, gefolgt von einem dämonischen Laut, der nicht aus dieser Welt zu kommen schien. Der Sarkophag bekam Risse und sein Deckel barst in einem Regen scharfkantiger Schrapnelle.

Daraus erhob sich etwas, das aussah wie dem Achylos selbst entstiegen.

Vertrocknete Leinenbinden platzten vom mumifizierten Leichnam des Dunklen Königs ab, während er aus seiner Ruhestätte aufstand. »Wer wagt es, mich zu stören?«, ertönte seine unwirkliche Stimme in beginnender Raserei. Er hob eine knochige Hand zu seinem Gesicht und nahm die verzierte Totenmaske ab. Darunter kam ein Paar wild glühender Augen zum Vorschein, deren Schrecken sogar die Gorgul zu lähmen vermochte.

Vom Zorn getrieben, sprang der Mumifizierte aus seinem beschädigten Sarkophag, wütete wie ein Berserker in den Reihen der Gorgul und zerriss ihre Gestalten mit bloßen Händen.

»Hier sollt ihr auf ewig mit mir begraben sein für euren Frevel an meiner Grabstätte!«, brüllte er und streckte die dürren Arme aus, um eine Feuersbrunst zu beschwören, die die Gruft für einen Augenblick in einen Hochofen verwandelte.

»Verflucht sollst du sein, Ormog«, rief Vatya, während sie ihm durch das Chaos nachsetzte. Er war doch tatsächlich wieder dabei, eine ganze Einheit Gorgul auszulöschen! Was ihm an Kraft fehlte, machte dieser Zauberer offenbar durch seine Improvisationsgabe wett.

Gerade als sie ihn unter den Flüchtenden entdeckt hatte, erschütterte eine gewaltige Druckwelle den Raum, ausgehend von dem Dunklen König. Menschen wurden zu Boden geschleudert und ganze Säulen barsten unter dem schrecklichen Ruf des Auferstandenen.

Als sie sich halb betäubt aufrappelte, sah sie, wie sich Risse die steinerne Decke entlangzogen, durch die Sand herabrieselte und sich feinen Vorhängen gleich in den Raum ergoss.

Dann brach die Decke ein und eine Flut aus Steinen und Sand strömte über sie hinweg, um alles unter sich zu begraben.

VERSCHMELZUNG

Vatya Ganta

Mühsam blinzelte Vatya die gleißenden Sternchen aus ihrem Blickfeld, die der Lichtblitz in ihre Netzhaut eingebrannt hatte.

Als sie sich Staub hustend aufrichtete, stellte sie mit einiger Überraschung fest, dass sie sich nicht auf der schwarzen Brücke zu den Schattenlanden befand, sondern noch mehr oder weniger in einem Stück Welt der Lebenden.

Was war gerade geschehen? Die Decke war über ihr und ihren tapferen Kriegern eingestürzt und dann … Verflucht! Sie schaffte es einfach nicht, einen klaren Gedanken zu fassen. Konzentrier dich!, mahnte sie sich selbst. Also, weshalb war sie noch am Leben? … War sie noch am Leben? … Schon flossen ihre Gedanken wieder in einem trägen Strom davon und trieben in eine andere Richtung ab.

Mit wachsenden Kopfschmerzen und zunehmendem Unmut über ihre mangelnde Selbstbeherrschung sah sie sich um und versuchte, den Schleier, der vor ihren Augen tanzte, mit energischem Blinzeln zu durchdringen.

Der Schleier wollte nicht weichen – auch nicht nach einem ziemlich unanständigen Fluch im Namen verschiedener Geister. Er konnte auch nicht weichen, denn er besaß durchaus eine Daseinsberechtigung, wie Vatya klar wurde. Sie fühlte die Kraft, die von diesem Schleier ausging, und die drängende Gewalt der Massen, die durch ihn zurückgehalten wurden. Was sie sah, war eine Schutzblase, ein magischer Schild, den sie wohl im Reflex aufgebaut hatte, um ihr Leben zu bewahren. Und nun stand sie da, inmitten einer kleinen kuppelförmigen Blase, die mit ihrem unnatürlichen Schein die einzige Lichtquelle war, denn hinter den Schleiern der Blase konnte sie die Schemen der Trümmer und des Sandes erkennen, die mit ihrem ganzen Gewicht versuchten, den ihnen durch die physikalischen Gesetze rechtmäßig zustehenden Platz einzunehmen.

»Na wunderbar! Ich sitze hier unter einer Schutzblase und überall um mich herum liegen Tonnen von Trümmern und Sand. Wenn ich die Ausmaße dieses Hügelgrabes noch richtig im Kopf habe, dann dürften mich ein Dutzend Meter oder mehr von der Oberfläche trennen. Sobald mir die Kraft ausgeht, werde ich von den Massen zerquetscht, andernfalls ist in einiger Zeit sowieso die Luft aufgebraucht und ich ersticke. Ich habe kein Wasser und nur spärliche Beleuchtung und zu allem Überfluss muss ich wohl einen Schlag auf den Kopf abbekommen haben, weswegen ich nicht geradeaus denken kann!«

Die Zusammenfassung ihrer Situation war ziemlich niederschmetternd. Ihr Sichtfeld, ohnehin schon seltsam wirr, verzerrte sich schlagartig noch stärker und Vatya wurde so schwindelig, dass sie sich ziemlich unbeholfen setzen musste.

Sonderbar. Es war ihr, als könne sie Teile des Raumes sehen, die sie gar nicht sehen können sollte, als hätte sie ein zweites Augenpaar. Ihre Sinne waren überbeansprucht, sicherlich durch die Schutzblase, die begann, sie auszulaugen. Sie schloss die Augen. Verflucht! Wieso konnte sie immer noch etwas sehen?

Und dann verschwamm ihr Blick und sie sah … sich selbst.

Sie sah sich selbst verwirrt auf dem Boden sitzen. Sie sah sich selbst aufspringen und einen gekrümmten Dolch ziehen, und dann sah sie in ihre eigenen Augen. Und gleichzeitig erblickte sie die Augen, durch die sie ihre eigenen Augen erblickte.

Die grünen Augen fixierten sie. Aber keinerlei Bewegung kam in die Gestalt ihres Feindes.

Augen von faszinierendem Grün fixierten sie. Sie sah den Weißmagier und gleichzeitig sah sie sich durch die Augen des Weißmagiers. Sofort wusste sie, dass seine Aufmerksamkeit im Augenblick nicht nur ihr galt. Plötzlich nahm sie zwei zusammengekrümmte Gestalten wahr, die sie vorher nicht bemerkt hatte. Sie erkannte die beiden: Garius Galtar, der Mann, den sie als Köder benutzt hatte. Und Ormogs Begleiter. Ihr schoss unwillkürlich ein Name durch den Kopf: Ichtyon Vanastera. Irrationalerweise flammte Besorgnis um die beiden Männer in ihr auf.

Das alles ist ohne Belang, ermahnte sie sich selbst. Bring deinen Auftrag zu Ende und dann verschwinde von hier! Nun, wo der Weißmagier abgelenkt war, bot sich ihr eine Möglichkeit, ihren Auftrag schnell zu beenden. Vielleicht würden dann auch ihre seltsamen Sinneseindrücke zur Normalität zurückkehren, denn mit Sicherheit war dies irgendein feiger Bann oder Zauber, um sie in Schach zu halten. Wut überkam sie. Dieser Mann war an der ausweglosen Situation schuld, in der sie sich nun befand. Er hatte diesen verdammten König auferweckt, der in seinem Zornesausbruch die Decke einstürzen ließ.

Sie wog ihren Dolch zwischen zwei Fingern. Das Adrenalin pumpte durch ihren Körper. Gekonnt schleuderte sie ihn auf ihren Gegner, direkt auf seine Kehle. Aber noch während sie verfolgte, wie der Dolch auf ihren Gegner zusegelte, sah sie ihn gleichzeitig auf sich zukommen und warf sich instinktiv zur Seite. Nein, er warf sich zur Seite. Oder doch sie beide?

Eine Stimme ertönte in ihrem Kopf: »Bei Aylyss der Verräterischen, was …«, dann hatte sie nur noch einen Gedanken. Und sie wusste, dass es nicht ihr eigener war.

Ein Feuerball verließ ihre, nein, seine Hand und schoss knisternd auf sie zu. Im letzten Moment streckte sie die Hände aus und absorbierte die magischen Flammen.

»Verdammte Gorgulhexe«, hallte es durch ihren Kopf, dann brach eine Flut an Bildern, Gefühlen und Sinneseindrücken über sie herein, die sich mit den ihren vermischten.

Sie sah, wie sich der eine, Ichtyon genannte, Mann aufrappelte und mit erhobenem Schwert von hinten auf sie zuschlich, während der andere, Garius, sich noch damit abmühte, stöhnend das Gleichgewicht wiederzufinden.

Ein gezielter Stich auf ihren ungedeckten Rücken. Ein Aufblitzen und ein Klirren. Dann das dumpfe Geräusch eines Fausthiebes, der ihren Gegner zum Taumeln brachte. Sie wusste nicht, ob sie diesen hinterhältigen Angriff bemerkt hätte, ohne durch Ormogs Augen sehen zu können. Mit einem Fußtritt beförderte sie Ichtyons Kurzschwert außerhalb der Reichweite seiner hastig tastenden Finger und packte ihn an der Kehle. Just in diesem Moment stolperte der noch immer ziemlich benommene Garius Galtar mit der schlechten Imitation eines Schlachtrufes auf sie zu, seine Klinge kreiste blinkend über dem Kopf. Sie schätzte die Entfernung ab und zog einen weiteren Dolch aus ihrem Gürtel.

Da gebot Ormog mit scharfer Stimme: »Haltet ein, Freunde, haltet ein!«

Ormog

»Haltet ein, Freunde, haltet ein«, rief er. »Ich bitte euch, legt die Waffen nieder und handelt mit Bedacht! Wenn wir uns gegenseitig töten, kommt keiner von uns hier lebendig hinaus!«

Das Schwert in festem Griff, standen sich Vatya Ganta und Garius Galtar gegenüber. Der röchelnde Ichtyon lag bewegungslos am Boden, doch seine Muskeln waren angespannt, er sah aus, als könnte er jeden Moment aufspringen und sich auf die Gorgulhexe stürzen.

Ormog wusste, in welch brenzliger Situation er sich befand. Ein unbedachtes Wort, eine falsche Bewegung und die Sache würde blutig enden.

Die Gorgul, den Blick immer noch auf ihr kampfbereites Gegenüber geheftet, brauchte sich nicht umzudrehen, um zu wissen, dass Ormog sie ansah. Beschwörend. Hoffend, dass die Vernunft den Sieg davontragen werde.

Wie leicht hätte Vatya in diesem Augenblick den Dolch in die Kehle ihres Feindes stoßen können, wie leicht hätte sie beenden können, was sie begonnen hatte, und den halb erwürgten Ichtyon niederstrecken, um sich dann ihrem eigentlichen Feind entgegenzustellen. Aber sie tat es nicht.

Sie fühlte es, das Flüstern in ihrem Kopf. Und sie wusste, es war die Wahrheit. Schieße einen Pfeil senkrecht in die Luft und er wird zu dir zurückkehren. Zögernd senkte sie die Klinge, Garius Galtar tat das Gleiche. Doch beide wussten, dass das nicht mehr als eine Geste war, beide machten sich keinerlei Illusionen darüber, mit welcher Geschwindigkeit entfesselter Stahl auf Stahl prallen konnte.

»Ich will versuchen, es euch zu erklären«, sagte Ormog in einem Tonfall, der beruhigend klingen sollte, jedoch nicht die Spannung in seiner Stimme verbarg. »Als der auferstandene König in seiner Wut die Decke zum Einsturz brachte, bauten wir beide reflexartig im selben Augenblick einen Schutzschild auf, um unsere Haut zu schützen. Offenbar sind unsere beiden Schutzblasen miteinander verschmolzen, vielleicht weil wir so dicht beieinander standen, vielleicht um die Energie besser zu nutzen. Ich weiß es nicht. Während meines gesamten Studiums der arkanen Künste in den Hallen des Wissens habe ich nie von einem Fall wie diesem gehört. Ich kann nicht sagen, welche Auswirkungen das nach ziehen wird.«

Vatya dachte nach. Es war tatsächlich möglich, dass ihre beiden Schutzblasen miteinander verschmolzen waren, um die magische Energie bestmöglich zu nutzen. Denn wie sowohl den Physikern als auch den Magiern bekannt war, strebten alle Dinge stets nach dem energetisch günstigsten Zustand, der den geringsten Kraftaufwand erforderte. Um ungefähr denselben Raum abzudecken, hatten beide nun die doppelte Kraft, das hieß, die halbe Anstrengung für jeden, um am Leben zu bleiben.

Wieso mussten die Gesetze der Welt so verdammt logisch und konsequent sein? Falls einer von ihnen beiden getötet würde, bräche der Schutz des anderen zweifelsohne sehr bald unter der Last zusammen und alle würden sterben.

Ormog sah erwartungsvoll in die Runde. Sie alle machten keinen Hehl aus ihrem Widerwillen, doch niemand in diesem Raum war so töricht, es darauf ankommen zu lassen.

Sie mussten zusammenarbeiten, und zwar schnell, denn niemand konnte vorhersagen, was mit diesem magischen Phänomen als Nächstes geschah. So in etwa hatte es Ormog gemeint. Doch einen Nebeneffekt kennen wir bereits, dachte sie. Wir können durch die Augen des anderen sehen und wir hören seine Gedanken.

»Und als Nebenwirkung des gemeinsamen Nutzens unserer Kräfte ist auch in gewissem Grade eine Verbindung, eine Verschmelzung unserer beiden Kräfte entstanden, was zur Folge hat, dass …«

»… ich deine Gedanken höre und du meine! Schwingen wir keine unnützen Reden mehr, wie es offenbar die Stärke des Weißen Ordens ist, sondern machen wir uns daran, hier rauszukommen!«, fuhr Vatya gereizt dazwischen.

»Also gut, vielleicht sollten wir versuchen …«, setzte Ormog an.

»Bei H'Xinn, seid ihr Weißmagier alle solche Stümper? Wieso willst du unsere Zeit damit verschwenden, deine Gedanken in Worte zu fassen? Denken wir gemeinsam nach, wir bedürfen keiner Worte mehr!«

Eine Weile saß Ormog da, mit geschlossenen Augen, während Vatya wie ein eingesperrtes Raubtier in dem begrenzten Raum auf und ab schritt.

»Wir …« Ormog stand auf.

»Ja, machen wir es so. Erkläre du es ihnen!«

Der Weißmagier winkte seine beiden Gefährten heran und begann, sie von der Idee zu unterrichten, auf die sie beide gekommen waren. Währenddessen konnte er Vatyas schwelenden Zorn über diesen Zeitverlust in seinem Rücken spüren. Es muss sein. Wir brauchen sie!, wies er sie in Gedanken zurecht.

Vatya zischte, aber sie konnte nichts tun. Es war nun einmal notwendig, auch wenn sie bereits die ersten Anzeichen von Erschöpfung spürte, die in ihrem Mark brannten.

Als alle Instruktionen erteilt waren, setzten sich Vatya und Ormog mit geschlossenen Augen an die gegenüberliegenden Seiten der Blase, deren milchiges Weiß inzwischen einen warnenden Rotton annahm. Die Zeit drängte.

Ichtyon und Garius traten ebenfalls einen Schritt zurück und warteten gespannt auf ihren Einsatz. Die Schutzkuppel strahlte an ihrem höchsten Punkt auf und begann zu zerfließen, bis sich ein kleines kreisförmiges Loch auftat, durch das augenblicklich Sand und Gestein brachen und sich in einem staubigen Wasserfall ins Innere ihrer Blase ergossen.

Lebendig begraben in einer Sanduhr, schoss es Vatya durch den Kopf, und wenn die Zeit um ist, werden wir sterben.

Unter größten geistigen Anstrengungen schlossen die beiden Zauberer die Öffnung wieder und schoben die Spitze der Blase geschwind in den Raum, der dadurch oben frei geworden war.

Als sich der Staub verzogen hatte, machten sich Ichtyon und Garius eilig ans Werk, den beachtlichen Schutthügel mit den Breitseiten ihrer Schwerter abzuschaufeln und gleichmäßig über den Boden zu verteilen. Nach mühsamem Schuften standen sie an die sechs Handspannen höher.

Gleich darauf öffneten die Zauberer wieder einen Spalt in der Blase, schoben sie weiter nach oben und ließen den Schutt hereinbrechen, wo er sofort von den tüchtigen Gefährten verteilt wurde.

Langsam, viel zu langsam arbeitete sich die Gruppe Handspanne um Handspanne zur rettenden Oberfläche hinauf. »Wie eine verlorene Luftblase, die aus den Tiefen des Wassers emporsteigt«, meinte Ormog philosophisch. »Kuchenteig«, ergänzte Garius resigniert, »Kuchenteig, nicht Wasser.«

Wie besessen schufteten sie weiter, das unausweichliche Ende im Nacken, das sie erbarmungslos vorantrieb.

Die Luft wurde immer schlechter und die Grenzen der Blase rückten aus Energiemangel näher zusammen. Vatya versuchte, das lodernde Feuer in ihren Gebeinen zu ignorieren. Schmerz ist nur ein Mittel zum Zweck, er macht dich stark, wiederholte sie ein beliebtes Mantra der Gorgul und biss die Zähne zusammen.

Dennoch wussten sie, dass sich die Zeit, die ihnen das Schicksal zugestanden hatte, schnell dem Ende zuneigte. Ein Gedanke Ormogs erreichte sie. Ich weiß, antwortete sie ihm schweigend. Er sah ihr in die Augen. Keine Wahl, dachte sie. Sie erwiderte den Blick der forschenden Augen, die sie trotz der offensichtlichen Notwendigkeit erst um Erlaubnis zu fragen schienen.

Sie mussten ihre Geister, ihre Persönlichkeiten noch weiter miteinander verschmelzen, um das letzte Quäntchen Kraft zu nutzen, das ihnen zur Verfügung stand.

Sanft und ohne Hast öffnete er seinen Geist und ließ ihn in ihren überfließen, umschloss ihn, durchdrang ihn. Sie senkte ihre Barrieren, öffnete die Bastion dessen, was ihr Wesen ausmachte, und ließ es zu. Die darauffolgende Flut an Formen, Farben und Eindrücken traf sie und betäubte ihre Sinne.

Vatya Ganta

Die letzten Barrieren waren gefallen und unsere Geister vermischten sich. Wie befremdlich und unangenehm! Diesen fremden und doch etwas vertrauten Geist in mein Innerstes vordringen zu lassen! Es war ganz ähnlich wie das Forschen des Meisters in meinen Erinnerungen und dennoch von ganz anderer Qualität. Eine Flut von Gefühlen und Bildern überschwemmte mich und gab mir auf seltsame Weise Kraft, die Kraft, die ich dringend benötigte, um diesen verdammten Schutzschild aufrechtzuerhalten. Aber zu welchem Preis! Meine innersten Gedanken lagen vor dem Weißen Magier wie ein offenes Buch, in dem er beliebig lesen konnte. All der Zorn, der Hass und die Scham, die sich in Jahren angestaut hatten, waren einem Fremden zugänglich und gleichzeitig war er kein Fremder mehr, denn auch ich konnte in ihm nach Belieben lesen und fühlen, wie er las, was ich in ihm las, was er in mir las ...

Ich spürte sein Entsetzen, als er die Erinnerungen an vergangene Taten sah, und wusste, dass er auch die Reue wahrnahm, die in mir aufstieg, und dennoch kam kein einziger anklagender Gedanke, vor dem sich mein Herz so fürchtete. Er wusste ...

Wir müssen uns auf unsere Rettung konzentrieren. Ich schickte den Gedanken an den weißen Magier, doch er wusste es schon, bevor ich es in Worte gefasst hatte, und auch ich wusste, dass er es wusste.

Die Konzentration fiel schwer, immer wieder unterbrochen von sehr alten Erinnerungen, die aus verdrängten Teilen meines Bewusstseins aufblühten und wieder verblassten. Wunderbare Dinge aus einer längst vergessenen Zeit, aber auch furchtbare Dinge, deren ich mich nicht mehr hatte entsinnen wollen, drängten mir zu Bewusstsein und wurden immer deutlicher ...

Weinend rannte ich aus der Hütte, verfolgt von den Beschimpfungen meiner Ziehmutter, die mich mit Schlägen dafür bestraft hatte, dass ich die Schale mit ihrer Heilsalbe hatte fallen lassen. Ich schlich gebeugt zu den Schafen zurück, mit deren Behütung sie mich betraut hatte, und sank in das ver-

trocknete Gras zu Füßen der Tiere. Meinen Blick ließ ich wehmütig über die Stadt Akzenn'fall am Horizont schweifen und erinnerte mich der schönen Tage, die ich dort mit meinen Eltern und Geschwistern verbracht hatte, bevor fast alle beim Überfall eines wilden Stammes aus dem Norden auf die Stadt umkamen und die Sorge um mich meiner Tante zufiel. Seit meinem elften Lebensjahr fristete ich mein Dasein nun bei meiner grausamen Kaffa in dem Dorf Divids'ende.

Ein gellender Ruf erscholl und ein alter Mann rannte gestikulierend über den Dorfplatz, immer wieder das Wort »Sciss!« schreiend.

Die Unruhe ergriff auch von den anderen Menschen Besitz und alle rannten in höchster Eile umher. Bald sah man die Männer des Dorfes auf dem Platz versammelt. Jeder von ihnen trug ein Schwert, einen Speer oder Pfeil und Bogen. Vorsichtig lugte ich hinter dem Viehgatter hervor und fragte mich, was dies alles zu bedeuten hatte, da erfüllte ein sirrendes Geräusch die Luft und Vultax, der Dorfschmied, sank von einem rotgefiederten Pfeil durchbohrt zu Boden. Lautes Gedonner hob an und ein grässlicher Ruf wehte zu mir herüber: »Isci, Isci!«, dann brach das Chaos über das Dorf herein und die Luft war erfüllt von dem Klirren harten Stahles und den Schreien der Verwundeten und Sterbenden.

Als ich das nächste Mal verängstigt aus meiner Deckung hervorspähte, sah ich die Männer des Dorfes verstrickt in einen Kampf mit hochgewachsenen, braun bemäntelten Gestalten, die ihr Gesicht zum Schutz vor dem Staub und der Trockenheit mit Tüchern verhüllt hatten, sodass man nur noch die vor Mordlust blitzenden Augen erkennen konnte. Die Sciss gehörten zu einem nomadischen Volk, dessen Krieger umherzogen, mordeten und brandschatzten. In den letzten Jahren hatten die Überfälle räuberischer Stämme aus der südlichen Zentralwüste Ahemusas an Häufigkeit zugenommen, da sie sich an den Grenzen meines Landes große Beute versprachen. Die Bewohner dort hatten keine Mittel, sich ihrer zu erwehren, seit der Nordbund zerbrochen war.

Der Widerstand der Dorfleute war rasch gebrochen und wer sich ihnen in den Weg stellte, wurde von den Sciss auf ihren sechsbeinigen Reitechsen niedergetrampelt. Geschrei und Waffengeklirr schienen allgegenwärtig, von irgendwoher vernahm ich das Fauchen von Flammen und bald sah ich eine Rauchwolke aufsteigen.

Als ich mich umwandte, fand ich mich einem Sciss gegenüber, der gerade das Blut von der Schneide seines Breitschwertes wischte: »Nicht so hastig, Mädchen«, sagte er, »wo willst du denn hin?« Er packte mich am Arm, bevor ich wegrennen konnte. Ich schlug um mich und biss ihn, doch er lachte nur lüstern und schubste mich zu Boden. Rückwärts versuchte ich davonzukriechen, aber stieß bald mit dem Rücken an den Viehzaun. »Wie alt magst du wohl sein, meine

Schöne? Vierzehn, vielleicht auch fünfzehn Sommer?« Er zeigte ein grimmiges Lächeln, als er sich mir näherte, und mit seinem harten Akzent fügte er hinzu: »Vielleicht lasse ich dich ja am Leben und nehme dich als Sklavin mit mir …« Er berührte mich grob und zog an der Verschnürung meines Kleides.

»Lass die Finger weg und mögen dich die Vhalen holen«, schleuderte ich ihm zornig entgegen und versuchte, ihn abzuwehren. Ich hob die Hand, doch der erwartete Schlag kam nicht. Stattdessen hielt der Scissreiter inne und schaute ungläubig. Er begann zu röcheln und fasste sich wie im Wahn an die Kehle, während er auf den Boden sank. Er schien sich mit seinen eigenen Händen zu erwürgen. Schließlich entrang sich ihm ein gurgelnder Schrei und seine hervorquellenden Augen wurden matt, als er vornüberkippte.

Angsterfüllt kroch ich von ihm weg und kam auf die Beine. Ich nahm sein Schwert und stieß ihn an, doch er rührte sich nicht mehr – er war tot.

Was war geschehen? Hatte Tagrana die Jungfräuliche auf mich herabgelächelt und mich mit einem Wunder errettet oder war der Ursprung dieses Geschehnisses in mir selbst zu suchen? Ich wusste es nicht und wollte es auch gar nicht wissen. Alles, was ich nach all dem Grauen vermochte, war zu rennen. So rannte ich durch die engen Hintergassen und spürte die Hitze brennender Häuser auf meiner Haut. Beißen-

der Qualm und der schwere Geruch frisch vergossenen Blutes begleiteten mich, als ich hinaus in die gerade dämmernde Nacht floh.

Das Bild verblasste und sank zurück in den Ozean des lang Vergessenen. Überhaupt erinnerte ich mich nur an wenige Dinge, die vor meiner Zeit bei meinem Meister geschehen waren.

Ich meinte, noch die sengende Hitze auf meiner Haut spüren zu können, doch rasch wurde mir bewusst, dass sie nicht von den lodernden Flammen brennender Häuser herrührte, sondern von dem Energieschild, den aufrechtzuerhalten meine Aufgabe war. Die verbrauchte Luft konnte meinen nach Sauerstoff gierenden Lungen nicht mehr geben, was jeder Atemzug versprach.

Auch der Weiße Magier hatte gesehen, was aus den Tiefen meines Gedächtnisses emporgekommen war, und es war mir unangenehm, doch ich konnte mich nicht vor ihm verstecken, denn sein Geist erfüllte den meinen noch immer, und das galt auch umgekehrt.

Die Präsenz des Weißen Magiers verströmte Güte und Mitleid, etwas, was ich in meinem Leben allzu selten erlebt hatte. Ich wollte mich verbergen, wollte kein Mitleid fühlen und keine Güte von ihm annehmen, doch ich konnte mich nicht verstecken.

Mehrmals wollte ich seinen Geist einfach abstoßen, damit ich diese beinahe widerwärtige, friedvolle Sanftheit und Gelassenheit nicht mehr wahrnehmen musste, die so im Gegensatz zu den Lehren und Erfahrungen stand, aus denen meine Kraft entsprang.

Ich musste mich zwingen, mich wieder auf unsere Aufgabe zu besinnen, und wir beide begannen von Neuem damit, ein wenig Schutt hereinrieseln zu lassen, die Öffnung zu verschließen und die Blase nach oben zu zwängen, während die Gefährten des Weißmagiers den Schutt verteilten.

Beinahe unerträglich schien der Geruch nach Schweiß und verbrauchter Luft und mir wurde übel. Doch ich zwang mich zur Konzentration. »Wenn die Himmel auf dich stürzen, werden nur deine Schultern da sein, um sie zu tragen, also stähle dich und greife nach dem Leben.« Ein Zitat des weisen Nechewt Moras, der vor langer Zeit in einem Wüstenland den Sturz der Himmel zu tragen hatte, oder war es Kerak der Große gewesen? Egal, es war ohne Belang ...

Offenbar näherten wir uns der Oberfläche, denn der Druck des auf uns lastenden Gesteins nahm ab, gleichzeitig jedoch wurde unser vereintes Mana geringer, sodass sich die Anstrengung ausglich.

In meinem Geiste schossen immer wieder Erinnerungen hoch und erblühten kurz, doch ich wollte mich ihnen nicht hingeben, denn ich hatte etwas zu erledigen. Ich richtete alle Aufmerksamkeit auf mein Tun, um nicht wieder in die unreale Welt abzugleiten, doch die Monotonie der Arbeit ließ mich ein ums andere Mal abschweifen.

Blase öffnen, hereinrieseln lassen, schließen, nach oben schieben, warten. Öffnen, hereinrieseln lassen, schließen, schieben, warten. Öffnen, rieseln lassen, schieben, warten … Öffnen, rieseln lassen … ja, rieseln lassen … Putz rieselte von der Decke in einer vergangenen Zeit und rieselte und rieselte …

… auf mich herab. Die Erschütterung hatte Risse in den Wänden entstehen lassen und ich rannte aus der schmutzigen Lehmhütte hinaus auf den Dorfplatz. Seit dem letzten Angriff der Sciss waren vier Jahre vergangen. Vier Jahre unter der grausamen Knute der Kaffa, meiner Ziehmutter. Ich rannte hinaus und erwartete, von den goldenen Strahlen der Sonne begrüßt zu werden, doch da war keine Sonne. Der Himmel war grau und leer. Dann wehte ein scharfer Wind in Richtung Akzenn'fall. Ein greller Lichtblitz, ein Donnern hallte unwirklich herüber, dann senkte sich Totenstille über die Welt. Schwäche überkam mich, doch ich hielt dem immer stärker werdenden Gefühl stand. Die Stadt am Horizont, in der ich geboren wurde, hörte auf zu existieren.

Das Wimmern einiger Fauen neben mir verstummte jäh und sie fielen mit dem Gesicht in den Schlamm des Dorfplatzes. Sie waren tot. Schrecken überkam mich ob der unerklär-

lichen Ereignisse und ich zog vorsichtshalber mein Hirtenmesser. Ein Durcheinander von umherlaufenden Leuten brach los, doch alle schienen vom Wahnsinn ergriffen. Sinnlos rannten sie hierhin und dorthin, einige fielen und standen nicht wieder auf. Eine kalte Hand hielt mein Herz umklammert, als sich die Schatten verdichteten und eine Gruppe von schwarzgewandeten Männern ausspien, die schwerterblitzend auf die Menge losstürmten. Sie bahnten sich einen Weg zwischen den Wahnsinnigen hindurch auf mich zu. Ich floh ins Haus zurück. Meine Ziehmutter stand dort mit erhobenem Nudelholz und schlug mich. »Du schon wieder, du unnützes Kind! Was ist draußen los?«

Ich hielt schützend die Hand vor mich und jammerte: »Es sind Krieger im Dorf, sie kommen! Wir müssen uns verstecken!« Ein höhnisches Lachen: »Na, vielleicht nehmen sie dich unnütze Brut ja mit! Nichts als Ärger hast du mir gemacht. Aber ich weiß mich zu verteidigen.« Sie nahm einige Wolfkoktails, die sie bei einer umherwandernden Hexe erstanden hatte, und zwei Wurfmesser und postierte sich hinter dem Ofen.

Unter mächtigen Fußtritten gab die Tür nach und Männer in schwarzen Umhängen platzten in den Raum. Meine Kaffa zündete einen Wolfkoktail und schleuderte ihn, doch das Geschoss wurde mit einer lässigen Bewegung aufgefangen und beiseitegeworfen, wo es wirkungslos explodierte. Die Wurf-

messer prallten an einer geschickt geführten Stahlklinge ab und meine Kaffa brach in Geheule aus: »Verschont mich, verschont mich«, schrie sie hysterisch, »nehmt das Mädchen und all mein Gold mit euch, aber verschont mich!« Sie stieß mich von sich weg in die Arme des Anführers der Gruppe. Der aber stellte mich beinahe vorsichtig auf die Füße und fixierte mit dem überlegenen Blick seiner grauen Augen meine Ziehmutter. Die Narbe an seiner Wange spannte sich, als er sich mir zuwandte und leise sagte: »Ich will dir keinen Schaden zufügen. Im Gegenteil. Ich kann dich mit mir nehmen und du kannst Macht und Einfluss gewinnen. Dir wird eine Welt von Möglichkeiten offenstehen, im Gegensatz zum Leben in diesem Bauernkaff.« Ängstlich wich ich zu meiner Ziehmutter zurück und zog mein Messer. »Du willst wirklich diesen Abschaum beschützen? Gerade wollte sie dich noch loswerden, um ihr armseliges Leben zu retten! Fühlst du denn keinen Zorn?« Er blickte mir in die Augen und ich wusste, dass er meine Gefühle erkannte. Tatsächlich regte sich in mir Zorn über den Verrat. Viele Jahre lang hatte sie mich gedemütigt und auf ihrem Gewissen lastete der Tod meines jüngeren Bruders, den sie einst spätabends zum Kräutersammeln hinausgeschickt hatte in den Wald, wo ihn die Werwölfe zerrissen. Auch erinnerte ich mich an die Prügel, die sie mir verabreichte, nachdem sie erfahren hatte, wie der Sciss gestorben war. Sie sagte, ich hätte mir alles nur eingebildet.

»Ich spüre deinen Zorn. Lass deinem Hass freien Lauf! Töte sie, räche dich an ihr und befreie dich von ihren Fesseln! Ich weiß, du hast die Gabe zur Magie! Ich lese es in deinen Gedanken. Ja, töte sie! Strecke sie nieder und werde frei!« Er warf mir einen Degen zu, doch ich brauchte ihn nicht.

Der vernarbte Mann hatte ausgesprochen, was mich bewegte, und der Hass durchströmte in unerklärlicher Stärke meine Glieder. Ich trat auf sie zu und blickte in ihre schreckgeweiteten Augen. »Du wirst doch nicht …?«, flehte sie. Ich starrte sie an und wünschte mir ihren Tod, wie damals bei dem Scissreiter. Die Kaffa wurde von einer unsichtbaren Kraft durch den Raum gewirbelt, dann begann sie wie von Geisterhand zu schweben und ein knackendes Geräusch war zu hören, als sie sich an ihre Kehle griff. Ich ballte die Faust und das Röcheln verstummte, als meine Kaffa zu Boden sank.

»Was habe ich getan?«, flüsterte ich erschüttert, doch gleichzeitig erfüllte mich ein Gefühl grimmiger Befriedigung. »Gut, meine Teure, gut, es ist alles so, wie es der Meister vorausgesehen hat« …

… Vatya!, riss mich ein Gedanke aus meiner Trance. Keine Zeit, um der Vergangenheit nachzuhängen! Ich sah mich selbst durch seine Augen und erkannte, wie furchtbar ich aussah, blickte mich um und bemerkte, dass die Gefährten des Weißen Magiers am Boden lagen. Ob sie tot waren oder aus Sauerstoffmangel bewusstlos, war schwerlich zu erkennen.

Ruhig bleiben. Konzentriere dich auf deinen Atem. Er schloss die Augen und sog die Luft ein, die nur noch verschwindend geringe Mengen an Sauerstoff enthielt. Trotzdem nahmen seine Lungen jedes bisschen auf, um seinen erstickenden Körper zu versorgen. Sein Geist drang tief in ihr Inneres und sie fühlte eine große Ruhe über sich kommen. Der Körper des Mannes, der stets in Ruhe weilt, ist bedürfnislos. Eine Weisheit meines Lehrmeisters. Diese Atemtechnik befähigt dich, deinen Körper in Ruhe zu versetzen, sodass er keine unnötige Energie verschwendet, und hilft dir gleichzeitig, jeden Atemzug bis zum Letzten auszunutzen.

Mir war es zuwider, doch ich konnte mich der Einsicht nicht verschließen, dass auch ich nur durch Ruhe zu Kraft kommen konnte und nicht durch Wut. Ich verdrängte diesen beißenden Widerspruch zu meinen Prinzipien und versuchte ohne Umschweife weiter, mein Leben zu retten.

Gemeinsam mussten wir nun die Aufgabe der beiden zu Boden gegangenen Gefährten übernehmen. Nur mit unseren gebündelten telekinetischen Kräften verteilten wir den Schutt, dem wir periodisch den Weg öffneten. Die Anstrengung verlangte uns das Äußerste ab und noch mehr. Immer wieder holte uns die Erschöpfung ein, griff nach uns mit

Halluzinationen. Nein, immer weiter kämpfen! Wir schaffen es. Es ist nicht mehr weit!

Mitgefühl, er verströmte keine Verachtung, sondern Mitgefühl angesichts meiner Taten, angesichts des Mordes an meiner Kaffa. Von den anderen hatte ich Anerkennung dafür empfangen, dass ich meine Fesseln gesprengt und die Chance ergriffen hatte, die sich mir bot. Doch keine Anerkennung, keine Macht hatte bis dahin die Wunde in meinem Herzen erreicht, die Wunde, die der erste willentliche Mord riss. Ein Mord, der meine Kindheit abrupt beendete und mich erwachsen werden ließ, damit ich diese Tat tragen konnte.

Sein Mitgefühl, das ich wahrnahm. Ich wollte es nicht, es widerstrebte mir, und doch war es das, was mein geschundenes, verschlossenes Gewissen brauchte, und auf seltsame Weise verlieh es mir Stärke. Irgendwie war das tröstlich, sehr tröstlich. Nun konnte ich in dem Wissen sterben, dass es einen Menschen gab, vor dem ich mich nicht rechtfertigen musste, der verstand.

Und wir würden sterben. Die letzten Reste unserer Kraft waren erschöpft. Wir sanken in die sanft wartenden Arme des Todes.

Ormog

Der Sand brach über uns herein, als wollte er endlich seine rechtmäßige Beute einfordern, doch auf wundersame Weise verfehlten wir die wartenden Arme des Todes.

Ich war noch nicht tot, nein, bei Horkzier! Das zweifache Blickfeld, das der Verbindung zwischen Vatya und mir eigen gewesen war, verfinsterte sich teilweise und die fremden Gedanken verstummten. Nein, nicht ganz, ich hörte es wispern, aber Vatyas Gedanken waren undeutlich und bewegten sich in seltsamen Bahnen. Sie schienen an mir vorbeizuströmen, mal klar, im nächsten Moment wieder verworren. Die Hexe war anscheinend bewusstlos, ihr Geist im Zwiegespräch mit dem um seine Ernte betrogenen Tod.

Ein Trümmerstück lag auf mir, ich schob es beiseite. Gleißendes Sonnenlicht blendete meine inzwischen an die Dunkelheit gewöhnten Augen und frische, unendlich süße Luft drang an meine Nase. Ich befreite mich von dem Sand und sah mich mit zusammengekniffenen Augen um. Die Abendsonne beleuchtete die Dünen von Varrcrom und ließ sie blutigrot aufschimmern. Ich saß in einer trichterförmigen Senke. Offensichtlich hatte uns nur noch eine dünne Schicht Sand von der Oberfläche getrennt.

Ich dankte inbrünstig allen Göttern, die ich kannte, und auch denen, die ich nicht kannte, und machte mich daran, mit meinen zaghaft wiedererwachenden Kräften die anderen aus dem Sand zu ziehen. Ich schleifte sie in den schmalen Schatten eines Felsens, in dessen kühlem Schutz ich mich dann ebenfalls niederließ. Wobei, niederlassen war das falsche Wort – zusammenbrechen traf es eher.

Sie lebten alle. Ich spürte Vatyas Dankbarkeit. Aus irgendeinem Grund war mir diese Dankbarkeit wichtig. Dann konnte ich endlich zulassen, dass mir der Wüstengott die Lichter ausblies.

Ich stand am blau gekachelten heiligen Wasserbecken des Samma'-Tempels und stimmte ein in den Gesang zu Ehren des Fröhlichen Gottes. Eine Musikgruppe spielte auf Trommeln und Dvarbahls und ein Raval sang dazu ein Lied, das Samma' lobte. Er sträubte sein schillerndes grünes Gefieder und unterlegte einige Pausen mit einem gut gelaunten Krächzen.

Limiodh stand neben mir und pries ebenfalls den Fröhlichen Gott. Dann wandten wir uns zur Tempelbar und bestellten etwas zu trinken. Geschickt mixte der Barmann unsere Drinks gleichzeitig zusammen, denn er war ein Pakrink, Angehöriger einer menschenähnlichen Spezies mit vier statt zwei Armen.

»Wo ist denn Cinca'?«, fragte mich der Barmann.

»Ich glaube, sie ist dort drüben, mein lieber Wovlor.«

»Hast du dich schon getraut, sie zum Feuertanz an Mond-

wend einzuladen? Sie passt gut zu dir, ihr wärt ein schönes Paar!«

»Nun, ich werde sie noch fragen«, sagte ich und stand auf. »Ihr entschuldigt mich?«

»Sicher!« Limiodh warf mir ein schiefes Grinsen zu. »Ich nehme mal an, du wirst heute Abend anderweitig beschäftigt sein, oder?«

»Gewiss, bei Samma'!«, nickte ich. Ich ging hinüber zu den Tänzern und mischte mich unter sie. Die Nachtluft war erfüllt von den amüsierten Rufen der zur Trommelmusik Tanzenden. Mit erhobenen Händen wurde Samma' gepriesen. Ich wand und drehte mich durch die Menge, da erblickte ich, was ich gesucht hatte. Das betörende Gesicht von Cinca', die ihr schwarzes Haar durch die Luft wirbeln ließ und mich mit einem herausfordernden Blick ihrer grünen Augen und einem süßen Lächeln bedachte. Ihr seidenes Gewand schimmerte im Schein der Fackeln und brachte ihre Konturen wunderbar zur Geltung. Sie flüsterte mir etwas ins Ohr, dann küsste sie mich und verschwand in der Menge. Zur Stunde des Womd hatte sie gesagt. Ich pries Samma' aus ganzem Herzen für sein Wohlwollen und seine guten Verbindungen zur Göttin der Liebenden, verließ die Tanzenden und ging unter den Palmen zum nächtlichen Strand, der silbrig im verheißungsvollen Licht der zwei Monde lag. Dort wartete sie – Cinca'. Wie schön sie war, damals, in meiner Zeit als Zauberlehrling. Sie

erinnerte mich an jemanden, den ich erst vor Kurzem kennengelernt hatte. Sie erinnerte mich an … Genau, Vatya hieß sie. Woher kannte ich sie gleich wieder? Egal. Sie ähnelten einander so sehr, bis auf die Augen. Die waren anders. Ja, Cinca' war ein nettes Mädchen, damals, vor vielen Sommern. Aber Vatya erinnerte mich an sie, an Cinca'. Sie hatte ein genauso feuriges Temperament und dieselbe unvergleichliche Schönheit …

Ormog erwachte, als die ersten Strahlen der Sonne durch seine Augenlider schimmerten. Die kühle Nachtluft begann, der Hitze des Tages zu weichen, und allmählich wurde es heiß. Er rappelte sich hoch, die quälenden Gliederschmerzen bekämpfend, und kroch zu seinen Gefährten. Die Gedanken der Gorgulhexe waren unverändert wirr, merkte Ormog, und sie rührte sich noch nicht.

Dafür regte sich nun Garius neben ihm und setzte sich auf. Ormog stützte ihn. »Soso. Und ich dachte, wir wären schon dem Reich der Schatten versprochen gewesen. Aber ihr beide habt es offensichtlich doch geschafft. Jetzt verdanke ich dir gleich zweimal meine Rettung.« Er nickte Ormog dankbar zu und wandte sich zu Ichtyon, um ihn aus den Träumen zurück in die Wirklichkeit zu holen.

Vatya jedoch wurde nicht geweckt. Garius vermied es sogar sorgfältig, sie anzusehen. Ormog registrierte das mit einem melancholischen Atemzug. Nachdem sie die letzte

Feldflasche mit Wasser fast geleert hatten, sahen sie hinaus auf das morgendliche Varrcrom, das Tal der Dunklen Könige. Irgendwo unter ihnen lagen ein verschütteter untoter König und eine Hundertschaft ziemlich toter Gorgulkrieger.

Nach einer stummen Weile sprach Garius die unausweichliche Frage aus, die alle bewegte: »Was machen wir mit der Gorgulhexe?«

Schweigen. Schließlich krächzte Ichtyon, der sich schnaufend die Schläfen massierte: »Entledigen wir uns ihrer hier und jetzt, wo wir die Gelegenheit dazu haben.«

»Ja. Sie hat versucht, Ormog zu töten. Ich sollte der Köder sein. Zugegeben, in der Sklaverei war es nicht besser, doch zeigt dieser hinterhältige Akt, dass man ihr nicht trauen darf. Jetzt, wo ihr Leben nicht mehr unmittelbar davon abhängt, wird sie keine Möglichkeit ungenutzt lassen, uns alle umzubringen.«

Ormog, der bis jetzt wenig gesprochen hatte, meldete sich energisch zu Wort: »Freunde, wo bleibt die Dankbarkeit? Sie hat uns geholfen, es lebend hier heraus zu schaffen!« Er versuchte, sich die widerstreitenden Gefühle nicht anmerken zu lassen, die sein Innerstes zerrissen. Die Gefährten – sie konnten seinen Zwiespalt nicht verstehen, sie hatten Vatyas Seele nicht berührt.

»Wohl wahr, sie hat uns genützt und nun werden wir sie töten. Bist du denn von Sinnen, auch nur in Erwägung zu ziehen, ihr Leben zu schonen? Nur weil sie uns notgedrungen unterstützt hat, um nicht von den Trümmern zerquetscht zu werden, bedeutet das nicht, dass sie uns nun, da die Gefahr gebannt ist, etwa in Ruhe lassen würde. Sie ist auf dein Leben aus, Ormog!« Garius ereiferte sich. »Sie zu schonen wäre, wie einen mächtigen Hieb mit einer Finte zu parieren! Ich bin mir nicht sicher, ob diese Verschmelzung gut für dich war, mein Freund! Ich glaube, sie übt auch jetzt noch einen schlechten Einfluss auf dich aus! Ein weiterer Grund, sie loszuwerden!«

»Was denn, Gefährten! Ihr wollt das Schwert erheben gegen eine Wehrlose? Den Dolch in eine bloßliegende Kehle stoßen?«, entgegnete Ormog wütend. »Ihr entrüstet euch über Hinterlist und Skrupellosigkeit, doch selbst wollt ihr eine bewusstlose Frau niederstrecken, nur um kein Risiko einzugehen! Wenn ihr Vatya so verachtet, wieso solltet ihr euch dann auf dieselbe Stufe begeben?«

»Vatya? So heißt sie also. Jetzt nennst du sie auch noch bei ihrem Namen, als ob sie diese Ehrung verdient hätte! Diese Verschmelzung war nicht gut für dich, ich wiederhole es! Ich sehe dich an und sehe, was es bewirkt hat, wie du zögerst!«

»Im Gegenteil, die Verschmelzung hat mir über einiges Klarheit verschafft! Wir wollen das Land von Niedertracht befreien, aber ihr nicht selbst verfallen. Selbst wenn es die

Gefahr mindern sollte, ich werde sie nicht ermorden. Denkt daran: Töten wir sie, so werden andere nachfolgen und uns noch gnadenloser jagen, um Rache zu üben. Sie ist nicht komplett verdorben. Ich habe es gespürt! Ja, genau durch diese Verbindung, die du für so schädlich hältst, Garius! Sie besitzt einen Funken in ihrem Herzen, wenn auch tief vergraben, der sich zu einer Flamme entzünden könnte. Und ihr wollt dieses Leben verschwenden, den Funken achtlos vergeuden? Hat nicht jedes Wesen die Chance verdient, besser zu werden? Ich will ihr diese Chance einräumen, die Zeit mag der Zunder für den Funken des Guten in ihrem Herzen sein. Wir werden sie wiedersehen. Falls ich mich getäuscht habe und die rechte Stunde gekommen ist, dann werde ich euch nicht zurückhalten, aber bis dahin bewahrt eure Ehre und lasst sie leben.«

Ichtyon und Garius wichen dem herausfordernden Blick Ormogs aus.

Zögerlich antwortete Ichtyon: »Wir töten sie nicht. Na gut. Aber du kennst unsere Meinung, Ormog, wir halten es für einen Fehler.«

Gemeinsam schleiften sie die Gorgul in den Schatten, der inzwischen mit dem Stand der Sonne weitergewandert war, und Ormog schob ihr in einem unbeobachteten Augenblick seine Feldflasche mit dem letzten Schluck Wasser ins Gewand.

Dann brachen sie so eilig auf, wie es in ihrem geschwächten Zustand möglich war. Hinaus aus dem Tal der Könige, zu ihrem Bataal, um diesen verfluchten Ort zu verlassen.

Stetiger, unbewusster Dank flüsterte durch Ormogs Sinne. Die Verbindung zu Vatya schwand zusehends, doch noch immer konnte Ormog ihre Gefühle wahrnehmen und das stärkste unter ihnen war Dankbarkeit.

Vatya Ganta

In ihren Träumen sah sie immer wieder die Götter zusammentreten und über ihren Tod beratschlagen. Einer mit grünen Augen sprach widerhallend und überzeugte die anderen, sie nicht den ewig hungrigen Tiefen des Achylos zu überantworten. Vatya war dankbar. Dann zerrannen ihre Träume noch mehr und ein Bild drängte sich ihr auf: Ein rotes Auge am Himmel weinte blutige Tränen, die auf ihr Gesicht fielen, es durchtränkten …

Vatya erwachte schlagartig und riss die Augen auf.

Die Morgensonne leuchtete unschuldig auf sie und ein Kvantha herunter. Das Kvantha füllte beinahe ihr gesamtes Gesichtsfeld aus und fühlte sich offenbar bemüßigt, Vatyas Wangen mit seiner breiten, schleimigen Zunge abzulecken. Immer wieder platschte die Zunge auf sie nieder und verteilte zähen Schleim, bis Vatya endgültig munter war.

Sie rollte sich weg und stand auf. Der Speichel des Kvanthas stank entsetzlich und sie wischte sich ihn vom Gesicht.

Die wunderlichen Träume, in die sie eingetaucht war, nachdem sie vor Überanstrengung das Bewusstsein verloren hatte, schienen doch etwas Wahres zu enthalten. Vielleicht hatte sie durch die Geistesverbindung mit dem Weißen Magier gespürt, dass über ihr Weiterleben diskutiert wurde, und ihr wirrer Geist verwandelte das in Bilder von Göttern und Rednern.

Sie war ihren Feinden auf Gedeih und Verderb ausgeliefert gewesen und dennoch lebte sie. An deren Stelle hätte sie den wehrlosen Gegner getötet. Obwohl, wenn sie darüber nachdachte, war sie sich in diesem Punkt nicht mehr so sicher. Die Geschehnisse hatten sich überschlagen und sie musste sie erst verarbeiten. Sie musste unbedingt über all das meditieren.

Für einen Moment war sie ganz still. Sie fühlte es wie ein leichtes Flüstern, das an ihrem Geist zupfte. Die Geistesverschmelzung war anscheinend noch nicht vollständig aufgehoben, denn sie hörte ab und zu weit entfernt die Gedanken des Weißmagiers. Und sie wusste, dass er wusste, dass sie erwacht war.

Sie versuchte, das Flüstern auszublenden, und baute eine

geistige Mauer dagegen auf. Sie fühlte sich noch nicht bereit, über alles nachzudenken. Später. Jetzt stand erst einmal ihr Weiterleben im Vordergrund.

Ihr Flugtier war längst vor der sengenden Hitze geflohen, wie also sollte sie von hier wegkommen? Das Kvantha! Mit festem Blick sah sie in die langbewimperten Augen.

Es scharrte unruhig mit einem seiner sechs Beine und schüttelte das kurze borstige Fell. Sie suchte seinen Geist und es leistete keinerlei Widerstand. Vatya beschlich der Verdacht, dass das Kvantha freiwillig auf ihren Willen einging, vielleicht aus Neugier, vielleicht aus Spaß. Vorsichtig schwang sie sich auf einen der drei pelzigen Höcker und gab dem Wüstentier einen mentalen Befehl, woraufhin es sich in geruhsamem Tempo den Hügel hinabbewegte und die Nase prüfend in die heiße Wüstenluft streckte.

NACHTRAGENDE HERREN

Garius Galtar

Er wandte sich zu seinem Freund um, als Drohm'Eddar wieder in Sicht kam, und fragte: »Ormog, denkst du wirklich, es war eine kluge Entscheidung, nach Drohm'Eddar zurückzukehren, nach allem, was passiert ist? Die Gorgul werden uns sicher aufspüren und die Hundertschaft ihrer besten Männer rächen wollen. Jetzt wissen sie, dass wir wirklich gefährlich sind. Und dank der Gorgul, die du am Leben gelassen hast, erfahren sie auch, dass wir noch leben. Vielleicht kommt sie ja sogar persönlich nach Drohm'Eddar, um uns zu töten, hmm?«

»Die Gorgul finden sowieso heraus, dass wir noch leben. Es spielt keine Rolle, ob Vatya es ihnen sagt oder nicht. Wenn sie wollen, werden sie uns überall aufspüren. Da ist die Hauptstadt ebenso gut wie jede andere Stadt. Aber hier kenne ich jemanden, der uns vielleicht helfen kann. Es ist ein alter Freund. Schließlich brauchen wir Proviant, Wasser und Waffen. Ich verspreche dir, dass wir nicht allzu lange bleiben.«

Mit ergebenem Seufzen gab Garius nach. Er hielt es für töricht, aber er fügte sich Ormog. Dieser Mann hatte sein Leben gerettet, da war es nur gerecht, wenn er nun ihm beistand, egal, in welche Gefahr er sich begab.

Erst die Entscheidung, die Gorgulhexe leben zu lassen, und nun dies. Er fragte sich ernsthaft, ob die Geistesverschmelzung nicht einen schlechten Einfluss auf Ormog gehabt hatte und ob dieser nicht unbewusst von der Gorgulhexe korrumpiert worden war. Doch dann schalt er sich selbst. Mit Ormog war sicher alles in bester Ordnung. Vielleicht versuchte die Gorgulhexe auch auf diese Weise, Zwietracht unter die kleine Gruppe zu säen, um sie zu schwächen.

Dennoch, er wurde das giftige Misstrauen in seinem Herzen nicht los. Die Götter waren grausam, eine Erkenntnis, die sich in seinem Leben nur allzu oft bestätigt hatte.

In bewährter Weise landeten sie wieder in dem kleinen Wald und machten sich zu Fuß auf in die Stadt. Graue Wolken bedeckten den Himmel und verschleierten das helle Licht der Sonne, als die Gefährten in das Viertel kamen, in dem Ormog seinen alten Freund vermutete.

Immer wieder blickte Garius über die Schulter, denn er meinte, verstohlene Bewegungen wahrzunehmen, aber vielleicht war auch nur der düstere Himmel der Grund dafür, dass er sich Dinge einbildete.

Die Straßen im Tvelpskip, dem Handwerker- und Händlerviertel, waren leicht heruntergekommen. Hier und da sah man ein verlassenes Haus, in einer dunklen Gasse prügelten ein paar Schläger auf armselige Gestalten ein.

Aus dem Schatten eines morschen Vordachs trat ein Mann heraus und bleckte grimmig die goldberingten Hauer. Es war ein Urul, der ein bemerkenswertes Waffenarsenal umgeschnallt hatte. Er betrachtete nachdenklich seine warzenbesetzte grüne Haut, dann sah er auf: »Wo wollt ihr denn so eilig hin, mein Herr?«

»Ich denke, das geht dich nichts an, Urul«, warf Garius dem Nichtmenschen entgegen. Ormog runzelte die Stirn und legte Garius eine Hand auf die Schulter, als wollte er ihn wortlos zur Vorsicht mahnen.

»Ich rede nicht mit dir, Handlanger!« Direkt an Ormog gewandt fuhr er fort: »Nun, Sesnik das Netz oder wie dein wahrer Name lauten mag, es geht mich sehr wohl etwas an. Das Haus Hetos ist nicht erfreut über deinen Verrat. Patriarch Galahun nimmt Verrat sogar äußerst übel.«

»Ich bin nicht Sesnik. Ich weiß nicht, was ich Eurem Haus angetan haben soll! Und wenn Ihr mich noch einmal duzt, sorge ich dafür, dass meine Freunde beim Kronrat einige Hinweise bekommen!«, bluffte Ormog und versuchte sich an seinem besten Reicher-adeliger-Mann-Blick.

»Wie es der Zufall so will, ist mein Auftraggeber, Galahun Hetos, ebenfalls Mitglied im Kronrat. Ich bin sicher: Sollte es sich um ein Missverständnis handeln, dann wird es sich aufklären. Wenn Ihr doch so freundlich wärt, Euren Namen zu sagen? Nein? Oh, ich sehe, Ihr zögert!«, lachte der Urul spöttisch und wies auf ein Fahndungspergament, das an der verschmutzten Hauswand hing. Eine bemerkenswert treffende Zeichnung von Ormogs Gesicht war auf dem Plakat zu sehen. Darunter standen 10000 Golddahls als Belohnung auf den Kopf Ormogs und den des Sklaven Garius Galtar ausgeschrieben.

»Ihr solltet für meinen Auftraggeber und Herrn einen entflohenen Sklaven aufspüren und töten, dessen Beschreibung auf diesen hier zutrifft«, sagte er und deutete auf Garius. »Aber offensichtlich habt Ihr die Gunst von Patriarch Galahun ausgenutzt, um diesen Sklaven für eure eigenen Zwecke zu verwenden.« Lässig ließ der Urul einen Dolch aufblitzen und feilte damit an einem seiner vorstehenden Hauer.

Ein schneller Schritt und Ormog hielt dem Urulkopfgeldjäger dessen eigene Klinge an die Kehle: »Ich biete Euch Gold, damit Ihr mich und meine Gefährten in Frieden lasst, andernfalls …«

»Oh, nun, welch großzügiges Angebot, allerdings muss ich es mit Bedauern ausschlagen. Als Kopfgeldjäger vom Niktclan ist es gegen meine Berufsehre, Bestechungsgelder von meinen Zielpersonen anzunehmen. Ich werde es mir lieber nehmen, wenn Ihr tot seid.« Er lächelte dämonisch.

Wie aufs Stichwort tauchten aus dem Schatten der Gasse weitere Männer auf, die mit gezogenen Waffen auf sie zurückten. Garius schätzte ihre Anzahl mit dem geübten Auge des Soldaten auf etwa ein Dutzend, sie trugen Schwerter und Dolche, einige auch Schlagstöcke. Nur Lederrüstungen, keine Stahlpanzer. Theoretisch sollten er und Ormog mit ihnen fertig werden. Aber Garius machte sich um Ichtyon Sorgen. Sein neu gewonnener Gefährte hatte keinerlei ernst zu nehmende Kampferfahrung. Nur allzu leicht konnte er von einem heimtückisch geführten Dolch aufgespießt werden. Garius würde ein Auge auf ihn haben müssen.

Ormog blickte in die berechnenden Augen des Urul.

»Du wirst mich nicht töten. Das sehe ich in deinen Augen«, zischte dieser ihm zu.

Verflucht! War er wirklich so leicht zu durchschauen? Aber es stimmte. Ormog würde ihm nicht den Dolch in die Kehle bohren. Stattdessen hieb er mit dem Knauf zu, ließ den Bewusstlosen zu Boden sinken und nahm sogleich die Abwehrhaltung ein, die ihm seit seiner Ausbildung in Fleisch und Blut übergegangen war.

Während er einem heransausenden Wurfmesser auswich, rief er den anderen zu: »Geht schonend mit ihnen um, auf unserem Pfad wurde schon genug Blut vergossen.«

Ichtyon griff sich an die Schulter und fluchte: »Verdammt! Ich könnte meinen Bogen jetzt wirklich gebrauchen!«

Garius zog zwei Dolche und gab einen davon Ichtyon: »Ich werde dir beistehen, Freund. Wir schaffen es.«

Da waren auch schon die ersten Kopfgeldjäger bei ihnen und hieben mit schädelspalterischer Kraft zu. Klinge hochziehen, wegdrücken, Ellbogeneinsatz. Die gewohnten Routinen des Kampfes bestimmten vollständig Garius' Handeln, während er sich bemühte, immer dicht bei Ichtyon zu bleiben. »Setz deine freie Faust ein«, rief er ihm zu, während er ihm Rückendeckung gab und einem besonders hohl wirkenden Muskelprotz den Griff des Dolches auf den Schädel hieb. Der Mann grollte und holte aus. »Ja, hat der denn zu wenig Hirn, um bewusstlos zu werden?!«, fluchte Garius überrascht und wich dem dornenbesetzten Schlagstock aus, der sich im lehmigen Boden festbiss.

Ein schneller Blick zu Ichtyon. Er lebte noch! Ein grobschlächtiger Urul mit einem blitzenden Stilett bezog hinter Ichtyon Position, als dieser gerade den wuchtigen Hieben eines anderen auswich.

Garius musste handeln. Er wog seinen Dolch in den Fingern und zielte auf den Kerl mit dem Stilett. Er kam nicht mehr dazu, ihn zu werfen. Ein kräftiger Tritt in die Kniekehlen ließ ihn das Gleichgewicht verlieren und den Staub der Straße schmecken. Im Sturz sah er noch, wie das Stilett vorschnellte, um sich tief in Ichtyons Rücken zu bohren, doch dieser – unglaublich – wich aus und nutzte den Schwung seines Gegners, um ihn an sich vorbei in seinen anderen Kontrahenten prallen zu lassen.

Wie hatte er das gemacht? Das war viel zu geschmeidig gewesen, es wirkte wie eingeübt. Und diese Schnelligkeit! Solch einen Zug hätte Garius nun wirklich nicht von einem ehemaligen Haussklaven erwartet.

Garius rappelte sich wieder hoch und setzte denjenigen außer Gefecht, der ihn zu Boden gestoßen hatte. Schnell versuchte er, die Distanz zwischen ihm und Ichtyon zu verringern, um diesem beim nächsten Angriff zur Seite zu stehen. Aber noch während er zu seinem Gefährten eilte, sah er, wie Ichtyon ungeschickt einen Stoß parierte und offenbar das Gleichgewicht verlor. Auf wundersame Weise schaffte er es, so an seinem Gegner vorüberzutaumeln, dass er ihm wie zufällig mit dem Dolch eine hässliche Wunde zufügen konnte.

Dieser Mann hatte entweder bemerkenswertes Glück oder etwas anderes steckte dahinter, überlegte Garius und befreite Ormog mit einer Kopfnuss von zweien, die ihn in die Zange genommen hatten. Aber vielleicht waren seine Sinne auch nur überreizt und er sah überall etwas, das gar nicht existierte.

Bald war alles vorbei. Die drei letzten Söldner liefen davon. Die Gefährten setzten ihnen nicht nach. Sie schöpften Atem und besahen sich die stöhnenden Männer, die vor ihnen im Staub lagen.

»Wir sollten zusehen, dass wir von hier verschwinden, bevor uns die Stadtwache des Überfalls bezichtigt«, knurrte Ormog.

Auf ein zustimmendes Brummen der beiden anderen hin machte sich Garius auf und spähte in eine Seitenstraße, dann winkte er die Gefährten zu sich. Nach vorsichtigem Marsch im schützenden Schatten von Vordächern und Büschen erreichten sie schließlich das Haus, von dem Ormog sagte, es gehöre seinem Freund.

Ormog klopfte an und ein untersetzter Mann mit fettigem schwarzem Haar öffnete die Tür: »Meine Güte, Ormog, du bist's wirklich!«, rief er erfreut aus, als er den Besucher erkannte. Er winkte sie alle in einen niedrigen Verkaufsraum hinein, auf dessen Theke Waffen und Rüstungsteile aller Art herumlagen.

Nachdem die fröhliche Frau des Hausherrn Tee serviert hatte, setzten sich alle in knarzende Lehnstühle um einen kleinen Tisch und Ormog begann eine angeregte Unterhaltung mit dem Mann, der sich den anderen als Foob der Hammer vorgestellt hatte.

Oft nickte er mitfühlend, während Ormog in knappen Worten ihre Lage erklärte. Als schon der Abend dämmerte, erhob sich Foob von seinem Stuhl und verkündete: »Ihr könnt euch nebenan zur Ruhe legen, es sind genügend Betten dort. Meine Frau und ich werden euch Proviant und Waffen einpacken, und wenn ihr morgen aufwacht, könnt ihr sofort abreisen, damit euch die Kopfgeldjäger nicht entdecken.«

Er nickte den dreien zu und wies ihnen den Weg zum Gästezimmer.

Während die anderen rasch einschliefen, lag Garius noch eine Weile wach und dachte über Ichtyons Kampfesglück nach. Er glaubte nicht so recht daran, dass der Gefährte gegen brutale Schläger und Kopfgeldjäger bestehen konnte, ohne irgendeine Art von Ausbildung genossen zu haben. Bisher hatte Ichtyon jedoch nichts dergleichen erwähnt, sondern behauptet, er sei von frühester Jugend an Haussklave gewesen.

»Vielleicht werde ich langsam paranoid«, murmelte er in sein strohgestopftes Kissen hinein, aber das nagende Gefühl des Zweifels blieb. Er erinnerte sich verschwommen daran, dass er Ichtyon auch beim Kampf gegen die Gorgul im Dünengrab hatte stolpern sehen. Auch da durchbohrte Ormogs ehemaliger Sklave wie zufällig einen Feind.

Etwas stimmte nicht mit dem Mann. Garius würde herausfinden, ob Ichtyon nur so tat, als könne er nicht kämpfen. Sollte sich sein Verdacht als falsch erweisen – gut. Falls Ichtyon aber ein Verräter war, würde Garius ihn überführen, das schwor er sich.

Ichtyon Vanastera

Am nächsten Morgen nahmen sie ein kleines, aber ausgezeichnetes Mahl zu sich und verabschiedeten sich von Foob. Vor allem Ormog bedauerte, dass er nicht länger bleiben konnte. Er versprach, sobald als möglich wiederzukommen.

Schließlich schulterten sie die Beutel mit Proviant, die für sie bereit lagen, und befestigten an ihren Gürteln die Waffen, die Foob sie hatte aussuchen lassen. Als es darum ging zu bezahlen, wehrte der Waffenschmied ab.

»Ormog, ich gebe dir und deinen Gefährten gerne, was ihr braucht. Das ist nur ein Gefallen, mit dem ich mich für unzählige Gefallen deinerseits revanchieren möchte. Denk doch mal an Silèa die Schöne oder den Ärger mit der Tempelwache …« Foob grinste Ormog mit einem vielsagenden

Blick in Richtung der Gefährten an. »Außerdem ist die Chance bedeutend größer, dass du am Leben bleibst und mir das Geld später bezahlen kannst, wenn du mit Waffen aus Foob Handruns Schmiede kämpfst. Hmm?«

»Schon gut, ich danke dir. Ich komme bestimmt wieder und begleiche meine Schulden.« Sie schüttelten sich die Hände, wechselten noch einige herzliche Worte, dann verließen die Gefährten Foobs gastfreundliches Haus.

Als sie wieder die engen Gassen des Handwerkerviertels entlangliefen, um zum Westtor der Stadt zu gelangen, machte Ormog einen beinahe vergnügten Eindruck. Ichtyon, der vorher wachsam die Straße beobachtet hatte, schloss zu ihm auf und fragte: »Was erheitert dich, mein Freund?«

Daraufhin erwiderte Ormog nur: »Nun, das war Foob, wie er leibt und lebt. Er wollte uns doch tatsächlich die Waffen und den Proviant schenken!«

»Das war großzügig von ihm, aber was erheitert dich daran?«

»Er wollte unter keinen Umständen Geld von mir nehmen, da er ein ehrenvoller Mann ist und dazu noch ein guter Freund. Ich weiß aber, dass es mit seinem Geschäft momentan nicht so gut läuft, und die Waffen sind aus bestem Stahl! Also dachte ich mir, ich verstecke einfach einen Beutel mit Münzen unter meinem Kopfkissen, sodass er nach unserer Abreise gefunden wird. Auf diese Art ist er für seine Ware entschädigt und seine Ehre ist gewahrt.«

»Also ...«, Ichtyon kratzte sich am Kopf, »diese ganzen Bräuche und Ehrengeschichten ...«, brummte er vielsagend.

Beim Verlassen der Stadt drehte sich Ichtyon noch einmal um. Er sah das Qanskip, das Viertel des Adels, über den schmutzigen Baracken des Handwerkerviertels thronen und von einem Sonnenstrahl erhellt aufleuchten. Das Leben war ungerecht. Ichtyon dachte daran, wie die Armen sich auch in der Hauptstadt jeden Tag für die Adligen abrackerten, doch von diesen wurden sie behandelt, als wären sie ungebildeter Pöbel und nichts wert.

Ein berühmter kamalischer Philosoph hatte den Staat einmal mit einem Körper verglichen: Der Adel sei der Kopf, der den Körper lenke, das einfache Volk der Körper, der dem Kopf diene. Würde der Körper aufhören, dem Kopf zu dienen, so müsste dieser elend zugrunde gehen. In diesem Falle schien es, als würde der Kopf den Körper mutwillig schinden und ausbeuten. Vielleicht war es auch nur der derzeitige Herrscher, der als Schmarotzer auf Kosten des Körpers prächtig lebte.

Irgendwann würden die Menschen sich gegen die Ungerechtigkeit auflehnen und zu dem Schluss kommen, dass sie möglicherweise gar keine derartige Führung brauchten.

Dann wäre das Ende des kamalischen Reiches nahe, schon heute zeigte sich überall der drohende Zerfall. Doch anstatt dem Wohl Kamals zu dienen, ergab sich der Herrscher der Dekadenz und überließ das Regieren seinen intriganten Beratern.

Nein, die Zukunft sah nicht rosig aus für das kamalische Reich. Ichtyon wusste, dass Ormog genauso dachte, auch wenn dieser nur selten über dergleichen Sorgen sprach.

Als sie ihren Bataal aus dem Wäldchen vor der Stadt gezogen hatten und ihn flugfertig machten, begann es, in Strömen zu regnen, und der Himmel entlud seinen Unmut über den Köpfen der Sterblichen.

MISSTRAUEN

Der kleine Drache

Nichts regte sich in der sengend heißen Sandwüste der Dünengräber von Varrcrom, im Tal der Dunklen Könige. Nichts, bis auf einen mittelgroßen Felsen, der in einer Senke auf einem Haufen aufgewühlten Sandes lag, von dem einige Fußspuren wegführten. Der Stein wackelte, dann kam er wieder zum Stillstand. Eine Weile lang rührte sich nichts, dann schoss aus dem Sand eine weißglühende Stichflamme empor, die den Felsblock schmelzen ließ und flüssige Gesteinstropfen durch die Luft schleuderte. Ein Schacht aus zu Glas geschmolzenem Sand klaffte im Boden auf. Daraus schob sich prüfend eine schuppige Nase empor und sog die heiße Wüstenluft ein. Schließlich kletterte auch der ganze Rest des Wesens aus dem Loch und wurde ausgiebig geputzt.

Der kleine Drache sah zur Sonne auf und stieß einen klagenden Laut aus. Er war erschüttert, seinen Lzeesh beim Einsturz verloren zu haben, doch er spürte, dass er irgendwo dort draußen war, am Leben. Der kleine Drache schüttelte seine ledrigen Flügel aus und spannte sie auf. Die grelle Mittagssonne schien rot durch seine fledermausartigen Schwingen hindurch, als er sich mit einem kräftigen Satz abstieß und hastig flatternd in den Himmel schraubte.

Drachen gab es schon wesentlich länger als Menschen, sie waren der erste Versuch gewesen, intelligentes Leben zu erschaffen, den die Götter unternahmen, und sie verstanden viel von Magie. Er würde seinen Lzeesh wiederfinden, das war gar keine Frage. Drachen fanden immer, was sie suchten.

Garius Galtar

Mit schmerzenden Gliedern, aber doch erfrischt erhob sich Garius von dem Lager, auf dem sie die Nacht verbracht hatten. Irgendwie vermittelten ihm die Überreste massiven Zyklopenmauerwerks ringsum ein Gefühl von Sicherheit. Diese Ruinen in den Wäldern zwei Tagesreisen nördlich der Hauptstadt boten ein ideales Versteck. Auch das Alter dieser Reste hatte etwas Ehrfurchtgebietendes, denn sie stammten aus den Zeiten der Dunklen Könige oder waren sogar noch älter. Ein würdiger Ort, dachte Garius. Hier werden wir uns verborgen halten im Schatten der Vergangenheit und Pläne schmieden, um die Zukunft zu verändern.

Wobei, was Veränderungen anging, war sich Garius nicht so ganz sicher. Ormog hatte sehr niedergeschlagen gewirkt, nicht wie jemand, der Pläne schmiedete. Garius grübelte nach. Die Chancen, gegen die Gorgul zu bestehen, waren eher gering. Aber ihnen würde etwas einfallen, das wusste er mit Bestimmtheit. Das Schicksal konnte sie nicht grundlos aus der Bahn geworfen haben.

Geweckt von den Lauten sonderbarer Tiere, die sich in dem dichten Wald tummelten, krochen nun auch Ormog und Ichtyon von ihrem Lager und reckten sich.

Garius' Blick fiel auf Ichtyon. Die Art, wie er in morgendlicher Unbedachtheit die Muskeln bewegte, seine Haltung, seine Körperspannung – alles Einzelheiten, die dem geübten Auge eines Kriegers nicht entgingen, der Ähnliches durch beständiges Training selbst verinnerlicht hatte. Die sonderbaren Ereignisse und Zweifel des gestrigen Tages erfüllten augenblicklich sein Denken. Es schien ihm ganz und gar unmöglich, dass Ichtyon nur ein einfacher Haussklave war, dem irgendwer einmal gezeigt hatte, wie man das Schwert richtig herum hielt. Dieser Mann trug eine Maske, eine nahezu perfekte Maske, aber dennoch nur eine Maske, deren Unstimmigkeiten Garius immer mehr ins Auge stachen.

Sollte er ihn zur Rede stellen? Aber Garius wusste, dass die Rhetorik nicht seine persönliche Stärke war. Diese Waffe vermochte Ichtyon dank seiner flinken Zunge geschickter zu führen als er. Garius würde sich darauf beschränken müssen zu beobachten. Irgendwann würde Ichtyon einen Fehler begehen, der sich nicht mehr mit dem Zufall erklären ließ.

In den folgenden Tagen erholten sie sich und schöpften neue Kraft. Während Ormog oft dasaß und die innere Ruhe suchte, machten sich Garius und Ichtyon daran, das umgebende Terrain zu erkunden, den Bataal mit Ästen und Zweigen zu tarnen und im Wald etwas Essbares zu beschaffen.

Die ganze Zeit über behielt Garius seinen Gefährten im Auge, doch er konnte nichts weiter Ungewöhnliches feststellen. Hatte er sich getäuscht? War das irgendein Gorgulzauber, der ihn wahnhaft werden ließ? Versuchten diese verruchten Hexer vielleicht auf diese Weise, ihre kleine Gruppe zu schwächen? Nicht einmal, als Ormog empfahl, dass Garius Ichtyon in Kampftechnik unterrichten sollte, zuckte dieser auch nur mit der Wimper. Zweifel am Zweifel. Er beschloss, sich Ormog anzuvertrauen und ihn um seine Meinung zu bitten.

Doch als Garius Ormog aufsuchte, fand er ihn im Schneidersitz vor, der Freund meditierte und sann wohl über die verbleibenden Möglichkeiten nach. Garius sah davon ab, ihn wegen eines vagen Verdachts zu stören.

Gerade als er begann, seine Beobachtungen endgültig infrage zu stellen, und das Gewissen ihn plagte, dass er einem Mann misstraute, der geholfen hatte, ihm das Leben zu retten, genau da geschah es. Wie an den Tagen vorher hatten sie ausgiebig mit selbst geschnitzten Holzrohlingen Angriff, Finte und Verteidigung geübt. Jedes Mal bemühte sich Garius, Spuren eines verborgenen Talents auszumachen, doch Ichtyon verhielt sich genauso unbedarft und ahnungslos, wie von einem ehemaligen Sklaven zu erwarten.

Heute folgte Garius einer plötzlichen Eingebung. Wie hieß es bei den eisernen Kaptroms? In einer lebensbedrohlichen Lage offenbarte sich der wahre Charakter eines Menschen. Und wie umging man das denkende, rationale Bewusstsein des Menschen? Durch seine Reflexe.

Ichtyon hielt sein Übungsschwert nachlässig in der Linken, während er auf die alte Zisterne zustrebte, um sich nach der schweißtreibenden Übungsstunde zu erfrischen. Das war der richtige Moment, um ihn zu testen, dachte Garius und packte sein Schwert fest am Griff. Mit katzenhafter Lautlosigkeit jagte er hinter Ichtyon her über den weichen Waldboden. In einem weiteren Satz war er hinter ihm und hob das Schwert, um einen kräftigen Hieb gegen seinen Rücken zu führen. Ichtyon musste im letzten Moment die Bewegung ausgemacht haben, er entging dem Schlag durch eine geschickte Drehung. Gleichzeitig nutzte er den Schwung aus und hieb mit dem Holzschwert, das immer noch in seiner linken Hand lag, in so geschicktem Winkel zu, dass Garius sein Schwert losließ.

Einen Sekundenbruchteil lang sahen sich beide in die Augen. Da begriff Garius, was der Ausspruch bedeutete – die Augen seien die Fenster zur Seele. Dieser eine Moment genügte ihm, um Ichtyons Schock über das Geschehene zu sehen. Und die kurz aufflackernde Furcht eines Mannes, dessen Geheimnis enthüllt worden war.

»Oh, sogar ein blindes Orakel stolpert einmal über den richtigen Weg«, brachte Ichtyon hervor, er hatte sein Gesicht wieder unter Kontrolle, eine perfekte Maske der überraschten Unschuld.

In der Tat. Heute waren die Götter dem sprichwörtlich Blinden verdächtig gnädig gewesen.

Ormog

Als wäre er eine der in Marmor gemeißelten Meditationsstatuen aus Kara-Loq, saß der Magier im Schneidersitz auf dem Boden. Die Augen hatte er geschlossen. Ungelöste Fragen wälzten sich in seinem Inneren in stummer Brandung, als wollten sie ihn auf ihre Bedeutung für das große Ganze aufmerksam machen. Warum etwa hatte Garius Galtar, der getreue Soldat, die grausame Zerstörung von Akkadu als Einziger überlebt und das auch noch, obwohl er sich in direkter Nähe des Gorgulmeisters befand? Wieso war die ganze Stadt gestorben, aber nicht dieser eine Soldat? Ormog fand keine Erklärung dafür. Etwas anderes, das ihn bewegte, war die Erinnerung an Richter Rahes, der das Gerichtsurteil damals abgemildert hatte. Seinetwegen war Ormog überhaupt noch am Leben. Aber was war aus dem Mann geworden? Zuletzt hatte er Ormog gesagt, er müsse für seinen Einsatz vor den Schergen des Kronrates fliehen, der von den Gorgul unterwandert sei. Ormog nahm an, dass dieser Mann wohl nicht mehr lebte. Schließlich hatte er am eigenen Leib erfahren, wie hartnäckig die Attentäter der Gorgul waren. Sehr schade – Richter Rahes wäre sicherlich ein guter Verbündeter gewesen.

Überhaupt: Verbündete konnten sie in ihrer ausweglosen Situation gut gebrauchen. Wie sollten sich drei verfolgte Männer gegen die Gorgul stellen? Ein Schaudern überkam ihn, als die fremden Bilder wieder durch seinen Geist zogen. Als sein Geist mit dem Vatyas verschmolzen war, hatte er viel über die Gorgul erfahren. Wenn auch bruchstückhaft und teilweise in Form verblichener Erinnerungen, hatte er doch manche Einsichten in frühere und gegenwärtige Ränke der Gorgul erhalten. Viele Dinge erschienen ihm nun klarer, da er sie aus zwei Perspektiven betrachten konnte: aus der des Weißen Ordens und aus der Sicht der Gorgul.

Als sich seine Gedanken auf die jüngsten Ereignisse und auf Vatya selbst zubewegten, hielt er sich absichtlich zurück. Er wollte nicht über sie nachdenken und fürchtete sich vor den Erkenntnissen, die sich ihm offenbaren würden. Die Gedankenverschmelzung hatte viel verändert, noch nie war er einer Person so nahe gewesen, noch nie … Nein!, ermahnte er sich. Und zwang seine Gedanken in andere Bahnen. Doch sein Herz hatte die Wahrheit längst erkannt.

Bevor ein neuer Schatten seine Gedanken trüben konnte, nahm Ormog wahr, wie sich leichte Schritte näherten. Er schlug die Augen auf und lächelte Garius an: »Was führt dich zu mir? Ich fühle eine drängende Unruhe von dir ausgehen. Was ist geschehen?«

Garius räusperte sich und sah sich um, es war niemand sonst in der Nähe. Er beugte sich zu Ormog herunter und begann, ihm eindringlich ins Ohr zu flüstern.

Ormog spürte Bitterkeit in sich aufsteigen. Schnell erhob er sich und sah Garius fest in die Augen. »Wir werden deinen Verdacht prüfen, gleichwohl ich immer noch hoffe, dass du dich irrst.«

Ein Verräter im Kreise seiner engsten Freunde? Er wollte nicht so recht glauben, was er da hörte. Hatte Ichtyon ihn nicht gepflegt, als er dringend der Hilfe bedurfte? War dies alles nur ein ausgeklügeltes Spiel der Gorgul? Der verdächtige Gefährte hätte schon so oft die Gelegenheit gehabt, die Klinge in seinen ungeschützten Rücken zu bohren, dennoch war nichts dergleichen geschehen. Aber Garius' scharfe Beobachtungen durfte er nicht einfach beiseiteschieben.

Während er stumm auf und ab schritt, kündete lediglich das Flattern von Ormogs Umhang, der ihm wie ein weißer Geist folgte, von dessen innerer Unruhe, über die Lippen des Zauberers aber drang bis zur Abendstunde kein einziges Wort.

Ichtyon Vanastera

Völlig ahnungslos gesellte sich Ichtyon an diesem Abend zu seinen Gefährten und half ihnen, den Charg, den er am Nachmittag erjagt hatte, mit Beeren und Wurzeln zu füllen. Dabei fiel ihm auf, dass die beiden anderen heute besonders wortkarg waren und ihm sehr einsilbige Antworten gaben. Ichyton schrieb das der allgemeinen Situation zu und sorgte sich nicht allzu sehr.

Der gefüllte Charg briet bereits langsam auf dem Spieß über dem Lagerfeuer, da stand Garius auf und meinte: »Ich hole uns etwas Meltaxbrand aus dem Bataal, der vertreibt alle Sorgen.«

Als er zurückkehrte, schenkte er reihum ein und sie leerten ihre Krüge in einem Zug. Das herrliche Getränk aus dem fernen Osten wärmte wohltuend die Kehle. Garius schenkte nach. Ahhh! Noch ein Schluck aus dieser Flasche. Und noch einer, und noch einer. Schließlich, als Garius sich schwankend erhob, um seinen Gefährten abermals nachzuschenken, entglitt die Meltaxflasche seinen Fingern und wäre zweifellos am Boden zerschellt, hätte Ichtyon nicht geistesgegenwärtig die Flasche gerade noch aufgefangen. Erst einige Momente später wurde sich Ichtyon der entgeisterten Blicke seiner Gefährten bewusst, aus denen plötzlich jede Spur der Trunkenheit gewichen war. Bohrend starrten sie ihn an. Nun wurde ihm klar, dass er einen riesigen Fehler begangen hatte. Er sah die Flasche an, die er aus dem Augenwinkel mit der Linken gefangen hatte, dann wanderte sein Blick prüfend zu Garius und Ormog.

»Niemals reagiert ein ehemaliger Sklave mit solcher Geschwindigkeit und Präzision, wenn er angetrunken ist!«, zischte Garius feindselig. Und ehe Ichtyon sichs versah, fand er eine Schwertspitze auf seine Kehle gerichtet.

»Aber Garius, mein Freund, das war doch nur …«, hob er an. Weiter kam er nicht. Als Ormogs grüne Augen ihn fixierten, blieben ihm die Worte im Hals stecken. Noch nie waren ihm diese Augen so bedrohlich erschienen. Sie strahlten eine Kraft aus, die Ichtyon alle Ausflüchte, die ihm auf der Zunge lagen, vergessen ließ.

Aber konnte er es erzählen? Durfte er auch nur ein bisschen der Wahrheit preisgeben? Es würde sie alle in Gefahr bringen, vielleicht sogar die Zukunft des Landes … die Pläne des …

Urplötzlich begannen seine Schläfen wie wild zu pochen und Ormogs Blick wurde so unerträglich, dass Ichtyon den Kopf abwenden musste.

»Ichtyon! Verrate mir eines: Weshalb besitzt du eine Konditionierung, die es dem Geist erlaubt, sich dem Gedankenlesen zu widersetzen? So eine Konditionierung ist teuer – viel zu teuer, als dass ein Herr sie seinen Knechten angedeihen lassen würde, die nur einen Bruchteil davon wert sind!«

Er durfte es nicht erfahren! Der Beobachter würde … Allerdings hatte er bereits Verdacht geschöpft, wieso also ihm nicht gleich die Wahrheit offenbaren? Vielleicht war das ja der bessere Weg.

»Deine verborgenen Reflexe, dein verschleiertes Geschick, deine Fähigkeit, dem Gedankenlesen zu widerstehen – wer bist du wirklich, Ichtyon Vanastera?«

Ormogs Stimme, in der gleichermaßen Zorn und bittere Enttäuschung mitschwangen, bewog Ichtyon schließlich doch, seinen inneren Widerstand zu überwinden. Es keimte sogar die Frage in ihm auf, wieso er es eigentlich nicht schon längst getan hatte.

Was Ichtyon nicht wusste, war, dass Ormog seinen Worten mit fein dosierter Magie Nachdruck verliehen hatte. So überwanden sie nicht nur den persönlichen Widerstand, sondern auch eine weitere versteckte Konditionierung, von der nicht einmal Ichtyon selbst etwas ahnte. Dabei handelte es sich um einen in seinen Geist gepflanzten Befehl, der ihn vor der Versuchung schützen sollte, jemals seine Aufgabe preiszugeben. Alle dahingehenden Gedanken waren immer wieder von seinem Gehirn als unerfüllbar eingestuft worden. Eine Rückversicherung seiner Herren, die nichts dem Zufall überließen.

Als die Magie – und der Meltaxbrand – wirkten und den Weg geebnet hatten, verlor Ichtyon jede Hemmung und begann zu erzählen.

»Ich war nie Leibsklave. Ich bin ein ausgebildeter Adjedh, ein Mann mit vielen Gesichtern. Vor vielen Jahren sollte ich mich als oberster Leibdiener getarnt in ein Anwesen begeben, um einen kranken Mann zu pflegen und im Verborgenen für seinen Schutz vor möglichen Attentätern zu sorgen – dein Anwesen, Ormog. Doch ich versagte. Die Gorgul schafften es, einen Anschlag auf dein Leben zu verüben, den du jedoch überlebtest. Dabei kehrten deine Erinnerungen zurück. Als du alle Bediensteten wegschicktest, weil die nächsten Attentäter im Anflug waren, brachtest du meine Tarnung in Gefahr, denn ich musste dich unter allen Umständen beschützen. Und außerdem …«, Ichtyon sah zu Boden, »… außerdem konnte ich einen Freund nicht dem Tod überlassen.«

Er schluckte schwer und sah hoch, um zu bemerken, dass Garius sein Schwert zwar immer noch fest umklammert hielt, aber inzwischen die Spitze von seiner Kehle genommen hatte.

In Ormogs Gehirn arbeitete es unablässig, als er die sich ergebenden Puzzleteile zusammenfügte. »Wenn du die Wahrheit sagst, wer sind dann deine Auftraggeber? Wer könnte ein Interesse daran haben, dass ich am Leben bleibe? Steckt vielleicht der wohlmeinende Richter Rahes dahinter, der damals versuchte, das Gerichtsurteil zu meinen beziehungsweise zugunsten aller verurteilten Magier zu wenden?«

Ichtyon hob zu sprechen an, hielt aber dann inne. Er hatte schon mehr offenbart, als seine Herren tolerieren konnten. Wenn er jetzt sein ganzes Wissen preisgab, würde das den Magier zu unüberlegten, unberechenbaren Taten hinreißen?

»Ormog, ich hoffe, du wirst das, was ich dir nun erzähle, als Beweis meines guten Willens und der Freundschaft ansehen! Außerdem möchte ich dich noch bitten, dass du alles Weitere genau überdenkst – das Schicksal des Landes hängt vielleicht von dir ab, also überlege gut, bevor du handelst.«

Ormog nickte nachdenklich, behielt dennoch Ichtyon im Blick, um nach Anzeichen der Lüge in seinem Gesicht zu suchen.

»Meine Auftraggeber gehören zu einer streng geheimen Organisation, die im Schatten arbeitet. Ich weiß nicht viel, denn man hat mich nur in das Nötigste eingeweiht, doch so viel kann ich berichten: Diese Organisation, deren Anführer sich Erster Beobachter nennt, hat sich dem Kampf gegen die Gorgul verschrieben und sie versuchen mit allen Mitteln, die Fäden zu ziehen und das Land vor dem Untergang zu bewahren. Richter Rahes war einer der Agenten, die eingeschleust wurden, um zu verhindern, dass die von den Gorgul unterwanderte Gerichtsverhandlung mit eurer Hinrichtung endete. Alle Magier sollten nach dem Jakkarth ein Anwesen sowie genügend Mittel zur Verfügung gestellt bekommen, um nach Wiedererlangen ihrer Erinnerungen gegen die Gorgul zu kämpfen.«

»Moment«, schnitt Ormog Ichtyon das Wort ab, »willst du damit sagen, dass es noch andere Magier gibt, die unter dem Schutz deiner Organisation vielleicht überlebt haben?«

»Nun«, Ichtyon zögerte, »in Anbetracht dessen, mit welchem Eifer die Gorgul versuchten, uns zur Strecke zu bringen … Soviel ich weiß, bist du der mächtigste nach Akkadu noch lebende Zauberer. Alle anderen – Zauberer des zweiten Kreises und der niederen Ränge – haben wohl noch geringere Überlebenschancen als wir. Aber ausgeschlossen ist es nicht!«

In Ormog war bei diesen Worten bereits ein Entschluss gereift: »Lasst uns aufbrechen und deine Auftraggeber und diesen Ersten Beobachter finden! Wenn ich auch ihre Methoden infrage stelle, so sind sie vielleicht die Einzigen, die einen Plan und die Mittel haben, um das Schicksal unseres Landes noch einmal zu wenden!«

»Aber«, er sah bedauernd zu Ichtyon, »ich hoffe, du verstehst, dass wir beide«, er deutete auf Garius und sich, »erst einmal in Ruhe über die Sache nachdenken und entscheiden müssen, ob wir dir trauen können.«

Ichtyon wollte etwas sagen, aber plötzlich überkam ihn eine Schläfrigkeit, die ihn zu Boden sacken ließ. Ormogs zu einer komplizierten Geste geformte Hand war das Letzte, was er sah, dann legte sich der schwarze Mantel der Bewusstlosigkeit um seinen Geist.

Ormog

Vertrauen ist eine große Aufgabe, es hält jedem Ansturm stand und zerbricht nicht, doch kann es von innen heraus leicht zerstört werden. Wenn uns aber wirklich daran liegt, lassen sich die Scherben wieder zusammenfügen.

Ormog dachte lange über diesen Satz des weisen Telmesch Youn nach, der vor vielen Hundert Jahren die Menschen auf Magnus das rechte Leben gelehrt hatte. Irgendwie fand er Trost in den Worten des längst verstorbenen Philosophen. Konnte er Ichtyon wirklich noch vertrauen? Sollte er den Beteuerungen Glauben schenken, dass Ichtyon seiner Freundschaft immer noch würdig war, obwohl er Ormog jahrelang belogen hatte, angeblich zu seinem Schutz? Er fühlte sich zerrissen. Die Götter mussten ihn hassen, um ihm so etwas anzutun, falls es sie überhaupt interessierte, was die niederen Sterblichen taten. Manchmal schien es, als wäre die Welt den Göttern egal und diente lediglich zu ihrer Erheiterung, wie ein großes Bühnenspiel. Wenn sie erst einmal in der Hauptstadt angekommen waren, würde sich zeigen, inwieweit Ichtyons Geschichte der Wahrheit entsprach. Vorausgesetzt, sie konnten diesen Ersten Beobachter ausfindig machen.

Aber war es möglich, dass die Führer dieser Organisation allein auf Rettung des Landes sannen? Oder trieben sie ebenfalls ein finsteres Ränkespiel, das ihnen die Herrschaft des Landes sichern sollte? Wollten sie etwa mithilfe Ormogs das Land vor dem Untergang bewahren, um sich dann selbst als Retter in höchster Not darzustellen? Wem konnte er überhaupt noch trauen? Es geschahen seltsame Dinge, die sich seinem Verständnis entzogen, und über allem drohte der Schrecken der Gorgul und ihres Meisters, der die Macht besaß, eine ganze Stadt zu vernichten und ihre Energie zu verschlingen.

Auf allen Seiten Tod, Mord, Gefahr und Verrat. Ormog fühlte sich einsam und vom Schicksal im Stich gelassen. War Misstrauen der Anfang der Einsamkeit?

Aufgewühlt kehrte er in seine Kammer im Heck des Bataals zurück, um zu meditieren. Bald würden sie wieder nahe der Hauptstadt landen und ihr Gefährt in dem Waldstück verbergen, wie sie es schon zwei Mal getan hatten.

Im Schneidersitz ließ sich Ormog in dem beengten Raum nieder und schloss die Augen.

Schließ die Augen und du lernst, mit dem Geist zu sehen.

Youns Weisheiten hatten Ormog seit jeher geholfen, Ruhe zu finden und die nötige Selbstbeherrschung aufzubringen, um die Meditation nicht etwa willentlich herbeiführen zu wollen. Vielmehr musste er sie *geschehen lassen*: die Kontrolle den geistigen Tiefen überlassen, die unter der logisch denkenden Fassade des Menschen wogten.

So gab Ormog die Zügel aus der Hand und ließ seinen Geist treiben. Die Kunst, eine Antwort aus dem Unterbewusstsein zu bekommen, bestand darin, nicht aktiv darüber nachzudenken, sondern sich den Gedanken vorzustellen und ihn schweben zu lassen, bis das Unterbewusstsein ihn aufgriff und sich damit beschäftigte, ähnlich, wie wenn man über einem Problem einschlief und die klaren, logischen Gedanken abglitten, und ohne dass man es steuern konnte, tauchten Bilder und Ideen dazu auf, flochten sich fort und verschwanden wieder. Die nächste Aufgabe war, aus diesem Zustand etwas mitzunehmen und sich daran zu erinnern. Meistens blieb einem nur ein Gefühl oder intuitives Wissen, doch damit war schon viel erreicht. Einige weise Mönche vom Berg Spoch meinten sogar, es genüge für den Frieden der Seele, wenn man sich nicht daran zu erinnern versuchte, weil das Unterbewusstsein die Fragen bereits aufgearbeitet hatte und als stilles Wissen bereithielt.

Er überließ es seinem Geist, die Bilder der vergangenen Tage umzuwälzen … Nie währte ein Gedanke länger als einige Sekunden, wie ein Traum, an den man sich kurz nach dem Aufstehen schon nicht mehr erinnern kann. Nur ein Bild tauchte immer wieder auf: blaue Augen und tiefschwarzes wallendes Haar, fein geschnittene Gesichtszüge, volle Lippen … Eine vage Erkenntnis durchströmte ihn, aber er wusste schon nicht mehr, was er gedacht hatte.

Vatya … seine Gedanken schlugen jäh eine andere Richtung ein. All die Erinnerungen und Gefühle, die sie geteilt hatten bei ihrer Verschmelzung. So ein Strom an Informationen, dass Ormog sie sich gar nicht gleichzeitig vergegenwärtigen konnte. Aber ein Fanal stand hinter fast jeder ihrer Erinnerungen: der drohende Schatten ihres Meisters. Dank Vatya konnte er sich nun eine Vorstellung von diesem Wesen machen: eine gewaltige Kreatur, deren Gefährlichkeit darin lag, dass sie nicht nach politischem Einfluss strebte, sondern nach Unsterblichkeit und Allmacht. Der Magierbürgerkrieg, die Infiltration der Regierung – das alles hatte nie nur der Ergreifung der politischen Macht durch den Meister gedient, es sollte das Land destabilisieren und den Weißmagierorden ruinieren. Damit war der Meister im Begriff, jeglichen Widerstand zu brechen und die einzigen Personen aus dem Weg zu schaffen, die ihn aufhalten konnten.

Er erinnerte sich wieder der Erinnerung Vatyas an ihr Gespräch mit Norvar Zesk. Die kalte Hinterlist, mit der der Weiße Orden bei Akkadu in die Falle gelockt worden war, ließ Ormog erschauern.

Der Dunkle Meister musste aufgehalten werden, um jeden Preis!

DIE UNERKANNTEN

Garius Galtar

Nachdem sie in bewährter Weise vor der Stadt gelandet waren, schlichen sie nun durch die nächtlichen Gassen von Drohm'Eddar. Beinahe gespenstisch wirkten die mondbeschienenen Prunkbauten und Monumente. Bis auf einige gehetzt aussehende Gestalten und eine Achtschaft der Stadtwache war niemand unterwegs. Trotzdem hielten Ormog und Garius aufmerksam nach allen Seiten Ausschau. Ormog war damit beschäftigt, die dunklen Präsenzen etwaiger Verfolger aufzuspüren, aber im Moment schien keine Gefahr zu drohen. Trotzdem, Garius befiel wieder dieses Prickeln im Nacken.

Sie klopften drei Mal an der Tür einer unscheinbaren Gastwirtschaft, deren Besitzer Ichtyon als Kontaktmann des Ersten Beobachters angegeben hatte. Sie klopften und warteten. Leise raunte Ormog: »Lasst uns rein! Wir wollen mit dem Ersten Beobachter sprechen.«

Aber kein Geräusch drang von innen heraus. Dann raschelte es hinter ihnen und sie wandten sich beide ruckartig um.

Die von einem vermummten Mann geführte Keule füllte das Blickfeld aus, dann explodierten die Sterne vor Garius' Augen.

Ormog und der Erste Beobachter

Der Erste Beobachter lehnte sich bequem in seinem Sessel zurück und faltete die Händchen über dem gut genährten Bauch. Man zog den beiden Männern die Säcke von den Köpfen und löste ihre Fesseln und Knebel. Die Trollfettlampe der fensterlosen, mit billigen Teppichen ausgekleideten Kammer warf Licht auf die zwei erbosten Gesichter und verlieh ihnen einen feurigen Schein. Der eine mit kurzem schwarzem Haar, grünen Augen und markanten Gesichtszügen war Ormog vom ehemaligen Orden der Weißen Magier, den anderen kannte er nur aus Berichten: groß, kräftig, harte braune Augen und eine kleine Helmringnarbe von seinem Dienst als Kommandant der Wächterabteilung der Weißen Magier. Dass Ichtyon fehlte, beunruhigte den

Ersten Beobachter ebenso wie die Tatsache, dass die beiden offenbar genau gewusst hatten, wonach sie suchten.

Ormog knurrte etwas Götterlästerliches und der Erste Beobachter sah ihn mit scharfem Blick an. Seine Augen bildeten einen klaren Gegensatz zu seinem restlichen eher von den Spuren der Bequemlichkeit geprägten Körper. Intelligenz und Berechnung strahlten sie aus.

»Bitte verzeiht die groben Methoden meiner Leute, aber wir mussten dafür sorgen, dass Ihr im Falle einer Festsetzung durch die Gorgul nicht ausplaudern könnt, wo sich dieses Versteck befindet. Schließlich müssen wir unerkannt bleiben!« Entschuldigend wies er auf die Säcke und Knebel. »Daraus, dass Ihr wusstet, wo mein Kontaktmann zu finden ist, und daraus, dass Ichtyon Euch nicht begleitet, folgere ich, er hat euch alles über seinen Auftrag und uns erzählt. Erstaunlich! Wie habt Ihr nur Verdacht geschöpft? Und wie habt Ihr seine Konditionierung überwunden? Schließlich war er ein gut ausgebildeter Adjedh!«

»Das ist eine lange Geschichte, die ich ein anderes Mal erzählen werde. Kommen wir zur Sache, Erster Beobachter!«

Er studierte das Gesicht des Ersten Beobachters genau. Keine Reaktion war erkennbar, die ihm Aufschluss über dessen Gedanken hätte geben können. Offenbar überraschte es ihn nicht, dass Ormog schon einiges wusste. Oder er verschleierte seine Emotionen mit vollendeter Perfektion. In

Anbetracht der Stellung dieses Mannes und seiner Organisation tendierte Ormog zu Letzterem.

»Wer seid Ihr? Was ist Euer Ziel und warum habt Ihr einen Agenten in meine Nähe eingeschleust? Ich fordere Euch auf: Sprecht die Wahrheit!« Er war entschlossen, direkt vorzugehen.

Der Erste Beobachter zeigte sich nicht im Mindesten beeindruckt. »Ihr seid wohl kaum in der Position, Forderungen zu stellen, mein Lieber«, sagte er in überlegenem Tonfall und schwieg dann. Kalte Berechnung zeichnete sich auf seinem Gesicht ab, als er weitersprach: »Aber im Interesse dieses Landes, dessen Schutz wir unser Leben gewidmet haben, werden wir mit Euch kooperieren.«

Zur Unterstreichung seiner Worte winkte er einen kleinen Mann heran, der Garius und Ormog ihre Waffengürtel aushändigte. Dann lauschten sie kritisch den nächsten Worten ihres Gegenübers.

»Wir sind eine geheime Organisation. Ein Geheimdienst, wenn Ihr so wollt«, begann er. »Wir sind der Geheimdienst des Weißen Ordens!«

Ormog parierte prompt: »Versucht nicht, Euch mein Vertrauen mit billigen Tricks zu erkaufen! Ich war Mitglied des ersten Kreises und ich habe nie ein einziges Wort über einen Geheimdienst des Weißen Ordens gehört!«

Wieder ein abfälliges Lächeln seitens des Ersten Beobachters. »Ich denke, das Wort ›geheim‹ impliziert, dass nicht jeder dahergelaufene Magier über uns unterrichtet wurde. Genaugenommen war unsere Existenz bis vor Kurzem nur einer einzigen Person bekannt: dem Erzmagier Karun Caltis. Aber auch er hatte nur sehr wenige Informationen über uns. Wenn er unsere Dienste benötigte, dann kamen wir zu ihm, nicht umgekehrt.«

Der Erste Beobachter sah, dass Ormog die Stirn runzelte und zu sprechen anhob. Er machte eine besänftigende Geste: »Das alles war natürlich nicht ohne Grund! Die Organisation wurde gegründet für Fälle wie diesen. Unsere eigentliche Aufgabe war es, den Weißen Orden unauffällig zu schützen und den Erzmagier zu beraten. Und wir sollten, falls der Orden in seiner Existenz bedroht wäre, aus dem Schatten die Fäden ziehen und alles Erdenkliche tun, um eine Katastrophe abzuwenden, oder zumindest das Beste aus der Situation zu machen. Dies ist eingetreten.«

Ein Anflug von schuldbewusster Resignation schwang in seiner Stimme mit, als er fortfuhr: »Ihr müsst erfahren, dass wir unwissentlich, in unserem Bestreben, den Orden zu retten und den Krieg zu beenden, das Schicksal des Ordens besiegelt haben. Wir waren so unvorsichtig und töricht zu übersehen, dass die Gorgul das geschätzte Mitglied Kora Gint gefangengenommen und manipuliert hatten. Wir schöpften keinen Verdacht, als er plötzlich mit seiner wahnwitzigen Idee an den Erzmagier herantrat. Arglos griffen wir den Plan auf und arbeiteten zusammen mit dem Erzmagier und ihm – der uns allerdings für gewöhnliche Agenten des Ordens hielt und nichts von unserer Organisation ahnte – eine Vorgehensweise aus, die Erfolg versprach. Wir köderten die Gorgul mit falschen Informationen, um sie zum Hauptangriff auf Akkadu zu verleiten. Nun, Ihr wisst ja, wie dieser Plan endete … Wir waren einer ausgeklügelten List aufgesessen, die den kompletten ersten Kreis vernichten und den Ruf des Ordens so schädigen sollte, dass es danach zu staatlicher Verfolgung und Verurteilung kam. – Woher wir das jetzt wissen? Nun wir haben Agenten in den Reihen der Gorgul. Kurz nach ihrem Sieg wurde die Kunde, wie man den Orden überlistet hatte, von den Anführern der Gorgul unter ihren Truppen verbreitet. So erfuhren wir schließlich aus dritter Hand über unsere eigene Verfehlung.«

Ormog war nachdenklich geworden. Die Taktik der Gorgul kannte er in groben Zügen. Zuletzt hatte er einen Überblick über die Geschehnisse in Akkadu erhalten, als er mit Vatyas Geist verbunden war. Aber die Existenz dieses Geheimdienstes und seine Rolle bei alledem war ihm neu. Konnte er so ohne Weiteres glauben, was er da hörte? Eine Organisation zum Schutz des Ordens, von dem allein der Erzmagier gewusst hatte? Er entschloss sich, weiter zuzuhören.

»Nach ihrem Sieg änderten die Gorgul ihre Taktik. Offenbar wollten sie das Land gar nicht mit militärischen Mitteln erobern und die Macht offen an sich reißen, wie sie es immer proklamiert hatten. Ihr Vorgehen reicht wesentlich tiefer. Nachdem ihre einzigen ernst zu nehmenden Widersacher vernichtet waren, begannen sie verstärkt, die politischen Machtstrukturen zu unterwandern. Ihr ganzer Krieg hatte nur nach außen hin dazu gedient, den Orden zu vernichten und das Ansehen der Zauberei in Verruf zu bringen, sodass der Staat gezwungen war einzugreifen. Scheinbar erfolgreich beendeten die Kaptroms des Herrschers den Bürgerkrieg endgültig und setzten den Willen des Volkes um, alle Magier zu inhaftieren. Auf diese Weise verloren all jene den Rückhalt, die vielleicht die Macht besaßen, doch noch etwas gegen die Gorgul oder ihren Dunklen Meister zu unternehmen. Durch den infiltrierten Beamten- und Regierungsapparat und durch die geschickte Manipulation des Volkes räumten und räumen sie noch immer alle potenziellen Gefahren aus dem Weg. Welchem Ziel dies dienen soll, ist uns leider völlig schleierhaft. Wir wissen nur, dass es um mehr gehen muss als um die totale Herrschaft über Kamal.«

Ormog räusperte sich: »Lasst uns auf diesen Punkt später zurückkommen. Vielleicht kann ich Euch zumindest dazu wertvolle Hinweise geben! Aber ich bitte Euch, fahrt fort!«

Ah! Er hat seinen Ärger und seine Ungläubigkeit bezwungen und hört ernsthaft zu! Immerhin ein Fortschritt, dachte der Erste Beobachter in einem Anflug von Zufriedenheit.

»Nun, seither sind wir jedenfalls damit beschäftigt zu retten, was noch zu retten ist. Erinnert Ihr Euch an Richter Rahes, der Euer Gerichtsurteil milderte?«

Mit dieser Frage kam er Ormog sehr entgegen, dem das Thema schon lange auf der Zunge gelegen hatte.

»Tja, Ormog, wie Ihr Euch denken könnt, war das von uns eingefädelt – ein kläglicher Versuch, wenigstens die übrigen Magier zu retten. Jeder von Euch bekam die gleichen Mittel zur Verfügung, um etwas unternehmen zu können, falls das Gedächtnis zurückkehrte. Wir versuchten, jeden Einzelnen zu schützen, ohne Aufmerksamkeit auf uns zu lenken, aber ...«

»... ohne viel Erfolg«, führte Ormog den Satz zu Ende. »Wie viele habt Ihr retten können vor den Attentätern? Wenn ich bedenke, wie hartnäckig sie bei mir waren ...«

Zum ersten Mal wich der Erste Beobachter dem Blick des Weißmagiers aus. »Sie sind tot. Alle. Nur Ihr habt überlebt«, flüsterte er.

Ormog schwankte und ergriff dankbar den helfenden Arm, den Garius ihm darbot. »Nur ich? Wisst Ihr, wie viele Köpfe die zweiten, dritten und unteren Kreise zählten? Wie habt Ihr nicht einen Einzigen retten können?«

»Über vierhundert Magier haben wir versucht zu beschützen und anzuleiten. Sie wurden alle gnadenlos gejagt und zur Strecke gebracht. Die Gorgul finden ihre Opfer überall.«

»Wie kann das sein? Selbst die Gorgul haben nicht genügend Männer, um jeden Stein umzudrehen!«

»Sie können magische Präsenzen aufspüren«, antwortete der Erste Beobachter schlicht. »Jeder von ihnen, selbst der niedrigste, vermag einen Magier auf weite Entfernung zu erspüren. Vor allem, wenn er sich nicht bewegt – wie zum Beispiel ein Zauberer mit Gedächtnisverlust in seinem Privathaus.«

»Das heißt …« Es traf Ormog wie ein Schlag.

»Das heißt, dass sie wissen, ob du noch am Leben bist, und dich früher oder später finden werden, wenn du zu lange im selben Versteck bleibst – und ja, es bedeutet auch, dass wir nicht mehr viel Zeit haben, bevor irgendein Gorgul dich lokalisiert hat. Außerdem befinden wir uns in der Stadt, wo ihre Aufspürer-Patrouillen viel dichter sind.«

»Darf ich also davon ausgehen, dass Euer Geheimdienst keinerlei Männer mit magischen Fähigkeiten beschäftigt?«

»Ganz recht, bei uns verfügt niemand über eine auffallende magische Begabung. Wir haben jedoch Mittel und Wege, diesen Nachteil auszugleichen.«

»Und jetzt«, er schnippte ungeduldig mit den Fingern,

woraufhin eine höchst sonderbare Gestalt den Raum betrat, »jetzt werdet Ihr diesem Herrn alles, was Ihr wisst und was Ihr erlebt habt, bis ins letzte Detail schildern!«

Der »Herr« trat ein und setzte sich mit knackenden Gelenken. In aller Ruhe putzte er seine Fühler, wischte sich über seine Facettenaugen und bewegte seine Kieferzangen.

Garius' Hand wanderte zu seinem Schwertgriff. Dem Ersten Beobachter entging das nicht. »Es besteht kein Grund zur Beunruhigung!« Garius nahm die Hand wieder weg, doch Ormog erkannte an der Anspannung seines Gefährten, dass dieser jederzeit bereit war blankzuziehen.

»Das«, der Erste Beobachter wies auf das humanoide Insekt, »ist ein Kilgur.« Er fing Garius' und Ormogs fragende Blicke auf. »Sie kommen von einem weit entfernten Land, irgendwo hinter dem Ozean. Oder besser gesagt: Sie flohen von dort. Die Kilgur sind intelligente Insektoiden, die in einem bienenartigen Kollektiv organisiert sind. Als sie halbertrunken an der Küste anlandeten, nahmen wir uns ihrer sofort an und sorgten dafür, dass niemand sonst von ihrer Ankunft erfuhr. Wir nahmen sie in unsere Obhut und versteckten sie. Wir gaben diesem etwa hundertköpfigen Kollektiv eine sichere Zuflucht, Nahrung und Ressourcen. Aus Dankbarkeit erklärten sie sich bereit, sich vor der Öffentlichkeit verborgen zu halten und uns gelegentlich einen … Gefallen zu tun.«

Ormog studierte das Wesen eingehend, das da vor ihm saß und geduldig die Fühler schwenkte.

»Die Kilgur haben ihr Schwarmbewusstsein perfektioniert. Sie sind alle telepathisch verbunden. Alles Wissen und jede Erfahrung, die einer von ihnen aufnimmt, wird mit dem ganzen Kollektiv geteilt. Sie hören die Gedanken ihrer Artgenossen und sind in der Lage, gemeinsam zu denken, sich an Dinge zu erinnern und Probleme zu lösen. Wenn Ihr nun von Euren Erlebnissen berichtet, erhoffen wir uns, dass das Schwarmbewusstsein sich an jedes Detail erinnert, sodass nichts vergessen wird. Dadurch sind sie in der Lage, gemeinsam effizienter an das Problem heranzugehen als ein einzelner Mensch, und bringen uns vielleicht eine Lösung oder zumindest eine andere Perspektive.«

Der Kilgur klapperte energisch mit den Kieferzangen. Sofort erhob sich der Erste Beobachter und wandte sich zum Gehen, da fiel ihm noch etwas ein: »Ach ja, wenn Ihr fertig seid, vergesst nicht, ihm etwas davon zu geben«, er deutete auf eine verzierte Dose mit Zuckerwürfeln. »Andere Spezies, andere Sitten.« Er zuckte mit den Schultern und ließ Garius und Ormog mit dem seltsamen Wesen allein, das seine Hörmembranen spitzte und den beiden lauschte, als sie mit ihrer Schilderung begannen.

Einige Tage später saßen vier maskierte Geheimdienstleute, der Erste Beobachter, Ormog und Garius an einem runden Tisch in einem Beratungszimmer an einem anderen Ort. Außerdem anwesend war ein Kilgur, der als Sprecher des Kollektivs auftreten und ihre Ideen und Gedanken weitergeben sollte.

Eigentlich ist »Sprecher« das falsche Wort, da die Kilgur weder über Lungen noch über Stimmbänder verfügen, dachte der Erste Beobachter. Stattdessen hielt er einen sonderbar geformten Pinsel in einer seiner Greifklauen und zeichnete damit Worte auf ein großes Blatt Papier.

Man beriet und diskutierte lange. Erfrischungen und Zuckerstücke wurden herumgereicht, um die Köpfe der Anwesenden zu kühlen. Schließlich – über einem Berg an Zeichnungen und Plänen brütend – kam die Runde zu einem Entschluss.

»Wichtige Gorgul – Vatya Ganta – müssen finden«, las einer die Meinung der Kilgur vor. Alle stimmten zu.

Niemand sprach aus, was nach Ormogs Überzeugung alle dachten: Er trage die Schuld dafür, dass sie noch frei herumlief. Wie auch immer, der Ordensgeheimdienst hoffte, Vatya Ganta werde keine Gelegenheit ungenutzt verstreichen lassen, um Ormog zu finden und ihre Mission doch noch zu erfüllen. Ormog selbst war sich da zwar nicht mehr so sicher, aber immerhin war es der Ansatz eines Plans.

Die Informationen, die der Geheimdienst durch Ormogs Gedankenverschmelzung erhalten hatte, waren ungeheuer wertvoll gewesen. Zumindest war nun das schreckliche Ziel des Dunklen Meisters der Gorgul bekannt.

Aber offenbar glaubte man, noch mehr aus Vatya Ganta herausbekommen zu können, etwa die genauen Pläne oder gar Namen von Gorgulsympathisanten in der Regierung. Natürlich war auch ihre Person an sich wichtig. Man konnte sie vielfältig benutzen, als Geisel, Druckmittel, Ablenkung oder – nach einer Gehirnwäsche – als Doppelagentin.

Und natürlich würde es die Gorgul schwächen, eine ihrer wichtigsten oder vielleicht sogar *die* wichtigste Anführerin zu verlieren. Vielleicht verloren sie dadurch Ormogs Spur. Vielleicht gewann man so entscheidende Zeit.

Einer der Maskierten meldete sich zu Wort: »Lasst uns ihr mithilfe Ormogs eine Falle stellen. Die Gorgul wissen nichts von uns, sie werden nicht vermuten, dass Ormog irgendwo Unterstützung findet. Dadurch werden sie bestimmt unvorsichtig und denken, sie hätten jetzt leichte Beute.«

»Unser Hinterhalt muss aber perfekt geplant werden. Es darf kein Gorgul entkommen, der Verstärkung rufen könnte!«, warf ein anderer Maskierter ein.

»Natürlich. Und wir müssen *sie* lebend fangen. Sonst nützt sie uns nichts. Wenn wir sie haben, sollten wir sie der Obhut eines Kilgur-Beshade überlassen. Der wird ihr Gehirn anzapfen und gründlich durchforsten. Wir werden ihrem Gehirn alles entreißen, was wichtig ist.«

»Aber«, warf sein Gegenüber wieder ein, »wenn der Kilgur-Beshade mit ihr fertig ist, werden wir nur noch eine sabbernde Irre haben! Dann nützt sie uns nichts als Geisel.«

»Das müssen ja die Gorgul nicht wissen ... Außerdem werden wir jeden Kontakt mit den Gorgul vermeiden. Wir dürfen uns nicht vorschnell zeigen, schließlich sollen sie es für ein Mysterium halten, wie der Zauberer Ormog ihre Kämpfer besiegte und wohin er ihre Anführerin entführte!«

Auf diese Weise setzte sich die Diskussion noch fort, während der Plan langsam Gestalt annahm. Ormogs Gesichtsausdruck wurde immer finsterer und besorgter.

Schließlich erhob er sich und meinte bissig: »Ihr wollt sie also in irgendeiner dunklen Gasse überfallen, sie hierherschleifen und so lange foltern, bis sie alles preisgibt, was Ihr wissen wollt? Und wenn sie das nicht tut, dann überlasst Ihr sie diesem Beshade-Ungeheuer? Das sind ja Methoden, kaum besser als die der Gorgul!«

Etwas hilflos meinte einer der Maskierten: »Man muss ja nicht diese harten Worte benutzen ...«, und ein zweiter ergänzte: »Es sind nun einmal außergewöhnliche Maßnahmen nötig, um mit dieser außergewöhnlichen Bedrohung fertig zu werden!«

Darauf erwiderte Ormog nur erbost: »Ihr seid um nichts besser als die Gorgul. Überfall, Folter ... und ich dachte, ich kämpfe für eine gerechte Sache! Ich werde mich aufmachen und sie suchen. Möglicherweise kann ich an ihre Vernunft appellieren und sie auf unsere Seite bringen, ich habe gespürt, dass sie nicht ganz verdorben ist, dass sie in ihren Motiven wankte! Wir können mehr gewinnen, wenn wir sie zur Zusammenarbeit mit uns bewegen, als wenn wir diese barbarischen Mittel anwenden. Außerdem wette ich, die Gorgul wissen zu verhindern, dass jemand auf ihr Gehirn zugreift! Und dass sie eine wertvolle Geisel abgäbe, ist keineswegs sicher, denn wie ich die Gorgul kenne, findet jemand, der versagt hat und sich fangen ließ, bei ihnen keine Gnade.«

Nach einer weiteren Stunde hitzigen Debattierens konnte Ormog die Runde schließlich überzeugen. Er wollte versuchen, sie in einen Hinterhalt zu locken und mit ihr zu verhandeln, an ihre Vernunft zu appellieren. Dabei hoffte er, dass er zumindest die Reste der Gedankenverbindung zwischen ihnen nutzen konnte, wenn er nahe genug an ihr dran war. So wollte er ihr Herz und ihre Haltung ausloten. »Wenn ich keinen Erfolg habe, sie zu überzeugen, dann könnt Ihr immer noch zu euren barbarischen Methoden greifen. Aber gebt mir wenigstens die Chance, eine mächtige Verbündete zu gewinnen!«

»Nun gut! Versucht es, auch wenn ich glaube, dass das nichts bringt. Aber solltet Ihr keinen Erfolg haben … unsere Blasrohrschützen werden bereitstehen, mit Betäubungsgiftpfeilen … Und dann spielen wir nach unseren Regeln!«

Der Erste Beobachter schloss die Beratung und stand auf. Ein Majordomus wurde herangewinkt und angewiesen, Ormog mit Proviant, Waffen und Dokumenten auszustatten.

»Euch stehen alle unsere Mittel zur Verfügung, um einen Hinterhalt auszuarbeiten. Inplaal Anpag ist Euer Kontaktmann. Ihr findet ihn auf dem Marktplatz. Er wird Euch erkennen, wenn Ihr dort hingeht. Solltet Ihr unwahrscheinlicherweise Erfolg haben und die Gorgul überzeugen können überzulaufen, dann kommt mit ihr zu Galduril dem Schnurrbart; sein Gasthaus Zum fröhlichen Fass ist auf dem Belmahplatz. Danach sehen wir weiter.«

Eilig befahl er den maskierten Männern: »Wir waren schon viel zu lange hier, die Gorgul spüren Ormogs Präsenz bestimmt schon. Vernichtet alles, was auf uns hindeuten könnte. Hinterlasst ein paar hässliche Fallen und legt ein Feuer … na ja, Ihr kennt das ja. Also los!«

SCHWARZ UND WEIß

Vatya Ganta

»Kannst du nicht sagen oder willst du nicht sagen, wo sich der Weißmagier versteckt hält?«, herrschte der Folterknecht den zerschundenen, schmutzigen Mann an, der auf einen Tisch gefesselt war. Eine gelblich flimmernde Entladung sprang von seinen Fingern auf den Gefangenen über, der gequält aufschrie: »Ich sage doch, dieser Mann hat bei mir nur einmal genächtigt! Wo er hinwollte, weiß ich nicht. Ehrlich!«

Vatya wandte sich ab. Sie hatte noch nie viel von Folter gehalten. Das vertrug sich schlecht mit ehrlichem Kampf, Kräftemessen und hartem Sieg. Wie konnte sich jemand nur daran berauschen, den Willen eines schwachen, verängstigten Menschen zu brechen? Es war kein Prüfen der eigenen Stärke, kein Wachsen an ebenbürtigen Gegnern, es war einfach nur erbärmlich.

Als der Folterer wieder seine Hand ausstreckte, um das Nervensystem des Gefangenen zu überladen, hielt sie ihn zurück: »Lasst gut sein, Falguil! Dieser Foob weiß wirklich nichts. Schmeißt ihn hinaus in die Gasse, wo Ihr ihn aufgetrieben habt.«

»Aber Vatya!«, knurrte Falguil empört.

»Tut es. Sofort!«, gebot sie ihm zornig. Sein Ziel mit eiserner Härte und Zielstrebigkeit zu verfolgen, das war eine Sache. Aber man musste den Gegner ja nicht mit dem sprichwörtlichen Hammer zertrümmern, wenn man ihn auch mit einem Dolchstich niederstrecken konnte. Sie hasste solchen genießerischen Sadismus, wie ihn Falguil an den Tag legte. »Es reicht! Wir haben genügend Hinweise, wir werden ihn schon bald finden!«

»Ich möchte doch hoffen, dass Ihr Fortschritte macht!«, ertönte da die Stimme von Smelgil, dem Leiter der örtlichen Gorgulzelle in Drohm'Eddar. »Der Meister verlangt, ständig informiert zu werden. Wie wäre es, wenn Ihr ihm selbst mal berichten würdet? Aus meinem Munde klingen die Gründe für die Verzögerung nicht halb so überzeugend!« Er lächelte schmierig.

»Ihr wisst, dass ich zu beschäftigt bin, Smelgil! Ich bin diesem Magier auf der Spur und es wird nicht mehr lange dauern, bis wir ihn gefunden haben! Erledigt Ihr nur weiter die Botengänge«, sie machte eine Pause, dann legte sie etwas mehr Härte in ihre Stimme: »Oder stellt Ihr etwa meine Befehle infrage?«, blaffte sie den Mann an und ließ die Hand demonstrativ zum Schwertknauf wandern. Smelgil senkte den Blick ergeben, doch sie konnte seinen Widerwillen spüren.

Sie tat zwar selbstbewusst und zielstrebig, doch in Wahrheit war sie sich ihrer Sache gar nicht mehr so sicher. Vor allem drückte sie sich um eine Audienz beim Meister, weil sie nicht wollte, dass er ihre Zerrissenheit spürte. Deshalb vertiefte sie sich mit vollem Engagement in die Suche. Wenn sie diesen Magier endlich zur Strecke gebracht hätte, dann würde sie bestimmt ihre Fassung zurückgewinnen, ihre Überzeugung, bestimmt ... Das redete sie sich immer wieder ein, aber im Grunde ihres Herzens wusste sie es besser.

Sie ertappte sich laufend dabei, wie sie die Handlungsweisen der Gorgul infrage stellte. War es richtig, was sie taten? Warum beging sie Grausamkeiten für ein Wesen, in dessen Augen sie nicht mehr galt als ein Insekt? Für den Meister waren sie alle nur Schachfiguren in seinem ewigen Spiel um Macht. Alle Versprechungen an sie von Macht und Einfluss waren nichtig. Er würde immer mehr verzehren, bis er so mächtig war wie ein Gott. Aber sie durfte sich ihre Zweifel auf keinen Fall anmerken lassen. Zweifel waren Schwäche. Und ihre Rivalen lauerten auf jedes Anzeichen von Schwäche, seit sie erfolglos aus den Dünengräbern von Varrcrom zurückgekehrt war. Alle gierten sie nach ihrer Position als rechte Hand des Meisters.

Smelgil ging und zwei kräftige Gorgul schleiften den Gefangenen hinaus. Vatya setzte sich an den großen Schreibtisch und starrte ihn gedankenversunken an. Vorwurfsvoll starrten die Verhörprotokolle darauf zurück. Es kostete sie einige Mühe, aber sie sammelte sich und begann, die Protokolle durchzublättern.

Eine Beschreibung des Weißmagiers, ein Straßenname, ein Datum, einige ungenaue Aussagen … Diese Unterlagen sprachen zu ihr, aber sie sagten ihr nichts. Irgendwo musste dieser Ormog doch sein! Er konnte sich nicht ewig verstecken. Allerdings waren die Weißen Magier ja alle Feiglinge, die den wahren Wert von Stärke und von Vernichtung der eigenen Feinde nicht kannten. Alle schwach. – Was für eine Lüge. Dieser Ormog war nicht schwach. Er war anders …

Ihre Gedanken schweiften ab, wie so oft in letzter Zeit. Sie sah ihn genau vor sich – seine grünen Augen, sein Lächeln, sein Mitgefühl, das sie gespürt hatte in ihrer Verschmelzung. All die Gedanken und Empfindungen, in denen sie eins waren … Das Gefühl, verstanden und nicht verurteilt und gehasst zu werden, dieses Gefühl von … Halt, sie durfte nicht daran denken, mahnte sie sich. Bei der Sache bleiben!

Nächtliche Stille, leise Schritte, der Weißmagier. Eine klare, mächtige Präsenz. Die Szene zog rasch an ihrem inneren Auge vorbei, deutlich und ohne jeglichen Schatten, der zurückliegenden Eindrücken die Schärfe nahm. Es wirkte beinahe real, als würde sie in diesem Augenblick zusehen, wie der Weißmagier durch die Straßen der Stadt …

Sie sprang auf, als ihr jäh die Bedeutung bewusst wurde. Er war hier! Sie fühlte seine Nähe. Und die Reste der alten Gedankenverbindung flammten unerwartet wieder auf. Bilder, Visionen und Gefühle durchzuckten ihren Geist, wie aufblitzende Momentaufnahmen eines anderen Lebens.

Kaum hörte sie ihre eigene Stimme, als sie ihre Brüder rief. So sehr strebte ihr Geist den kommenden Ereignissen entgegen. Kaum vernahm sie das Rascheln schwarzer Umhänge und das Klirren von eilig angelegten Rüstungen. Nur am Rande nahm sie das Blitzen der Waffen wahr, als sich die Gorgul bereit machten, auf ihren Befehl hin mit der Jagd zu beginnen.

Ihr Herz schlug schneller. Sie fühlte ihn, sie wurde von ihm angezogen. Der unfehlbare Sinn der Jägerin leitete sie, als sie ihren Trupp wie ein Rudel Raubtiere durch die Gassen führte. Jetzt würde sie endlich ihren Auftrag erfüllen, ihre Mission vollenden. Mit dem Blut des letzten Weißmagiers würde sie das Schicksal des Landes besiegeln … War es das, was sie wollte? Botin des Todes sein? Dieses Land dem endgültigen Untergang weihen …

Nein! Nicht jetzt! Lass nicht zu, dass Zweifel und Zaudern dich schwach machen! Atme die kalte Luft dieser herrlichen sternklaren Nacht, die wie geschaffen ist für die Jagd.

Da! Ein verlassenes Lagerhaus! Er war hier, vor nicht allzu langer Zeit.

Die Gorgul traten die Tür ein. Sofort quoll ihnen beißender Rauch entgegen, hinter dem sich orange Flämmchen versteckten.

Ein Feuer! Das konnte kein Zufall sein! Gerade war er noch hier gewesen und jetzt brannte es in diesem Haus? Ahnte er etwa, dass sie ihm auf der Spur war? Wusste er, dass er in direkter Gefahr schwebte?

»Weiter, weiter! Er ist nicht hier!« Sie stürmte die Straße hinab. Er hatte nur einen kleinen Vorsprung. Nicht mehr lange! Aber warum hatte das Haus gebrannt? Wenn er ahnte, dass er gejagt wurde, war das hier womöglich eine Falle? Versuchte er, sie ins Verderben zu locken? Was, wenn sie gar nicht die Jägerin war?

Das Gefühl drohenden Unheils ergriff von ihr Besitz. Ein Schauer durchfuhr sie: Ormog! Er ist ganz in der Nähe!

Ein Sirren drang an ihre Ohren. Instinktiv warf sie sich zur Seite und sah gerade noch, wie die Gorgul rechts und links von ihr, von weißgefiederten Pfeilen getroffen, zu Boden gingen.

»Verteilt euch!«, rief sie ihren Kriegern zu. Sie rappelte sich auf und erfasste mit einem Blick die Lage: Sie befand sich in der Mitte einer Kreuzung, die von zweistöckigen steinernen Häusern gesäumt wurde. Auf den Flachdächern waren im spärlichen Licht der Monde huschende Gestalten zu erkennen, die von ihren geschwungenen Bögen die todbringenden Salven auf sie herniederregnen ließen.

Einigen weiteren Geschossen ausweichend zog sie ihren Kurzbogen und schoss auf den Dachschützen, der auf dem ihr am nächsten gelegenen Haus stand. Während der erste Pfeil noch flog, schickte sie bereits den zweiten hinterher, um auch den anderen Schützen zu treffen.

Um sie herum griffen die Gorgul ebenfalls zu ihren Bögen und erwiderten den Beschuss.

Eine ungünstige Lage. Die Angreifer waren durch den Höhenunterschied im Vorteil und hatten auf den Dächern Deckung, im Gegensatz zu Vatyas Trupp, der sich mitten auf der Kreuzung bewegte. Sie musste schnell etwas unternehmen! Dieser verfluchte, gewiefte Zauberer! Wo hatte er die Bogenschützen her? Vielleicht Söldner. Wie konnte sie nur in eine solche Falle tappen? Offenbar hatte die Jagd nach Ormog ihre Sinne derart abgelenkt, dass ihr die Vorsicht abhandengekommen war. Ein unverzeihlicher Fehler!

Gerade als sie den Rückzug befehlen wollte, sah sie, dass aus allen vier Richtungen schwertschwingende Männer auf sie zukamen. Rückzug fiel als Option aus! Verdammt! Sie wurden umzingelt und mussten auf der Kreuzung bleiben, wo die Schützen sie aufs Korn nahmen!

Sie schlug einen heransausenden Pfeil zurück, während sie ihre Kräfte sammelte. Zwischen ihren Fingern glomm rötliche, flackernde Glut. Mit kreisenden Bewegungen murmelte sie eine Beschwörung, um schließlich einen gleißenden Feuerball zu entfesseln, der krachend in das oberste Stockwerk des nächsten Hauses einschlug. Brennende Gestalten stürzten vom Dach.

Das unter dem Pfeilhagel noch verbliebene Dutzend Gorgul tat es ihr gleich und versuchte, die Bogenschützen mit Feuer von den Dächern zu treiben.

Dann nahm sie aus dem Augenwinkel eine Bewegung wahr und sah auf. Ein schwarzer Schatten schoss am nächtlichen Himmel vorbei.

»Vorsicht, Drache!«, rief sie den anderen zu, da fegte auch schon eine Flammensäule die Straße entlang und schmolz eine glühende Rinne in das Pflaster. Sie konnte gerade noch einen Schutzschild beschwören, bevor die Hitzewelle sie traf. Die unsichtbare Schutzwand vor ihr strahlte auf und Vatya spürte die glühende Hitze, die beinahe ihre Haut versengte. »Woher hat er jetzt auch noch einen Drachen?«, fluchte sie und wob ihren Schutzzauber stärker, um nicht zu verbrennen. Inzwischen war die Hitze so groß, dass in den umstehenden Gebäuden die Fensterscheiben barsten und die Straße mit glitzernden Splittern schmückten.

Vatya wusste nicht, wie lange sie dem Feuer noch standhalten konnte. Immerhin handelte es sich um Drachenfeuer, das wegen seiner magischen Eigenschaften nicht so leicht abzuwenden war.

Doch glücklicherweise ging der Feuerechse schnell der Atem aus. Das geschuppte Ungeheuer verschwand in der Nacht und würde hoffentlich ein Weilchen brauchen, bis es fähig war, eine neue Flammensäule zu entfesseln.

Schnell sah sie sich um. Das Drachenfeuer hatte seine Opfer unter ihren Männern gefordert. Vier von ihnen waren halb zu Asche verbrannt.

Sie konnte immer noch nicht fassen, dass sie in so wenigen Augenblicken von der Jägerin zur Beute geworden war. Was würde Ormog wohl noch aus dem Hut zaubern, um ihren Trupp zu zerschlagen? Apropos – wo war dieser verschlagene Weißmagier eigentlich? Er ließ sich immer noch nicht blicken. Er könnte ja wenigstens zusehen, während sie und ihre Männer in diesem Hinterhalt aufgerieben wurden.

Aber er befand sich ganz in der Nähe! Sie fühlte seine Anwesenheit deutlich.

»Komm raus aus deinem Versteck, du gemeiner, nichtsnutziger Vertreter deiner erbärmlichen Zunft!«

Sie versuchte, sich selbst mit Flüchen und Schmähungen gegen diesen Zauberer darin zu bestärken, dass sie ihn zur Strecke bringen würde, aber irgendwie gelang es ihr nicht so recht. Das war eindeutig nicht ihr Tag. All die Zweifel der letzten Zeit drängten ihr wieder ins Gedächtnis.

Als sich der Rauch und die flimmernde Hitze etwas verzogen hatten und die Steine der Straße nicht mehr wie rote Kohlen glühten, startete der nächste Angriff.

Die bewaffneten Söldner, die bis jetzt an den vier Ausgängen der Kreuzung gewartet hatten, beeilten sich nun, den Abstand zwischen ihnen zu verkürzen.

Ein Schlachtruf erreichte Vatya, gefolgt von einem Wurfspeer. Die restlichen Gorgul brüllten zurück. In ihren Stimmen lag etwas, das den Angreifern fehlte: wilde Entschlossenheit, Überzeugung, der Wille, im Angesicht des Todes zornig kämpfend unterzugehen … Nein, der Schrei des Söldners hatte berufsmäßig und nüchtern geklungen. Jetzt war sich Vatya sicher, dass ihre Gegner bezahlte Krieger waren. Mit grimmigem Lächeln dachte sie an die allzu oft brüchige Loyalität dieser Berufsgruppe. Allein Geld motivierte sie und sie würden keinesfalls bis zum Tode kämpfen! Die Gorgul mussten nur schnell und grausam zuschlagen, um die Moral von Ormogs Söldnern zu brechen. Mit etwas Glück würden sie fliehen und sie konnte das daraufolgende Chaos für ihre Zwecke nutzen.

Sie musste ihn finden! Ein weiteres Versagen würde der Meister nicht dulden … Eine sirrende Klinge verfehlte ihr Gesicht um Haaresbreite. Wo war nur ihre legendäre Aufmerksamkeit geblieben? Sie packte das Handgelenk des Söldners und streckte ihre andere Hand aus, um ihn mit einem telekinetischen Wurf von der Straße zu schleudern. Sie duckte sich, um einem anderen Schlag auszuweichen, und parierte den nächsten. Eine flinke Drehung, ein versteckter Dolch in ihrer Nebenhand und wieder ein Söldner weniger.

Zeitweise kämpfte sie Rücken an Rücken mit einem anderen Gorgul. Irgendwann war er im Getümmel verschwunden. Noch einer ihrer Brüder … Sie trieb ihren Dolch mit der Linken kraftvoll durch den Lederharnisch ins Federkleid eines Ravalsöldners. Er krächzte und klapperte mit dem Schnabel. Das berührte irgendetwas in ihr. Sie starrte auf das Blut auf dem Dolch, an ihren Händen – was tat sie hier eigentlich? Warum tötete sie, vergoss fremdes Blut? Sie werden doch sowieso sterben, irgendwann. Es sind Söldner, das ist ihr Berufsrisiko … Aber der Meister … Blut, Blut, überall, warum? Ist der einzige Zweck des Lebens, es anderen zu nehmen?

Er erschien auf einem rauchenden Flachdach. Endlich!

Er zeigte sich! Wenn es denn so sein musste, wollte sie wenigstens in die Augen ihres Feindes sehen, bevor er sie vernichtete. Starr sah sie zu, wie er sich von der Dachkante abstieß und in einem menschenunmöglichen Zauberersalto auf der Straße landete. Mitten in der Handvoll Gorgul. Eine knisternde Druckwelle ging von ihm aus und schleuderte ihre Brüder beiseite.

Wie in einem bösen Traum wurde sie ihrer vollkommenen Niederlage gewahr. Es schien ihr unwirklich, als Ormog auf sie zukam. Von irgendwoher tauchten seine beiden Gefährten auf.

Wie in Trance stand sie da, unfähig sich zu rühren, als sie von den Söldnern umringt wurde. Sie sah ihn an. In seine Augen. Seine tiefgründigen grünen Augen. Das Universum ringsum verblasste. Da waren nur noch er und sie.

Der letzte Weißmagier. Ihr Ziel. Der Mann, den sie so lange gejagt hatte. Ein ebenbürtiger Gegner. Nein, er war stärker, er hatte gesiegt.

Ein Schatten huschte über sie hinweg. Der kleine Drache. Die Kreatur, die so viel Schaden angerichtet hatte, landete neben Ormog, fiepte leise und rieb den geschuppten Hals an seinem Bein.

Eine grausame Emotion wallte in ihr auf. Dein Feind, vor dir! Streck ihn nieder! Aber die grünen Augen ertränkten ihren aufflammenden Zorn.

Vatya, hörte sie eine Stimme in ihrem Geist. Sie fühlte sich zerrissen. Vatya!, sagte die Stimme noch einmal. Sanft und ohne Hass. Er rief sie in ihrem Geist – die alte Gedankenverbindung, sie war immer noch so stark.

Und diese Stimme, die unendliche friedvolle Ruhe, die sie verströmte.

Bitter streckte sie ihre Hand aus und versuchte, ihre ganze dahinschmelzende Überzeugung zu bündeln. Ein roter Feuerball flog auf den Zauberer zu. Er hob nicht die Hand, um ihn zu absorbieren. Er stand einfach nur da, völlig ruhig. Sie spürte seinen Drang, sich zu schützen, aber er tat es nicht. Da war etwas, das mächtiger war als sein Instinkt. Was verleitete diesen Mann dazu, für jemand anderen Schmerz auf sich zu nehmen?

Der Feuerball traf seine Schulter, versengte seinen Mantel und sein Fleisch. Sie zuckte zusammen. Sie fühlte es, stechend, als wäre ihre eigene Schulter getroffen.

Er stand immer noch ruhig da. Wie konnte er ruhig sein, wenn sie ihm solche Schmerzen zugefügt hatte? Wieso gab er sich nicht dem impulsiven Zorn hin, der auf eine solche Verletzung folgen musste, und vernichtete sie? Wie konnte er nur so gelassen sein, ohne Wut, ohne Bitterkeit, ohne sie zu hassen? Wenn er sie doch nur hassen könnte, dann wäre alles so viel einfacher.

Konnte sie ihn dafür hassen, dass er sie nicht hasste?

Dass er ein friedevoller Fels im Gewässer ihres unruhigen Gemütes war?

Er sprach zu ihr. Verflucht, warum musste er jetzt sprechen, wenn sie darum rang, sich zu sammeln?

Ich habe dein Innerstes gesehen, Vatya. Genauso, wie du meines gesehen hast. Erinnerst du dich? Wir sind verbunden. Und ich weiß, dass du nicht so schlecht bist, wie du denkst. Du bist nicht so böse. Dein Herz ist nicht völlig verdorben. Mir liegt an dir, lass mich dir helfen!

Vatya zitterte.

Du weißt, dass die Wege der Gorgul falsch sind. In deinem Innersten weißt du es. Was wird euch der Meister geben? Womit wird er euch entlohnen, das für dein Gewissen aufwiegen könnte, was du getan hast? Meinst du, er kann euch Frieden geben?

Ein Bild formte sich vor ihrem inneren Auge: eine tote Einöde ohne Sterne, ohne Sonne.

Er verspricht euch Macht, vielleicht sogar Unsterblichkeit. Aber wenn er alle Länder verzehrt hat, so wie er es mit Kamal plant, wenn er unzählige Leben ausgelöscht hat, wie in Akkadu, wenn er die Kraft aller Dinge in sich aufgenommen hat, was dann? Ihr, seine getreuen Diener, werdet Herrscher sein über nichts. Über eine wüste Welt. Vielleicht werdet ihr irgendwann ebenso mächtig wie er, wer weiß. Und in euch wird dann nur Leere sein.

In ihrer Gedankenverbindung gab es keine Lüge, keine Täuschung. Sie fühlte, dass er die Wahrheit sprach. Sie fühlte seine glühende Überzeugung. Noch nie hatte sie sich ihre Zukunft so genau vor Augen geführt. Nie hatte sie so genau darüber nachdenken wollen. Aber die Worte des Zauberers erreichten ihr Innerstes und bestärkten all die sorgsam verdrängten Zweifel.

Sie war einem falschen Pfad gefolgt. Mit einer noch nie da gewesenen Klarheit kristallisierte sich die Wahrheit in ihrem Geist heraus. Diejenigen, die sie von ihrer elenden Existenz befreit, die sie aufgenommen und zu der geschickten Kriegerin gemacht hatten, die sie heute war. Es war furchtbar für Vatya, sie und alles von ihnen Gelernte infrage zu stellen. All jene, die sie getötet hatte – wenn sie jetzt aufhörte, was hätten diese Opfer dann für einen Sinn gehabt?

Für Vatya brach ihre seit Varrcrom ohnehin brüchige Weltanschauung zusammen. Hatte sie etwa mit ihrem Tun mitgeholfen, das Schicksal des ganzen Planeten zu besiegeln? Jeder ihrer Dolchstiche hatte möglicherweise in der Zukunft über das Leben von Milliarden entschieden. Für ein Wesen, das kein Mensch mehr war … Für das Versprechen, unter seiner Führung die Welt und das Universum zu beherrschen … Aber wer sagte, dass dieses Wesen ohne Menschlichkeit überhaupt noch einen Funken von Ehre besaß?

Heiße Tränen rannen über ihre Wangen. Unendliche Reue und abgrundtiefe Trauer ergriffen sie. Sie verbarg das Gesicht in ihren Händen.

Er war bei ihr und legte einen Arm um sie. Es bedurfte keiner Worte. Sie fühlte ihn nahe bei sich. Aber sie traute sich nicht, ihn anzusehen. Wie konnte er sie halten, sie trösten? Ich bin eine Mörderin, ein Monster ... warum tust du das? Warum verurteilst du mich nicht dafür, was ich bin?

Ormog sagte nichts, aber sie empfand wieder jenes Gefühl, das er ihr in Varrcrom entgegengebracht hatte. Mitleid, Güte, Vergebung. Bei niemandem sonst hatte sie je etwas Vergleichbares gespürt. Ihr Leben lang hatte sie sich von Wut, Macht und Überzeugung leiten lassen. Immer war es ein gnadenloser Kampf gewesen, darum, wer überlegen war. Nie durfte sie sich einen Fehler oder eine Schwäche leisten. Keinem Menschen hatte sie sich je anvertraut. Und das hatte sie für Stärke gehalten.

Doch jetzt, wo dieser Mann neben ihr stand, der mit ihr fühlte, der nicht argwöhnisch auf ihre Schwächen schielte, sondern sie so annahm, wie sie war, trotz ihrer Taten ... Sie umarmte ihn und weinte noch mehr. Sie ließ sich fallen in seinen tröstenden Geist. Keine Verstellung, kein Zwang, stark zu sein. Sie ließ sich fallen, ihre Ängste, ihren Schmerz, alles. Und er war da. Seine Nähe berührte ihre

Seele wundersam, den Teil in ihr, den sie verdrängt hatte, den sie hatte verdorren lassen.

Für einen Moment verschmolzen ihre Geister völlig, als wollte sie sich in seinen Gedanken auflösen und Teil dieses gütigen Zauberers werden, der nie solche Abscheulichkeiten begangen hatte wie sie. Es hielt sie nichts mehr zusammen; sie wollte sich vergessen in seinem Trost.

Vatya ... Behutsam, um sie nicht in ihrem zerbrechlichen Gemütszustand zu verletzen, lenkte er ihre Gedanken wieder zur Wirklichkeit.

Er machte ihr klar, dass sie mit ihm kommen konnte. Aber dazu mussten sie die Gorgul überlisten: Bald trifft die Verstärkung der Gorgul ein. Wenn du bei mir bleiben und dich von den Gorgul lossagen willst, dann gibt es nur einen Weg: Du musst sterben!

Sich an die Hoffnung klammernd, kehrte Vatya vorsichtig in die Realität zurück, die gerade im Begriff war, sie erbarmungslos einzuholen.

Sie fühlte die anderen Gorgul kommen. Mit einem raschen Blick bemerkte sie, wie nahe die Söldner und Ormogs Gefährten an sie beide herangerückt waren. Misstrauisch hatten viele ihre Speerspitzen auf sie gerichtet.

Der Gedankenwechsel zwischen ihr und Ormog erfolgte blitzschnell. Er sagte, zu Garius und Ichtyon gewandt: »Zieht euch zurück und tut so, als ob ihr Hals über Kopf flieht!«

»Aber Ormog, ich lasse dich doch nicht zurück mit dieser …«, der kleine Drache übertönte Garius mit einem warnenden Knurren und hob die Schnauze zum Himmel, wo ein Gorgulbataal vorbeiglitt.

»Macht schon, es ist keine Zeit für Erklärungen!«, stieß Ormog hervor und sah seinen Gefährten fest in die Augen.

Widerwillig gaben die beiden den Söldnern den Befehl zum sofortigen ungeordneten Rückzug.

Der Drache plusterte sich auf und stieß sich in die Lüfte ab, dem Bataal entgegen. Ein zweiter Bataal tauchte auf und landete auf der anderen Seite der Kreuzung, um dort eine Flut von Gorgul auszuspucken.

Du hast recht! Der einzige Weg ist es zu sterben!, dachte Vatya. Sie hatte verstanden. Dann streckte sie die Hand aus und entfesselte eine bläuliche Energiewelle, die den Zauberer durch die Luft schleuderte. Sofort schickte er einen Blitzstrahl zurück, der sie nur knapp verfehlte.

Währenddessen ließ der kleine Drache von dem ersten Bataal ab, nachdem sich Garius, Ichtyon und die Söldner gerettet hatten. Das Gefährt setzte nun rauchend ebenfalls zur Landung an und gleich strömten weitere Gorgul auf den Platz.

Mit einer Serie Stichflammen trieb Ormog Vatya geschickt ein Stück weg von den gelandeten Gorgul, in die Straße hinein.

Fast ohne Verzögerung teilten die beiden ihre Gedanken. So verfehlte der nächste Blitzstrahl von Ormog Vatya wieder nur um ein Weniges, während sie ihm geschickt einen Feuerball zuspielte, den er so ungeschickt abwehrte, dass er wie zufällig die Vorderfront eines Balkons traf, dessen Trümmer brennend auf die Straße fielen und auf der einen Seite eine Barriere zwischen den ankommenden Gorgul und ihnen beiden bildete. Geschickt duellierten sie sich, wobei sie alles in gedanklich perfekter Synchronisation ausführten, sodass es tatsächlich aussah, als wollten sie sich gegenseitig töten. Immer wieder zielten sie haarscharf daneben oder brachten gerade so viel Energie auf, dass der andere die Attacke abwehren konnte.

Derweil sahen die Gorgul ehrfürchtig zu, wie sich die beiden großen Zauberer duellierten, und wagten nicht, ohne Befehl einzugreifen.

Während sie gleißende Blitze und Feuerbälle austauschten, seine blaugrün, ihre in einem glühenden Orangerot, teilte Vatya ihm mit: Wir duellieren uns noch eine Weile, dann rufst du deinen kleinen Drachen.

Sofort erfasste er, was sie vorhatte. Aber er weiß doch nicht, ob er dich dabei nicht tötet!

Überlass das mir …, dachte sie und er wusste Bescheid.

Ormog ergriff eine umgestürzte Säule und schleuderte sie ihr entgegen. Mit einem Lichtblitz pulverisierte Vatya sie.

Dann formte sie eine Energiewelle, die Ormog von den Füßen riss, und sprang mit erhobenem Kurzschwert zu ihm. Mit einem magischen Schub warf er sie gegen die nächste Hauswand. Einen Blitz von ihr lenkte er ab und spielte ihr eine Entladung zu, die sie ihrerseits theatralisch ablenkte.

Ormog merkte, dass Vatya dieses Hin und Her in gewisser Weise genoss, und für einen kurzen Moment sah er vor seinem inneren Auge das Bild eines übermütig spielenden Mädchens.

Dann fing sie einen Blitz von ihm ein und lenkte ihn zurück, sodass es ihn von den Füßen riss. Ormog beschwor schnell magischen Rauch, den er aus seiner Kleidung aufsteigen ließ.

Gleich war sie mit dem Schwert über ihm und er drückte mit seinem dagegen. Jetzt!, dachte sie und er stieß sie von sich. Er rief und der kleine Drache kam. In gespieltem Triumph wies er mit dem Schwert auf Vatya, die sich wieder erhob.

Der Drache schwebte über ihr, sodass die Gorgul ihn gut sehen konnten, dann spie er einen sengenden Feuertornado auf Vatya herab, der das Pflaster unter ihren Füßen flüssig werden ließ.

Langsam brach ihr magischer Schild zusammen und die Flammen begannen, sie zu verzehren. In einem letzten Ausbruch ihres Zorns setzte sie genug Energie frei, um eine gewaltige Detonation und einen blendenden Lichtblitz zu erzeugen, der den Drachen und Ormog atomisierte und mit ihr in den Tod riss.

Dies sahen zumindest die Gorgul, die den Kampf erwartungsvoll verfolgt hatten. Danach sahen sie für eine Weile nichts mehr. Ihre Augen benötigten einige Zeit, um sich von dem blendenden Licht zu erholen.

Als sie schließlich wagten, näher zu kommen, fanden sie nur noch einen zu Glas geschmolzenen Krater vor, der ein wenig qualmte. Sie untersuchten ihn eingehend, entdeckten aber außer verstreuter Asche nur noch das zu einem Klumpen zerschmolzene Schwert Vatyas und eine angesengte Haarsträhne von ihr. Einige Schritte weiter lagen Reste vom Mantel des letzten Weißmagiers Ormog.

Die Gorgul blickten einander an. Vatya hatte dem Drachenfeuer nicht mehr standhalten können und in heldenhafter Weise eine Explosion entfesselt, die ihren Todfeind mit in die Unterwelt beförderte! Ha, was für eine großartige Tat! Und ihr Platz war nun frei für andere, die ihrem Beispiel folgen konnten. Hatte je jemand behauptet, sie wäre schwach gewesen? Nein, nie! Sie war ganz sicher der Inbegriff der Pflichterfüllung gegenüber dem Meister. Ihm konnten sie guten Gewissens berichten, dass Vatya heldenhaft ihr Leben geopfert hatte, um den letzten Feind zu töten und ihren Auftrag zu erfüllen!

Eine Häuserecke weiter drückten sich Ormog und Vatya, fast nackt, schmutzig und leicht lädiert, in den Schatten einer Säulenreihe. Der Drache hatte Vatyas Ausrüstung und Teile ihrer Kleidung durch die Stichflamme zu Asche verbrannt. Die überschüssige Energie hatte sie absorbiert und in einen Lichtblitz und eine Explosion umgesetzt, die die Gorgul kurzzeitig geblendet und auch Ormogs hastig abgeworfene Kleidungsstücke eingeäschert hatte. Während die Gorgul um ihr Augenlicht rangen, waren die beiden zusammen mit dem kleinen Drachen um die nächste Straßenecke entschwunden.

Die Gorgul schöpften keinen Verdacht. Wieso auch, sie hatten ja keinen Grund anzunehmen, dass ihre Anführerin abtrünnig geworden war. Für sie war Vatya mit dem letzten Weißmagier gestorben, also hatten sich jetzt alle Probleme erledigt. Nichts konnte sie mehr aufhalten!

Nachdem die Krieger wieder in die Bataals gestiegen und abgeflogen waren, wagten sich die beiden aus ihrem Versteck.

Sie sahen einander in die Augen und Vatya lachte Freudentränen, ungläubig, dass sie nun frei war, wirklich frei!

Ormog und die Gefährten

Er konnte es kaum fassen, dass es funktioniert hatte, dass sie nun zu ihm gehören sollte. Er lächelte sie an. Nein, nie wieder würden sie gegeneinander kämpfen. Hinter Vatya sah er aus den Schatten seine beiden Gefährten Garius und Ichtyon hervorkommen.

»Alles in Ordnung?«, fragte Garius mit einem wachsamen Seitenblick zu Vatya. Die drei gingen ein Stück weg. »Ja, wir sind in Sicherheit. Ich habe meine Präsenz mit Vatyas verschmolzen und getarnt. Für die Gorgul fallen wir jetzt nicht mehr auf, wenn sie nicht gezielt nach uns suchen.« Er blickte fest in Garius' skeptische, wachsame Augen. »Die Geistesverschmelzung ... sie ist wieder stärker geworden.« Er sah zu Vatya hinüber. »Wir sehen zwar nicht mehr mit den Augen des anderen, aber wir hören unsere Gedanken ...«

»Und du bist dir wirklich sicher, dass das eine so gute Idee ist? Du weißt bestimmt, dass wir ihr jetzt trauen können?«, fragte Garius.

Ormog entgegnete schlicht: »Ich vertraue ihr.«

»Nun ...« Garius betrachtete Vatya, die abseits stand. Sie hatte die Augen niedergeschlagen und blickte nicht auf.

Ormog spürte, dass sie durch die Gedankenverbindung alles mitgehört hatte. Im Moment war sie in ihrem Zustand sehr zerbrechlich. Immerhin hatte sie die Organisation verraten, von der sie befreit und ausgebildet worden war. Ihre Kampfkunst, ihre Fähigkeiten, ihr Wissen verdankte sie den Gorgul. Kein leichter Schritt für sie, aber Ormog wusste: Sie beide hatten zu Ende gebracht, was sie in Varrcrom begonnen hatten.

Es würde noch ein wenig dauern, bis Vatya ihre Mitte wiedergefunden hatte. Was sie jetzt brauchte, war Ruhe. Zwar drängte die Zeit, jetzt, da die Gorgul glaubten, der letzte Störfaktor ihrer Pläne sei eliminiert worden, aber Ormog war entschlossen, ihr zu geben, was ihr fehlte, er wollte für sie da sein.

Vorsichtig hob sie den Kopf und sah den Weißmagier dankbar an.

Dann ging sie auf Garius und Ichtyon zu. Ihre Stimme zitterte, als sie leise zum Sprechen anhob: »Ich danke Euch, dass Ihr mich aufnehmt. Ich weiß, ich verdiene es nicht, nach all dem, was ich getan habe. Ich bin dankbar, vor allem Euch, Garius Galtar! Es zeugt von Eurem edlen Herzen, wenn Ihr mich toleriert, angesichts dessen, was ich Euch antat! Dass ich Euch als Köder verwendete. Ich bitte Euch alle um Vergebung …« Sie brach ab, schluchzte.

Sofort war Ormog bei ihr und hielt sie, tröstete sie in Gedanken.

Garius' Blick verlor eine Spur an Härte, als er sie ansah.

»Wir versuchen, dir zu verzeihen, was du warst und getan hast. Aber zumindest mein Vertrauen wirst du dir erst verdienen müssen.«

Ichtyon, der die ganze Zeit über wenig gesagt hatte, sah betreten zu Boden. Da war sie nicht die Einzige. Auch er musste sich das Vertrauen erst wieder verdienen, nachdem er so lange die Gefährten über seine wahre Identität getäuscht hatte. Immerhin hatte Ormog den Weißmagiergeheimdienst gefunden, der seine Geschichte bestätigte. Nach wie vor machte Ichtyon sich Sorgen, ob der Geheimdienst ihn nicht irgendwann dafür zur Rechenschaft ziehen würde, dass er trotz seiner Geisteskonditionierung sein Wissen offenbart hatte.

Aber bestimmt war es besser so. Bestimmt diente das dem Schutz des Landes. Ormog hatte ihm wohl inzwischen verziehen. Als er und Garius vom Ersten Beobachter zurückgekehrt waren, löste er persönlich Ichtyons Fesseln und reichte ihm sein Schwert. Nach Kräften half Ichtyon dann, die jetzige Operation zu planen und durchzuführen.

Er ging zu Vatya, legte ihr seinen Mantel um die nackten Schultern und gab Ormog ein langes Tuch, das dieser sich um die Lenden wand. »Wir sollten schnellstmöglich verschwinden – die Stadtwache wird sicher bald hier aufkreuzen, um nach den Unruhestiftern zu sehen, die hier eine ganze Straße demoliert haben! Später können wir immer noch etwas zu essen und Kleidung für euch beide auftreiben«, meinte er an Ormog und Vatya gewandt.

»Du hast recht, mein Freund!«

Ormog warf Vatya einen kurzen fragenden Blick zu, dann liefen sie los, die Straße hinab. Währenddessen wob Ormog einen Nebelzauber um sie herum, der sie vor zufälligen Beobachtern verbergen sollte. Die verschlafene, sichtlich verkaterte Stadtwache am Tor ließ sich leicht von einem Verwirrungsbann beeinflussen. Die Männer machten keine Probleme, als die höchst sonderbare Gruppe rußgeschwärzter Gestalten sie passierte. Offenbar war noch kein Alarmbote bei ihnen angekommen.

Dann waren die Gefährten außerhalb der Stadt und eilten in die samtene, erwartungsgeladene Nacht hinaus, die mit ihrem süßen Duft den beißenden Rauch aus ihren Nasen vertrieb.

Sie rannten bis zu dem Waldstück, in dem der Bataal versteckt lag. Als sie ihn wiedererkannte, huschte ein kurzes Lächeln über Vatyas Gesicht. Dieses Gefährt hatte sie beim Überfall auf Ormogs Villa benutzt. Gut, dass es nicht zerstört worden war.

Einige Zeit flogen sie in Höchstgeschwindigkeit über das Land von Drohm'Eddar. Dann erreichten sie die Ruinen, von denen aus Ormog und Garius aufgebrochen waren, um den Ersten Beobachter zu suchen.

Sie wählten einen guten Landeplatz aus, schleppten Decken und anderes aus der Staukammer des Bataals heran und schlugen ihr Lager auf. Es war allmählich kühl geworden.

Bald saßen sie um ein Lagerfeuer und aßen geräuchertes Fleisch und Trockenfrüchte aus Ledahl. Hinterher befeuchteten sie sich die Kehle mit einem Schluck guten Olvims, von dem sich noch ein Schlauch im Bataal fand.

Allmählich begann sich die Stimmung etwas zu lösen, obwohl Ormogs Gefährten nach wie vor ein wachsames Auge auf Vatya hatten. Die Ereignisse dieser Nacht saßen allen noch in den Knochen, aber Ormog brachte seine Gefährten auf andere Gedanken, indem er Anekdoten aus seiner Ausbildungszeit erzählte. Er schaffte es sogar, dass Vatya lachen musste.

Während sie am Feuer saßen, sah er immer wieder zu ihr hin. Wie ihr die Strähnen ihres schwarzen Haares ins Gesicht fielen, wenn sie lachte. Und wie der Schein des Feuers ihre Gesichtszüge in warmem Rot schmelzen ließ …

Irgendwann siegte dann doch die gewaltige Erschöpfung über die vier und sie wickelten sich in ihre Decken ein.

Ormog rückte sein Lager zurecht, legte den Dolch griffbereit neben sich und drehte den Kopf noch einmal zu Vatya: Schlaf gut!, flüsterte er in Gedanken. Sie sah ihn teils nachdenklich, teils fröhlich an: Du auch! Und morgen suchen wir ein Badehaus auf und waschen uns den ganzen Ruß ab!

Am nächsten Morgen erwachte Ormog jäh, als er warmen, feuchten Atem im Nacken spürte. Blitzartig griff er hinter sich und packte etwas Kleines, Pelziges, das heftig mit den kurzen Beinen rudernd versuchte zu entkommen. Er rieb sich den Schlaf aus den Augen und besah sich das Wesen genauer. Ein noch nicht ganz ausgewachsener Mumadu. Diese Tiere zeigten sich nur in der Dämmerung und jagten angeblich, indem sie sich an ihre schlafenden Opfer heranschlichen, sie mit ihrem Willen lähmten und dann mit ihrem warmen Atem und ihren drahtigen Schnurrbarthaaren zu Tode kitzelten.

Ormog setzte das Tierchen sanft auf den Boden, wo es, kaum dass seine Pfoten die Erde berührten, davonflitzte und im Unterholz des Waldes verschwand. In diesem Augenblick beneidete Ormog das Tier ein wenig, dessen Hauptproblem die nächste Mahlzeit war.

Dann wanderte sein Blick zur schlafenden Vatya. Sie hatte den Arm um einen mattgrünen schuppigen Ball gelegt, der behaglich schmauchte und ab und an ein Flämmchen ausstieß. Dabei hatte sie ein so zufriedenes Lächeln auf den Lippen und ihr vom Schlafen wirres Haar umkränzte ihren Kopf wie ein Heiligenschein. Sie drehte sich auf die andere Seite und murmelte irgendetwas Unverständliches.

Eine Weile saß er nur da und sah Vatya beim Schlafen zu. Dann streckte sich der kleine Drache und räkelte sich. Auf leisen Tatzen kam er zu Ormog getapst und verkroch sich unter seine Decke. Drachen waren zwar keine gewöhnlichen Reptilien, dennoch bevorzugten sie wie ihre Verwandten am Morgen die Wärme.

»Wird Zeit, dass wir dir einen Namen geben«, flüsterte Ormog, während er die Feuerechse geistesabwesend hinter den Ohren kraulte. Der Drache schnurrte zufrieden, er hatte seinen Lzeesh verstanden.

Aufgeweckt durch das wohlige Schnurren des Drachen, öffnete Vatya verschlafen ein Auge und gähnte herzhaft, was Ormog überaus ansteckend fand. Einen Moment lang fühlte er, wie sie den Augenblick genoss, in dem das Gehirn direkt nach dem Erwachen noch langsam arbeitete, weit entfernt von den Schrecken des Vortags wie von den Sorgen um die Zukunft.

Leider dauerte dieser Augenblick nicht allzu lange an – Vatyas Züge wurden ernst.

Aber sie hatte hier geschlafen und war aufgewacht unter Freunden. Das allein zählte jetzt für sie. Sie fühlte sich geborgen. Das und die Kraft, die sie durch den kurzen erholsamen Schlaf gewonnen hatte, festigte ihren Entschluss. Sie würde nie wieder zu den Gorgul zurückkehren, sie war hier … bei Ormog! Sie sah ihn an.

Wahrlich – sie verstanden sich ohne Worte. Was sonst eine Redewendung war, zeigte sich bei ihnen als wunderbare Wirklichkeit.

Ormogs Gedanken schweiften ab und dem dunklen Schicksal Kamals entgegen. Sie mussten etwas tun, sie mussten das Grauen aufhalten …

… aber nicht jetzt! Wenigstens diesen einen Tag die Sorgen vergessen … Nur diesen einen Tag, um Körper und Geist zu stärken und sich zu erholen. Lass uns alle zur Therme gehen! Gut.

Er hielt kurz ihre rußige Hand, dann weckten sie die anderen.

Der kleine Drache blies vorsichtig eine Stichflamme aus, um das längst heruntergebrannte Feuer wieder in Gang zu bringen. Gemeinsam frühstückten sie Reste aus ihrem Proviant.

Sogar Garius wirkte ein wenig gelassener an diesem Morgen. Offenbar meinte er, es spreche für Vatya, dass er nicht im Schlaf erdolcht worden war.

Die Aussicht auf ein ausgedehntes Bad und saubere Kleidung trieb die vier an, als sie alles verstauten und bald in den Himmel aufstiegen. Sie flogen eine Weile, bis die Küstenlinie in Sicht kam und schon die Herdfeuer der Hafenstadt Tramp'Elterr zu sehen waren. Dort – so wussten sie – lag eines der luxuriösesten Badehäuser der Gegend. Es schien ihnen weit genug von Drohm'Eddar entfernt, um Schutz vor unliebsamen Nachforschungen zu bieten.

Im Bindinbaar-Badehaus von Tramp'Elterr waren die meisten Bereiche frei zugänglich, denn Sauberkeit wurde – zumindest im Kernland des kamalischen Reiches – als Grundrecht eines jeden Bürgers angesehen.

Nahe dem Eingang säuberten sie sich zuerst unter einem künstlich angelegten kleinen Wasserfall, dann betraten sie das Zentrum des Badehauses. Hier reihten sich mehrere Wasserbecken terrassenförmig am Hang des Bindinbaar-Hügels so aneinander, dass man oben beginnend bequem von einem Becken ins nächsttiefere gleiten konnte. Insgesamt waren es etwa zwanzig Becken, die von einem Aquädukt mit Wasser gespeist wurden.

Sie verbrachten den ganzen Vormittag mit Baden und wechselten immer, wenn der Zeremonialgong ertönte, gemächlich ins nächste Becken. Dabei fiel Ormog auf, wie Vatya vorsichtig mit seinen Gefährten ins Gespräch kam und diese sich, wenn auch zurückhaltend, ihr öffneten.

Als sie aus dem letzten Becken der Badeterrassen stiegen, wurden sie zu einigen bereitstehenden Liegen geführt und mit duftenden Ölen fachkundig massiert. Gründlich entspannt schlenderten sie dann zu einem säulengestützten Pavillon, in dem Freizeitkleidung und handliche Waffen feilgeboten wurden. Das war durchaus nicht ungewöhnlich, durfte doch jeder Mensch eine Waffe tragen. Sei es zum Schutz vor Raubtieren und Banditen auf den Landstraßen, vor den Schlägern in den zwielichten Vierteln oder vor politischen Gegnern … Die Liste der Gründe, sich gut zu wappnen, war lang. Was auch der Verkäufer den Vorbeigehenden eindringlich klarzumachen versuchte.

Ormog holte aus dem bewachten Bereich mit ihrem Gepäck seinen Beutel. Darin befanden sich noch etliche Silberdhals aus der Kasse des Geheimdienstes. Der Händler erleichterte Ormog mit größter Beflissenheit um einen Teil davon. Schließlich verließen alle vier den Pavillon, eingekleidet in bunt gemusterte Tuniken. Außerdem hatte sich Vatya einen handlichen Langdolch gekauft, den sie sorgfältig in einer Falte ihres Gewandes verbarg. »Für alle Fälle«, sagte sie zu Garius, als sie seinen skeptischen Gesichtsausdruck bemerkte.

Nach Verlassen des Bades bummelten sie durch die Stadt und besorgten für jeden eine leichte Rüstung samt einigen Waffen.

Gegen Abend beschloss Ormog, ihre restliche Barschaft in ein Festmahl zu investieren: »Was haltet ihr davon, wenn wir heute zur Abwechslung etwas anderes zu uns nehmen als dürftige Reiserationen?« Sie suchten sich eine Taverne und ließen sich auf der Dachterrasse im Schein von Fackeln nieder.

Vatya hatte sich im Badehaus einen epalinischen Zopf ins Haar flechten lassen und eine Blüte angesteckt. Ormog dachte, dass sie bezaubernd aussah, und sie nahm das Kompliment mit graziösem Lächeln zur Kenntnis.

Auf den bequemen Liegen rund um ihren Tisch warteten sie, bis ein Kellner ihre »gemischte Platte vom gebratenen Deldim an geschnittenen Golgia mit Sauce von der Ferrinsfrucht« brachte. Mit Heißhunger fielen sie über die auserlesenen Speisen her.

Zum Abschluss servierte man ihnen Gläschen mit starkem Mako-Male. Zufrieden lehnten sie sich zurück und genossen mit ungewohnt vollem Bauch den Abend. Während sie Geschichten und Witze austauschten, bestaunten sie die Monde Langart-Ri und Vhildim, die hoch in den Nachthimmel stiegen und ein sanftes rosa Licht verbreiteten. Es war Landaars-Mondwend und bis lange in die Nacht hinein würden die Leute draußen vor den Stadtmauern am Feuertanz teilnehmen.

Irgendwann spätabends erhoben sie sich und sprachen die rituellen Dankesworte an den Hausherrn. Sie wandten sich zum Gehen, da blieb Ormog noch einmal vor dem Eingang der Taverne stehen und legte die Hand auf den Türrahmen. Als er sie wegnahm, erglühte dort für einen Moment die Rune Galdamhir. »Nun wird dieses Restaurant immer gut besucht sein«, sagte Ormog. »In diesen schweren Zeiten werden sie das bestimmt zu schätzen wissen.«

»Aber Magie ist doch längst gesetzlich verboten! Wenn das jemand herausfindet …«, wandte Ichtyon ein.

»Keine Angst. Diesen Zauber können nur Zauberer aufspüren, die ja ebenfalls gesetzlich verboten sind. Für die normalen Menschen wird die Taverne nur immer einen sehr gemütlichen Eindruck machen, sodass jedermann gerne herkommt!«, grinste Ormog.

Dann verließen sie die Stadt, schlängelten sich durch die Reihen der Feuertänzer und verschwanden hinter einer Strandklippe, wo ihr Bataal versteckt war. Ormog dachte daran, dass sie am nächsten Morgen mit dem Geheimdienst zusammentreffen mussten, während er den Bataal zurück in Richtung Drohm'Eddar flog.

Aber für diese Nacht verbannten sie alle Sorgen. Sie feierten ihren eigenen kleinen Feuertanz, nachdem sie wieder in ihrem Versteck gelandet waren, fielen bald auf ihr Lager und schlummerten fast gleichzeitig ein.

DIE PLÄNE DER LISTIGEN

Garius Galtar

Langsam fand er sich damit ab, dass Vatya Ganta in der Nähe war. Er misstraute ihr immer noch. Aber mit der Zeit hielt er es für möglich, dass sie vielleicht doch gar kein so übler Mensch war.

Sie nahmen ihr Frühstück ein und genossen die kostbare Ruhe, von der sie wussten, dass sie nur allzu kurz währen würde.

Ormog wirkte besorgt. Als Garius ihn darauf ansprach, erhielt er als Antwort: »Es ist noch nicht vorbei! Heute suchen wir den Kontaktmann des Ersten Beobachters auf. Ich hoffe, es gibt schon irgendeinen Plan, wie wir etwas gegen den Gorgulmeister unternehmen können! Und ich mache mir Sorgen, wie sie auf Vatya reagieren werden …«

Sie beendeten das Essen und machten sich fertig, um in

die Stadt aufzubrechen. Waffengurte wurden umgeschnallt, Lederharnische angelegt und Waffen geprüft. Vatya lieh sich zusätzlich einen Satz Wurfmesser von Ichtyon aus, den sie auf der Schulter festband und anschließend geschickt mit einem bunten Pineatuch verbarg.

Dann begaben sie sich in das morgendliche Treiben der Hauptstadt – wo der korrupte Herrscher mit seinen intriganten Höflingen residerte, Symbol verfallener Macht und Schatten einstiger Größe.

Das Gasthaus Zum fröhlichen Fass war schnell gefunden. Als sie sich Galduril dem Schnurrbart, der wirklich über eine bemerkenswerte Barttracht verfügte, mit dem Losungswort zu erkennen gaben, nickte der Wirt kurz und sagte halblaut: »Das Weinlager ist dort hinten, meine Herren, wenn ich Euch bitten dürfte, mit mir zu kommen …«

Als die mürrisch aufblickenden Insassen des Lokals dies hörten, verloren sie das Interesse, mit dem sie die Fremden beäugt hatten, und wandten sich wieder ihren Mahlzeiten zu.

Im Hinterzimmer wurde ein Vorhang zur Seite geschoben. Dahinter führte eine modrige Holztreppe hinab in eine nach Fäulnis riechende Finsternis. Der Schein von Galdurils Fackel trieb die Dunkelheit gerade so weit zurück, dass eine Reihe großer Lagerfässer sichtbar wurde.

Galduril der Schnurrbart verscheuchte eine Ratte und

klopfte nach einem bestimmten Muster an einen Fassdeckel. Dieser öffnete sich knarzend nach innen und eine Stimme krächzte: »Kommt herein, schnell.«

Fragend sah Garius Ormog an, aber dieser zuckte nur die Achseln. Sie dankten dem Wirt eilig und Vatya drückte ihm noch einen bronzenen Dahl in die Hand, dann zwängten sie sich alle durch die Öffnung, die gerade groß genug war für Garius' breite Schultern.

Sie fanden sich in einem hell erleuchteten sauberen Gang wieder, den an beiden Seiten Schießscharten für Armbrustschützen säumten. Aus diesen starrten sie Augen an und Garius meinte, das bösartige Schimmern gezückten Stahles wahrzunehmen.

Ein stämmiger Mann trat auf sie zu. Als er die Blicke der Neuankömmlinge auf die Schießscharten bemerkte, meinte er sehr höflich, aber bestimmt: »Ja, ganz recht. Wenn Ihr jetzt so freundlich wärt …?«

»Schon gut«, sagte Ichtyon und schaute die anderen kurz an. Dann legten sie nacheinander ihre Waffengurte mitsamt Schwertern und Dolchen auf einen Haufen, der bald zu beachtlicher Größe anwuchs.

Der kahl rasierte Mann zog eine Augenbraue hoch. »Alle«, betonte er und verfolgte interessiert, wie Vatya zu dem Haufen noch ihre vergiftete Haarnadel, den unter dem Pineatuch verborgenen Halter mit den Wurfmessern und den Dolch aus einer Falte ihres Gewands beisteuerte. Nachdem schließlich Ichtyon, Ormog und Garius die schmalen Stilette aus ihren Stiefeln dazugelegt hatten, nickte der Kahle.

Er zog eine metallene, mit Runen verzierte Kugel hervor und murmelte einige Worte in der alten Sprache. Die Kugel strahlte hell auf und Garius konnte gerade noch durch seine zusammengekniffenen Augen erkennen, wie die Gefährten bis auf die Knochen durchscheinend wurden. An ihnen zeichneten sich die Konturen von Gürtelschnallen und Stiefelbeschlägen ab. Bei Vatya wurde außerdem eine lange schmale Linie sichtbar. Zähneknirschend legte sie ihren letzten versteckten Dolch auf den Haufen und das Licht der magischen Kugel erlosch.

»Ihr dürft nun eintreten«, sagte der Mann und hielt ihnen die Tür am Ende des Ganges auf. Einer nach dem anderen schritten sie hindurch. Doch als Vatya sich anschickte zu folgen, zog der Wächter blitzschnell sein Schwert und rief: »Halt! Du nicht! Hast du wirklich gedacht, du könntest uns hinters Licht führen, Gogulhexe?«

Aus dem Raum dahinter ertönte eine scharfe Frage nach dem Grund des Aufruhrs. Der Erste Beobachter trat hinzu. Ormog versuchte, die Situation zu klären: »Es ist in Ordnung. Sie gehört zu uns, lasst sie durch!«

Aber der Erste Beobachter starrte Vatya feindselig an:

»Ich kenne dich, Vatya von den Gorgul, und weiß, was du getan hast. Und nun kommst du hierher und beschmutzt diesen Ort mit deiner Anwesenheit!«

Ormog wiederholte: »Sie hat uns sehr viel geholfen.«

»Nun gut, auf Eure Verantwortung!«, sagte der Erste Beobachter.

Zögernd nahm der kahle Mann das Langschwert von Vatyas Kehle und ließ es genauso schnell in seinem Umhang verschwinden, wie er es hervorgezogen hatte.

Vatya hatte sich vollkommen ruhig verhalten, trotz der feinen blutigen Spur, die nun auf ihrer Kehle prangte. Natürlich wusste sie, dass die kleinste Bewegung oder der kleinste Versuch, Magie anzuwenden, ihren Tod bedeutet hätte. Nur zu oft starben auch Zauberer durch ganz gewöhnliche Klingen.

Die Spannung wich sichtlich von allen Anwesenden. Garius bemerkte, dass ein weiterer Wächter die Hand von einem unauffälligen Hebel an der Wand nahm, und erkannte an den Linien im Boden, dass sie die ganze Zeit auf einer Falltür gestanden hatten. Der Erste Beobachter führte sie mit kühlem Blick zu einem kreisrunden Tisch in der Mitte des nächsten Raumes.

Aber bevor sie sich setzten konnten, legte der Türwächter Ormog eine Hand auf die Schulter und wies auf ein Relief neben dem Eingang, auf dem ein vierbeiniges Wesen und eine Hand zu sehen waren. Ormog brauchte einen Moment, bis er begriff, dann fischte er aus seiner Manteltasche den kleinen Drachen heraus und gab ihn dem Mann, der das Wesen vorsichtig, seine Finger vor schnappenden Reißzähnen schützend, vor der Schwelle absetzte und anleinte, was dem Geschuppten ganz und gar nicht gefiel.

Als sich die Türen schließlich geschlossen und alle sich beruhigt hatten, forderte der Erste Beobachter die vier auf zu berichten. »Offenbar ist es Euch ja gelungen, die Gorgulhexe zu überzeugen … ich bin überrascht! Erzählt mir, wie Ihr das angestellt habt!«

Ormog kam der Aufforderung nach. Vatya indessen hielt sich zurück – sie wusste, in welch prekärer Situation sie sich befand. Ormog hatte ihr erzählt, was der Geheimdienst für Pläne für sie hegte. Während er sprach, widmete sie ihre ganze Aufmerksameit dem Ersten Beobachter, dessen Miene jedoch keine Regung erkennen ließ.

Der Erste Beobachter winkte einem Kilgur, der bis jetzt still in einer Ecke verharrt hatte. Der Kilgur reckte die schillernden Arme in die Höhe, zum Zeichen, er habe verstanden, und machte sich knackend auf seinen beiden Hinterbeinpaaren auf, durch eine für Menschen viel zu schmale Tür zu verschwinden.

Eine Weile lang stellten die Geheimdienstmänner noch Fragen, dann kündigte das leise Knacken gepanzerter

Gliedmaßen das Wiederkommen des Kilgurs an. Mit einer kantigen, aber dennoch geschickten Bewegung schob er sich durch die Öffnung in der Wand und trat auf die Runde zu. Er trug ein silbernes Tablett mit fünf Kristallgläsern, in denen eine bernsteinfarbene Flüssigkeit glänzte. Flink teilte er sie aus, wobei er sein mittleres Beinpaar zu Hilfe nahm.

»Ich dachte mir, dass Ihr einem guten Tropfen zugeneigt seid, und erlaube mir, Euch einen Bernsteinbrand aus Makaan zu kredenzen. Zum Wohl!«

Vatya betrachtete ihr Glas misstrauisch. »Ihr gestattet …?« Sie vertauschte ihr Glas mit dem des Ersten Beobachters und ließ ihn dabei nicht aus den Augen. »Verzeiht mir, es ist nur so eine Gewohnheit der Gorgul, die ich einfach nicht loswerde. Nehmt es nicht persönlich.«

Der Erste Beobachter lächelte emotionslos, erhob sein Glas: »Chargum-cha – zum Wohl der Rechtschaffenen«, und stürzte das Getränk hinunter. Einige Augenblicke lang musterte Vatya ihn genau, dann kam sie zu dem Schluss, dass der Bernsteinbrand nicht vergiftet war, stieß mit den anderen an und leerte ebenfalls ihr Glas.

Der Erste Beobachter lehnte sich zurück und musterte Vatya berechnend. Unangenehme Stille lastete über der Runde. Dann keuchte Vatya auf und rutschte seitwärts von ihrem Stuhl. Ormog und die anderen sprangen auf. »Was habt Ihr getan?«, rief Ormog verstört, während er sich neben sie hinkniete.

Der Erste Beobachter sagte nichts, aber er studierte anscheinend jede Reaktion Ormogs genau, dann durchbohrte er Ormog mit dem Blick seiner eisigen Augen: »Es war nötig«, sagte er nur.

Ormog

Er sah in ihre matten, nach oben verdrehten Augen. Er fühlte ihren unregelmäßigen Puls und tastete nach ihrem Geist. Nein, sie war nicht tot. Er richtete sich zitternd auf. Zwischen schwarzem Zorn und lähmender Furcht um Vatya presste er noch einmal hervor: »Was habt Ihr getan, sagt es – schnell!« Zur Bekräftigung ließ er kleine Flämmchen um seine Fingerspitzen züngeln.

»Nun«, der Beobachter zupfte an seinem Gewand, »Ihr habt doch nicht wirklich geglaubt, wir würden einfach so hinnehmen, dass Ihr eine Gorgulhexe mit in das Versteck des Geheimdienstes bringt, oder? Vielleicht hat sie Euch manipuliert, vielleicht kontrolliert sie Euch, Ormog. Vielleicht durch diese Gedankenverbindung? Eure Sorge um sie scheint mir wenigstens von wahrer Natur zu sein, darum will ich Euch beruhigen: In dem Bernsteinbrand war nur ein starkes Schlafmittel. Offenbar habe ich richtig vermutet, dass sie darauf bestehen würde, Gläser zu tauschen. Jeder vernünftige Mensch an ihrer Stelle hätte das getan.«

»Hinterlistiger Avoh…«

Der Beobachter unterbrach ihn. »Beruhige dich, es ist nicht nötig, mich mit Flüchen zu belegen. Dies war nur eine einfache Vorsichtsmaßnahme.«

Die Tür hinter ihm wurde schwungvoll geöffnet und eine hochgewachsene Frau in weißen Gewändern trat in Begleitung zweier Kilgur ein.

Sie hatte das weiße Haar zu einem Knoten aufgesteckt und musterte nun Ormog aus ihrem faltigen Gesicht. In herrischem Tonfall sagte sie: »Ich bin die Erste Beobachterin. Er hier«, sie deutete auf den Ersten Beobachter, »ist mein Double. Wir mussten von Anfang an sichergehen, falls Ihr versucht hättet, mich zu töten. Nun habe ich Eure Ankunft mit höchstem Interesse verfolgt und nach Beratung mit meinen Kilgur bin ich zu dem Schluss gekommen, dass Ihr nicht hier seid, um ein Attentat auf den Ersten Beobachter zu verüben. Darum zeige ich mich Euch – als kleinen Beweis meines Vertrauens in Eure ehrlichen Absichten.«

Sie schwieg eine Weile, dann erklärte sie weiter: »Da Ihr nach dieser Enthüllung immer noch nicht versucht habt, mich zu töten, gehe ich davon aus, dass Ihr nicht von dieser Gorgulhexe manipuliert oder kontrolliert werdet.«

»Und wie kann ich sichergehen, dass Ihr nicht nur ein weiteres Double mit dem Titel Erster Beobachter seid?«, fragte Ormog wütend.

Ein harter Zug trat in ihr Gesicht, als sie schlicht antwortete: »Gar nicht.«

Ormogs Gemüt hatte sich deutlich abgekühlt, aber immer noch stand er schützend vor Vatyas am Boden liegenden Körper, hinter ihm seine Gefährten Ichtyon und Garius, die bereit waren, sich jeden Moment zu verteidigen.

»Es ist beeindruckend, dass Ihr es geschafft habt, die Gorgulhexe auf unsere Seite zu bringen. Ihr habt meinen Respekt. Aber könnt Ihr sicher sein, dass sie Euch nicht doch etwas verheimlicht? Möglicherweise wartet sie nur darauf, dass Ihr Euch dem Dunklen Meister stellt, um Euch zu verraten. Oder sie will Euch dazu benutzen, den Meister zu töten, um anschließend sein Erbe anzutreten. Mit Sicherheit kann man es nicht wissen.« Ormog wollte etwas einwerfen, aber sie schnitt ihm das Wort ab: »Es ist unsere Aufgabe, alle Möglichkeiten zu bedenken! Ich möchte nur, dass Ihr darüber nachdenkt, bevor Ihr Euch dem Meister der Gorgul stellt!«

Ormog nickte.

»Wenn Ihr wirklich auf ihre Begleitung und Unterstützung besteht, dann sagt mir: Bürgt Ihr für sie?«

Ormog trat entschlossen vor. »Ich bürge für sie!«

»Seid Ihr euch im Klaren darüber, was Ihr da sagt, junger Zauberer? Ja? – Dann soll es so sein.«

Sie sah dem Weißmagier auf eine Art in die Augen, die nicht minder unangenehm war als die ihres Doubles.

Schließlich deutete sie auf ihre Kilgur-Begleiter: »Akrrk und Vrbl werden Euch die Räumlichkeiten zeigen, in denen Ihr schlafen könnt. Morgen, wenn Ihr ausgeruht seid, besprechen wir, welche Schritte als Nächstes zu unternehmen sind.«

Zögernd folgten sie dem einen Kilgur, während der andere Vatya auf seinen vier Armen trug. Als sich die Tür wieder schloss, seufzte die Erste Beobachterin. Farrim, ihr Stellvertreter und Double, sah sie aus seinen sturmgrauen Augen an. Er schwieg, doch sie wusste, dass er es für keine gute Idee hielt, der Gorgul zu vertrauen. »Wir werden uns absichern müssen«, sagte er nach einer Weile. Die Besorgnis in seiner Stimme war nur für ein geübtes Ohr zu erkennen.

»Ja«, antwortete sie und verließ den Raum.

Vatya Ganta

Mit schrecklichen Kopfschmerzen erwachte sie, geweckt durch lautes Klopfen an der dicken Rudholztür, und rollte sich von der Pritsche, auf der sie geschlafen hatte, wenn man diese Mischung aus Bewusstlosigkeit und starker Übelkeit überhaupt so nennen konnte. Sie befand sich in einer Kammer mit mehreren Pritschen, die ansonsten kaum andere Möbel oder gar Schmuck aufwies. Sie sah sich flüchtig um und entdeckte Ormog und die anderen nebeneinander auf der ihr gegenüberliegenden Bettstatt sitzen und sie besorgt anstarren. Dann klopfte es ein zweites Mal und in der Tür erschien der Wächter und forderte sie mit knappen Worten auf mitzukommen.

Während man sie durch verschlungene niedrige Gänge führte, berichtete Ormog ihr rasch, was sich zugetragen hatte, nachdem sie betäubt worden war.

Wortlos nahm Vatya alles zur Kenntnis, zu erschöpft und verwirrt von der Nachwirkung des Giftes, um sich zu empören.

Als sie endlich den großen Beratungsraum erreichten, ging Vatya, etwas wacklig auf den Beinen, zum nächsten erreichbaren Stuhl und ließ sich dort niedersinken. Ihr gegenüber saßen der Erste Beobachter, der ja gar nicht wirklich Erster Beobachter war, wie Ormog ihr noch einmal in Gedanken in Erinnerung rief, und die echte Erste Beobachterin, die sie mit unverhohlenem Interesse betrachtete.

Ichtyon und Garius nahmen sich die Stühle links von ihr, Ormog sezte sich zu ihrer Rechten und legte schützend einen Arm um sie.

Die ausschweifenden Analysen, Erklärungen, Berichte und Fragen die der formellen Begrüßung folgten, schienen kein Ende zu nehmen und Vatya gab es irgendwann auf, zuhören zu wollen. Sie konnte keinen klaren Gedanken fassen. War es wirklich notwendig gewesen, ein Gift mit solch unangenehmen Nebenwirkungen einzusetzen? Gewiss nicht. Das Argument, man habe nicht wissen können, wie viel Schlafmittel man für eine Gorgulhexe benötigen werde, kam ihr eher wie eine Ausrede vor. Möglicherweise war es Absicht gewesen, um ihre Konzentrationsfähigkeit zu beeinträchtigen, sodass sie nicht fähig war, den Plänen zu folgen, die an diesem Tisch geschmiedet wurden. Wer konnte das wissen?

In konzentrischen Kreisen breiteten sich diese Gedanken in ihrem Kopf aus, durchdrangen und löschten einander aus.

Dumpfer Ärger über sich selbst machte sich in ihr breit darüber, dass sie nicht die nötige Selbstbeherrschung aufbrachte, um die Wirkung des Giftes zu unterdrücken und aufmerksam dem Gespräch zu lauschen.

Sie schloss für einen Moment die Augen und sog die trockene, staubige Luft des Raumes tief ein. Sie stellte sich das Gift in ihrer Blutbahn und in ihrem Körper vor, wie es durch ihre Lunge in die Luft abgegeben wurde und ihr Körper stattdessen von der (mehr oder weniger) reinen Luft durchströmt und gereinigt wurde. Ein paar Mal wiederholte sie diese Technik, die in ihrer Zeit als Gorgul oft zum Einsatz gekommen war, und fühlte sich schon etwas besser.

Ihre Gedanken festigten sich und sie begann, sich auf das Gespräch zu konzentrieren.

»… haben nach langer und gründlicher Beratung mit dem Kilgurkollektiv einen geeigneten Ort gefunden: der große Tempel der Sagash in Pra'sonh, südöstlich von Pra. Selbst Menschen, die nicht dem Kult der Muttersonne angehören, bezeugen die gewaltige magische Kraft dieses Ortes. Er ist ideal, um den Gorgulmeister anzulocken und die gesamte Aura des Tempels zu bündeln und gegen ihn zu richten.«

Vatya, inzwischen wieder fähig, klar zu denken, warf ein: »Mein ehemaliger Meister nährt sich von magischen und sonstigen Energien aller Art! Er wird auch diesen Ort absorbieren und dann mächtiger denn je sein! Was erhofft Ihr Euch davon?«

»Daran haben wir bereits gedacht«, meinte die Erste Beobachterin herablassend, »aber bisher haben wir nur erlebt, wie er das Leben einer Stadt absorbierte, nie wurde mehr auf einmal verzehrt. Doch die Mengen an Energie in diesem Tempel sind gewaltig. Zumal auch die Glaubenskraft der Sagash-Kultisten eine Rolle spielt, die auf die Fähigkeit ihrer Göttin vertrauen, alles gegen sie gerichtete Böse innerhalb der Mauern ihres Tempels zu vernichten.«

»Und wir sollen darauf vertrauen, dass sich irgendeine obskure Gottheit unser erbarmt? Ich halte diesen Plan für mehr als fragwürdig!«

»Gerade Euch als Magierin müsste doch klar sein, dass Glaube gewaltige Dinge bewirken kann, gründet er sich nun auf Tatsachen oder nicht, wobei Wahrheit, wie Ihr ebenfalls wissen müsstet, zum größten Teil subjektiv ist. Allerdings ist dies auch nicht Hauptgrund für die Wahl des Ortes. Wie gesagt, die Kilgur haben Nachforschungen und Berechnungen angestellt, die belegen, dass nie mehr Energie absorbiert wurde, als eine Großstadt wie Akkadu zu bieten hatte.

Daraus lässt sich folgern, dass seine Aufnahmefähigkeit eine Grenze hat. Wenn wir ihn nun anlocken und dazu bringen, dass er versucht, die Energie des Ortes zu verzehren, dann müssen wir nur noch dafür sorgen, dass er nicht mehr aufhören kann, mehr Energie zu absorbieren. Ihn sozusagen, wenn Ihr mir diesen Ausdruck erlaubt, mit Energie vollstopfen, bis er platzt. Diese Aufgabe werdet Ihr beide übernehmen.« Sie sah Ormog und Vatya an.

»Der Hauptgrund, wieso wir Euch brauchen, Vatya, ist der, dass Ihr Euren ehemaligen Meister, sein Wesen und seine Geheimnisse am besten kennt. Ihr könnt Ormog helfen, den Energiezustrom zu ihm zu erhalten, wenn es so weit ist. Ihr müsst die gesamte Energie kanalisieren und dürft nicht zulassen, dass er aufhört.«

Vatya wusste, dass dies der Wahrheit entsprach. Sie konnte dem Geheimdienst des Weißen Ordens wirklich nützen, doch sie machte sich keine Illusionen darüber, inwieweit man dabei auf ihr eigenes Wohl bedacht war.

»Eine Sache bleibt allerdings noch offen«, erwiderte Vatya. »Wie verhindern wir, dass wir selbst verzehrt werden und der ganze Plan somit scheitert?«

»Auch mit diesem Problem haben wir uns beschäftigt. Dazu habe ich eine Frage«, sie wandte sich Garius zu. »Nämlich: Wieso habt Ihr als Einziger überlebt, obwohl Ihr in seiner Nähe wart, als er Akkadu vernichtete?«

Garius kratzte sich am Kopf. »Nun … hmm«, überlegte er.

»Wenn Ihr erlaubt, werden wir Eurer Erinnerung auf die Sprünge helfen.« Sie winkte einen Kilgur herein. Es war ein Beshade. Als die Erste Beobachterin Ormogs besorgten Blick bemerkte, versuchte sie, ihn zu beruhigen. Er werde nicht lange genug in Garius' Gedächtnis graben, um bleibende Schäden zu hinterlassen. Sie brauchten ja nur einen gezielten Hinweis.

Ormog wirkte wenig überzeugt, aber Garius stimmte bereitwillig zu: »Wenn es das Einzige ist, womit ich Euch als Nichtmagier helfen kann, dann will ich dafür gerne meine geistige Gesundheit riskieren«, erklärte er ernst.

Der Beshade klackerte leise mit den Kieferzangen.

»Wenn Ihr Euch wohl zurücklehnen würdet ...?«, dolmetschte die Erste Beobachterin.

Garius tat wie ihm geheißen und lehnte sich bequem auf seinem Stuhl zurück. Der Beshade, Angehöriger einer Unterart der Kilgur, die sich auf Gedankenanalyse spezialisiert hatte, trat hinter ihn. Blitzartig fuhr er lange Greifklauen aus, die er zuvor, einer Gottesanbeterin gleich, unter seinen Kieferzangen zusammengefaltet getragen hatte. Damit packte er Garius' Kopf und winzig kleine Fortsätze bohrten sich in den Schädel.

Garius stöhnte auf und rollte die Augen nach oben. Eine halbe Stunde verging, bis der Beshade ihn freigab. Er ließ ein rhythmisches Klappern mit seinen Zangen und Flügeln vernehmen, dem die Erste Beobachterin ihre ganze Aufmerksamkeit schenkte.

»Er sagt etwas von Drachenschuppen ...«, meinte sie fragend zu Garius, der sich stöhnend auf den Tisch stützte. Nachdem er einen Krug mit Wasser geleert und sich den schmerzenden Kopf gerieben hatte, antwortete er. »Ja, ich erinnere mich wieder. Ich trug damals die Rüstung meines Großvaters. Sie ist besetzt mit Drachenschuppen. Ich wusste wirklich nicht, dass so eine Kleinigkeit so wichtig sein kann. Aber es ist durchaus möglich, dass sie mich davor bewahrt haben, verzehrt zu werden und meine Seele zu verlieren. Großvater sagte immer, ich solle sie tragen, wenn ich mit Magie zu tun habe. Ich nahm das allerdings nie ernst, ich hielt das für einen seiner abergläubischen Ratschläge, aber wer weiß …«

»Interessant«, meinte die Erste Beobachterin. »Natürlich, Drachen sind magische Kreaturen, die angeblich mannigfaltige Zweige der Magie beherrschten, noch bevor alle anderen vernunftbegabten Wesen geschaffen wurden.«

»Nur, wo kriegen wir Drachenschuppen her?«

Alle sahen zu dem kleinen Drachen, der immer noch an der Tür angeleint war. »Nein, das können wir nicht tun!«, entschied Ormog hitzig. »Es muss einen anderen Weg geben, um an Drachenschuppen heranzukommen!«

Vatya, die sich die ganze Zeit über still verhalten hatte, überlegte nun laut: »Ich glaube, ein Berater des Herrschers, der auch im ehemaligen Kronrat mitgewirkt hat, besitzt eine große Sammlung seltener und wertvoller Dinge. Soviel ich mich erinnere, prahlte er bei einer öffentlichen Sitzung einmal damit, dass seine Truppen im fernen Verkath einen Drachen erlegt hätten. Er landete als Trophäe in seiner Sammlung. Ich glaube, er betreibt auch einen Antiquitätenhandel, um sich neben seinem Einkommen als Berater und den Bestechungsgeldern noch etwas dazuzuverdienen.«

»Dann wissen wir ja jetzt, wo wir unsere Drachenschuppen beschaffen können.« Ormog war erleichtert.

Die Erste Beobachterin runzelte die Stirn: »Einen kaiserlichen Berater bestehlen ...«, sie seufzte angespannt. »Nun, ich werde sehen, was ich tun kann. Geht derweil in die Waffenkammer und stattet Euch mit der benötigten Ausrüstung aus.«

»Aber die Sammlung dieses Beraters ist schwer bewacht! Wie sollen wir dort eindringen, ohne ein Blutbad anzurichten?«, fragte Garius.

Ihre Antwort war: »Mit List!«

VORBEREITUNGEN

Die zwei Stockwerke hoch aufragende Statue eines mit seltsamen Schriftzeichen bedeckten Samtars wurde unter großen Mühen von einigen Sklaven in die Seitenhalle des Anwesens von Barrat Vir gezogen, einem der (seiner Meinung nach) wichtigsten Berater des Kaisers.

»Lasst es da stehen! Der Herr wird es sich später ansehen«, blaffte der Sebad des Hauses Vir die Sklaven an. Der Kopf des stolzen Marmorsamtars stieß beinahe an die Decke der lichten Säulenhalle.

Der Sebad befahl einem Herold, er solle den Händler, der dieses bemerkenswerte Artefakt an seinen Herrn verkaufen wollte, in den Audienzsaal führen. Später werde dann der edle Herr Vir die Statue inspizieren und mit dem Händler um den Preis feilschen, wie er es so gerne tat.

Als alle gegangen waren, setzte sich der Sebad auf eine verzierte Holzbank und betrachtete das riesenhafte Gebilde eingehend. Er konnte beim besten Willen nicht verstehen, wieso sein Herr diese Relikte vergangener Kulturen sammelte.

Er döste ein wenig vor sich hin, aber dann erwachte er abrupt. Er fühlte sich beobachtet. Er sah hoch zu den gläsernen Augen der Statue, die ihn böse anzustarren schienen. Es wurde dem Sebad unheimlich und er beschloss, lieber in den Wandelgängen des Palastes umherzuwandeln oder sich in den Gärten seines Herrn zu vergnügen. Schon oft hatte dieser auch magische Artefakte gekauft und der Sebad musste so manchen Fluch ausbaden. Und diese Augen gefielen ihm gar nicht, also verließ er eilends die Halle. Was er nicht ahnen konnte, war, dass diese Augen ihn tatsächlich angestarrt hatten.

Einige Zeit verrann. Dann zerriss ein schabendes, knirschendes Geräusch die andächtige Stille.

Eine Rückenpartie der Statue versank nach innen. Stille. Flink kletterten vier Gestalten aus der entstandenen Öffnung und krochen vorsichtig vor, um sich einen Überblick zu verschaffen. Mit einer stählernen Armbrust wurden zwei Haken in die tief über dem Statuenrücken hängende Decke geschossen. Ein dickes Seil folgte. Es wurde durch die beiden Haken gezogen und am Samtar befestigt. Einer nach dem anderen schwangen sich die Gestalten nun mit dem losen Seilende hinüber zur Brüstung der umlaufenden Galerie und vertäuten das Ende am Geländer.

Über die Galerie gingen sie zu einer mit reichen Stuckarbeiten verzierten Wand und nahmen einen langen kostbaren Wandteppich herunter. Sorgfältig wurde dieser zusammengerollt und von allen vieren auf die Schultern genommen.

»Dort entlang!«, flüsterte Ormog und zupfte an seinem grauen Lendenschurz. Laut den Plänen, die sie von den Informanten des Magier-Geheimdienstes bekommen hatten, mussten sie nur der Galerie folgen.

Sobald sie durch die schwere geölte Gambholztür hindurch waren, konnten sie wieder freier atmen. Der dort postierte Wächter nahm ihre Anwesenheit kaum zu Kenntnis. Für ihn waren sie nur einige Sklaven des Hauses, die einen Wandteppich zu reinigen hatten, nicht der Mühe wert, ihnen weitere Aufmerksamkeit zu schenken.

So gingen die vier mit gesenktem Blick und eiligem Schritt zu einer Abstellkammer in einem Seitengang. Der schwere Wandteppich wurde sorgsam in eine Ecke gelegt, dann zückte Ichtyon ein Tuch in der Farbe des Teppichs aus seinem Lendenschurz und nähte es mit einigen groben Stichen an einem Ende des aufgerollten Teppichs an, allerdings etwas weiter nach innen in die Röhre versetzt, sodass man es nur sehen konnte, wenn man direkt von vorne draufschaute.

Dann sahen sie sich in der Kammer um und fanden nach

und nach alles, was sie benötigten: Seile, Lappen, Staubwedel und Reinigungstinkturen.

Derart bewaffnet traten sie wieder auf den Korridor und machten sich, mehrmals geschäftigen Sklaven und Leibdienern ausweichend, auf den Weg zur Trophäenhalle des Barrat Vir.

Durch einen schmalen Dienstbotengang zwängten sie sich hinein. Die Halle ähnelte jener mit dem Marmorsamtar. Auch dieser Raum war sehr hoch und besaß eine umlaufende Galerie, von der aus man das Prachtstück der Halle betrachten konnte: einen ausgestopften Drachen mit einer Flügelspannweite von drei Manneslängen.

Aber auch andere Dinge waren in allerlei Wandnischen und Schränkchen oder auf Sockeln und Kommoden untergebracht: reich verzierte Tonscherben und Vasen aus einstiger Töpferkunst, Goldschmuck längst verstorbener Könige, runenbedeckte Artefakte sagenumwobener Hexenmeister, kurzum – eine riesige Sammlung von Zeugnissen vergangener Zeiten, Antiquitäten, Kostbarkeiten und geschickten Fälschungen.

An der nächsten Ecke der Galerie konnte Ormog einen Restaurator erkennen, der offenbar vergeblich versuchte, eine magische Rüstung des Königs Utor zu überreden, dass sie in ihre Wandnische auf den Sockel zurückkehrte. Ihm gegenüber stellte jemand eine jüngst erworbene Büste der

Königin Neshfarret auf, die sich über Ruhestörung und einen unwürdigen Standort beschwerte.

In diesem Durcheinander der Sammlung des Barrat Vir fielen die vier Gefährten überhaupt nicht auf und es schien auch niemanden zu verwundern, als sie sich, an Seilen gesichert, zu dem ausgestopften Drachen hinunterließen und emsig mit ihren Staubwedeln begannen, auf seinem Rücken umherzuwischen.

Ormog sah sich auf dem Rücken des Drachens stehend unauffällig um, dann flüsterte er zu Vatya: »Niemand achtet auf uns, aber beeil dich!« Gleich machte er sich wieder ans Werk und polierte die Hörner der ausgestellten Kreatur. Unterdessen zog Vatya eine gekrümmte matte Klinge hervor. Sie war aus einer Drachenklaue gefertigt, dem einzigen Material, mit dem man ohne Schwierigkeiten Drachenhaut schneiden konnte.

Sie setzte die Klinge vorsichtig unter eine Schuppe und sägte unauffällig mit der Zähnung auf der Innenseite. Die Schuppe löste sich und Ichtyon, der hilfsbereit danebenstand, ließ sie schnell in seinem Lendenschurz verschwinden. Dort waren versteckte Taschen eingenäht und in einer davon brachte er die Drachenschuppe unter. Bald darauf gelang es Vatya, die nächste abzutrennen und an Ichtyon weiterzugeben.

Inzwischen schrubbten und bürsteten Ormog und Garius

mit seidenen Lappen und scharfen Polituren weiter den Drachenrücken. Ab und zu bückte sich Ormog zu der Stelle, an der Vatya arbeitete, und zog eine aus Keramik gefertigte Nachbildung einer Drachenschuppe hervor. Mit flinken Fingern und einem Schuss des angeblichen Reinigungsmittels, bei dem es sich in Wirklichkeit um einen Klebstoff aus verdünntem Pech handelte, befestigte er diese Schuppen dort, wo Vatya zuvor eine echte entfernt hatte.

Nach einiger Zeit füllten sich die versteckten Taschen in Ichtyons Lendenschurz und er kletterte an dem Sicherungsseil zurück auf die Galerie. Zur Ablenkung eine leere Politurflasche tragend, machte er sich auf den Weg an den geschäftigen Menschen des Hauses vorbei zurück zur Abstellkammer.

Dort vergewisserte er sich, dass er allein war, dann leerte er seine Taschen oben in die Röhre des zusammengerollten Teppichs.

Noch einige Male ging er zu den anderen zurück, füllte seine Taschen und lud sie in der Abstellkammer wieder ab. Nach etwa drei Stunden hatten sie genügend Schuppen beisammen. Ein letztes Mal warf Ormog einen prüfenden Blick über den Rücken des ausgestopften Drachens, auf dem sie standen. Die Tonschuppen waren auf Anhieb nicht von den echten zu unterscheiden. Aber bei näherem Hinsehen würde es einem Betrachter sicherlich auffallen, dass es sich hier um Imitate handelte, also mussten sie sich beeilen. Abgesehen davon drängte die Zeit, weil Lord Vir als Experte für alte Kulturen wohl bald bemerken würde, dass der Marmorsamtar eine Fälschung war. Dann würde er den Händler, bei dem es sich um einen getarnten Agenten handelte, in hohem Bogen hinauswerfen lassen.

Der Plan sah vor, dass sie sich so früh wie möglich wieder im Inneren der Statue verstecken sollten. Diese stellte ihre beste Fluchtmöglichkeit dar, wenn Lord Vir, wie erwartet, die Fälschung mitsamt dem falschen Händler vom Gelände des Anwesens entfernen ließ.

Ansonsten gab es für sie in ihrer Sklavenkleidung keinen anderen Weg hinaus, ohne Aufsehen zu erregen. Der einzige Haken an diesem Plan war, dass sie nicht wussten, wann sich Barrat Vir dazu bequemen würde, die Statue zu untersuchen, und wie lange er brauchte, um den Betrug aufzudecken.

Zurück in der Abstellkammer nähte Ichtyon geschickt auch das Vorderende der hinten bereits verschlossenen Teppichrolle zu, sodass nichts mehr herausrieseln konnten. Dann schulterten sie gemeinsam die Rolle, die inzwischen durch die Drachenschuppen bleischwer geworden war.

Mit gesenkten Blicken traten sie auf den Gang hinaus und gingen so unauffällig wie möglich bis zu der Gambholztür, hinter der sich die Galerie ihrer Ankunftshalle befand.

Der Wächter musterte sie misstrauisch aus zusammengekniffenen Augen, sagte aber nichts. Als sie sich an ihm vorbei durch die Tür zwängten, achteten sie darauf, dass er kein vernähtes Ende zu sehen bekam, denn das hätte ihn sicherlich stutzig gemacht.

Dann schlichen sie auf leisen Sohlen zu dem dicken Seil, das am Geländer endete. Als sie den Teppich mit weiteren Seilen und Haken an dem Tau befestigen wollten, um ihn zum Rücken des Samtars zu ziehen, hörten sie Stimmen. Es war die aufgebrachte Stimme Barrat Virs, der den vermeintlichen Händler mit einer Serie schlimmster Flüche belegte.

»Aber mein Herr«, verteidigte sich der Händler, »ich habe dieses Stück am Hafen von Laynlynn erstanden. Ich habe ein Vermögen dafür gezahlt, denn ich dachte mir, dass Eure Lordschaft sicherlich Interesse daran bekunden würden, ich konnte ja nicht ahnen, dass es eine Fälschung ist. Aber sicherlich könntet Ihr mir den Materialwert erstatten, nicht wahr? Wenn es Euch beliebt, könnte ich Euch noch andere Waren anbieten! Ich habe da gerade …«

Jäh unterbrach ihn der vor Zorn rot angelaufene Lord Vir: »Scher dich mit deinem billigen Plunder zu den Feuergründen des Lhay! Und wenn du es noch einmal wagen solltest, mir so etwas anzubieten, dann schwöre ich bei Kantras …«

Die Gefährten, die sich bis jetzt nicht vom Fleck bewegt hatten, nickten einander zu – jetzt war die beste und letzte Gelegenheit, noch unbemerkt in das hohle Samtar zu kommen.

Schnell wob Vatya einen Illusionszauber zwischen ihnen und dem Boden, der ein völlig leeres nächstes Stockwerk zeigte.

Quälend langsam hangelten sie sich einer nach dem anderen an dem Seil entlang, nur zehn Manneslängen über dem zorngeröteten Haupt Lord Virs. Zuletzt kam Ormog herüber und zog den Teppich hinter sich her. Dann waren sie alle sicher auf dem Rücken des Samtars. Schnell wurde das Kletterseil aus den in die Decke geschossenen Haken gezogen und verstaut. Die Haken ließen sie stecken – bis man sie entdeckte, wären sie schon über alle Berge.

Schließlich ließen sie sich in den Hohlraum im Inneren des Samtars gleiten und verschlossen mit der schweren Platte das Loch über sich.

Dies alles war in vollkommener Lautlosigkeit geschehen, denn hätte Lord Vir sie ein Stockwerk über sich entdeckt, wäre die Palastwache sofort zur Stelle gewesen.

Eine Weile warteten sie in der stickigen Finsternis, dann fühlten sie, wie die Statue in Bewegung gesetzt wurde. Es holperte und ruckelte, aber bald kamen sie wieder zum Stehen. Sie warteten noch ab, dann hörten sie von außen ein

Klopfen: »Ich bin's, Hilug! Es hat funktioniert, die Luft ist rein!«

Die Gefährten sahen sich an und gratulierten sich gegenseitig, sie hatten ihren ersten richtigen Raub begangen, niemand hatte Verdacht geschöpft und sie waren nun im Besitz von etwa fünfzig Karem Drachenschuppen! Wahrlich ein Grund zum Feiern.

Vatya Ganta

In der großen Waffenkammer des Geheimdiensthauptquartiers wurden Gläser mit bestem Körrk aus dem fernen Rodan-Beri gehoben. »Chargum-cha, auf die Rechtschaffenen!«, meinte jemand ironisch, bevor alle tranken.

Der Inhalt des schweren Teppichs wurde auf den langen Werktisch geleert und bald war der ganze Tisch bedeckt mit Drachenschuppen.

»Das dürfte ausreichen, um Rüstungen für alle von Euch anzufertigen«, erklärte der falsche Erste Beobachter Farrim. Aus seinem kühlen Tonfall war eine Spur Anerkennung herauszuhören.

Unterdessen war der kleine Drache, der bis dahin friedlich auf einem freien Stuhl gedöst hatte, aufgewacht. Schläfrig sah er Ormog an, dann sprang er urplötzlich auf.

Er blickte zwischen dem Tisch mit den Drachenschuppen und Ormog hin und her, dann schnellte er mit einem angstvollen Fauchen unter die nächste Kommode, auf der eine Auswahl an Pfeilen lag.

Belustigt versuchte Ormog, ihn hervorzulocken, doch der kleine Drache zog sich nur tiefer unter die Kommode zurück. Seufzend richtete Ormog sich wieder auf und sah den Waffenschmieden und Rüstungsmeistern bei der Arbeit zu.

Einer von ihnen war ein Nermel, ein menschenähnliches Wesen, das am ganzen Körper mit dichtem Winterfell bedeckt war. Die Nermel hatten sich seit jeher als gute Ledermacher erwiesen und waren in beinahe jeder Schmiede zu finden, die leichte Rüstungen herstellte. So war dieser Nermel auch hier gut beschäftigt, denn die neuen Rüstungen sollten aus Leder und Bronze bestehen, und besonders auf der Vorderseite, aber auch hinten sollten die Drachenschuppen an speziellen Lamellen am Leder angenäht werden. So waren die Rüstungen eine wirksame Verteidigung sowohl gegen normale Waffen als auch gegen magische Angriffe.

Dann trat die (vermutlich) echte Erste Beobachterin ein und bat die Gefährten, ihr in den Beratungsraum zu folgen. Dort wurden sie mit einer Flut von Lageplänen, Zeichnungen, Schätzungen und strategischen Analysen konfrontiert, die sich alle um den nächsten Schritt drehte: den Meister der Gorgul im Wüstentempel der Muttersonne Sagash zu vernichten.

»Zunächst einmal müssen wir ihn dorthin locken. Bisher habt Ihr beide«, sie sah Vatya und Ormog an, »Eure magische Ausstrahlung verschleiert, damit Euch die Gorgul nicht mehr entdecken. Wenn Ihr nun in Pra angekommen seid, werdet Ihr etwas von Eurer Präsenz durchschimmern lassen. Wir wissen nämlich, dass es in Pra mindestens einen Gorgulspäher gibt. Sicherlich wird es sein Interesse wecken, wenn er Eure Präsenz wahrnimmt, obwohl Ihr beide doch als tot geltet. Dann müsst Ihr warten, bis Ihr sicher seid, dass er Euch verfolgt, und langsam aus der Stadt heraus, in Richtung des Sagash-Tempels, pilgern. Aber gebt um keinen Preis zu erkennen, dass Ihr ihn bemerkt habt! Und lasst nur so viel Eurer Präsenz durchschimmern, dass die Gorgul es in Pra spüren, der Meister es aber von seinem Versteck aus nicht wahrnehmen kann! Ich nehme an, es weckt die Neugier des Meisters, wenn er erfährt, man habe die totgeglaubte Vatya Ganta neben ihrem Erzfeind, dem letzten großen Weißen Magier, einträchtig zum Sonnentempel pilgern sehen. Und schließlich wird er kommen, um die Sache selbst in die Hand zu nehmen – das wird dann Eure Gelegenheit sein, die Bedrohung ein für alle Mal zu vernichten, wenn Ihr Euch an den Plan haltet, ihn mit einem unaufhörlichen Energiestrom zu ›füttern‹, bis er daran verbrennt.«

Nachdem die wohl letzte Einsatzbesprechung beendet war, gingen die Gefährten auseinander, Garius, um die Waffen zu inspizieren, Vatya und Ormog, um die Eigenschaften der Drachenschuppen ein letztes Mal zu erproben, und Ichtyon ... nun ja, eigentlich wusste Ichtyon nicht so recht, was er tun sollte. Er war für die Spezialgeräte und Waffen des Geheimdienstes zuständig und die waren schon bestens überprüft. Also beschloss er, weil die Müdigkeit langsam von ihm Besitz ergriff, zurück in die ungastliche Kammer zu gehen, die ihr Quartier war. Auf dem Weg dorthin trat Farrim hinzu und forderte ihn auf, mit ihm zu kommen.

Als sie schließlich Farrims Kammer erreichten, hatte Ichtyon es schon längst aufgegeben, die Biegungen und Treppen zu zählen.

Die Kammer war schlicht und besaß keine Möbel, bis auf einen steinernen Schreibtisch in der Mitte des Raumes. Dort setzte sich Farrim nieder, während Ichtyon sich umsah – er fühlte sich stark an den Raum erinnert, in dem er vor beinahe sechs Sommern den Auftrag erhalten hatte, als Leibdiener getarnt Ormog zu beschützen. Farrim schien diese Gedanken mit seinem stechenden Blick in ihm zu lesen.

Ein kaltes Lächeln umspielte seine Lippen: »Ja, ich war es, der dir damals den Auftrag gab, allerdings hast du mein

Gesicht nicht gesehen«, er deutete mit einer lässigen Handbewegung auf die schlichte Stahlmaske auf seinem Schreibtisch. »Aber das ist jetzt nicht wichtig. Dir ist sicherlich klar, dass du deinen Status als Adjet verwirkt hast, da deine Tarnung aufgedeckt wurde. Aber auch das ist nicht wichtig. Ich möchte von dir wissen: Wie schätzt du die Gorgulhexe ein?«

Verwirrt erwiderte Ichtyon: »Ich denke schon, dass man ihr vertrauen kann, und ich glaube, dass sie und Ormog ...«

»Mit anderen Worten: Du hast keinen eindeutigen Beweis, dass sie nicht alles vortäuscht und in Wahrheit noch immer für die Gorgul arbeitet? Oder dass sie den Meister mit eurer Hilfe beseitigen lassen will, um anschließend selbst die Kontrolle über die Gorgul zu übernehmen?«

Verunsichert sah Ichtyon zu Boden: »Nun ... ich vertraue ihr ...«

»Gerade du als ehemaliger Adjet müsstest es doch besser wissen!«, unterbrach ihn Farrim mit beißendem Spott. »Ich möchte, dass du Folgendes tust ...«, er beugte sich vor und flüsterte Ichtyon etwas ins Ohr.

Entsetzt sah dieser auf: »Das kann ich nicht!«

»Oh doch, genau das wirst du tun! Ob du willst oder nicht!« Farrim wies auf ein mit Sand gefülltes Glas. »Das Neueste, was uns die Kilgur zur Verfügung stellen. Er klopfte gegen das Glas und der Sand bewegte sich: Eine kleine Kreatur, kaum größer, als ein Daumennagel, mit vielen zarten Fortsätzen, kroch über den Sand, um wieder ins schützende Dunkel zurückzukehren.

Dann öffnete sich lautlos die Tür und jemand trat von hinten auf Ichtyon zu ...

Vatya Ganta

Heiß brannte die Sonne auf die Souks der Stadt Pra hernieder, die sandfarbenen Gewänder mit ihren blauen Zierstreifen boten wenig Schutz. Das Klima dieser Provinz von Kamal erinnerte Vatya an ihre Kindheit, was in ihr nicht unbedingt angenehme Gefühle weckte. Ormog und sie schoben sich hinaus aus dem überfüllten Basar, den die Menschen heimsuchten wie ein Schwarm gieriger Geier, bereitwillig den fordernden Rufen der Händler folgend.

Bei Sonnenaufgang hatten sie sich vom Geheimdiensthauptquartier über ein Transportoktagramm in die Stadt befördern lassen. Es hatte einmal dem Weißen Orden gehört, nun aber wurde das Oktagrammnetz von den Gorgul verwendet und sicherte ihre Schlagkraft.

Sie erreichten den Belsami-Platz, wo Ichtyon und Garius Salnafrüchte essend auf sie warteten, und bewunderten für einen Moment das Denkmal Arthan Belsamis, des Generals, der vor fast zwölf Generationen Epalin dem kamalischen Reich eingegliedert hatte.

Wenn sie in den nächsten Stunden versagten, dann würde es bald kein kamalisches Reich mehr geben, vielleicht noch nicht einmal mehr den Kontinent Esatt, dachte Vatya bitter. Wie viel die Götter den Menschen aufbürden konnten!

»Auch eine?«, fragte Garius kauend Vatya. Dankbar nahm sie die kleine dunkelrote Frucht und steckte sie sich in den Mund. Welch herrlicher Geschmack! Diese Früchte und noch einiges mehr stellten den eigentlichen Reichtum der blühenden Stadt dar und einen der – zumindest nach Vatyas Meinung – wenigen Gründe, wieso man hier in der brütenden Hitze leben konnte. Die Salnas wuchsen an knorrigen, tief wurzelnden Bäumen, die bis an das Grundwasser herankamen. Die weiten Plantagen, Alleen und Haine mit Salnabäumen waren ein Wahrzeichen von Pra.

»Langsam müsste dieser Gorgulspäher uns gefunden haben«, meinte Ormog, während sie sich an die Mauer eines niedrigen Sandsteinhauses in den Schatten drängten.

»Nun, ich denke, das hat er schon«, schmatzte Ichtyon und wischte sich den Saft der Salna von den Lippen. »Entweder ist er ein Gorgul oder ein Mann, der nicht weiß, was er will«, raunte er Ormog zu, »zumindest wechselt dieser Mann hier hinter dir von Marktstand zu Marktstand und tut jetzt so, als würde er sich für den Aushang der Stadtbibliothek interessieren.«

Tatsächlich stand ein unscheinbarer Mann neben den dicken vergoldeten Säulen, die das Vordach der Bibliothek stützten, und ließ seinen Blick ab und an wie zufällig zu den vieren schweifen.

»Gut, dann lasst uns aufbrechen!«, meinte Vatya gereizt. Vielleicht würde sie der Weg durch die schattigen Salnaplantagen vor einem Hitzschlag bewahren. Bald stellte sie jedoch fest, dass die Plantagen endeten und der Weg hinaus in die Wüste führte – Dünen, so weit das Auge reichte, und kein einziger schattenspendender Baum. Aber es half nichts, sie mussten die Strecke zu Fuß bewältigen, denn auf dem Pilgerweg der Sagash waren keine Reittiere erlaubt.

Die einzige Genugtuung war für Vatya, dass der Gorgulspäher die Wüstensonne ebenfalls ertragen musste, bis er sicher sein konnte, wohin sie gingen. Wenn sie sich vorstellte, wie er sich schwitzend bemühte, außerhalb ihres Blickfeldes zu bleiben, hatte sie fast Mitleid mit ihm.

Aquil Hovatip

»Wie kann das sein?«

Die tote Stimme erfüllte seinen Kopf und erstickte alle Gedanken auf der Suche nach Wahrheit. Aquil fiel auf die Knie, niedergedrückt von der geistigen Last, die ihn zu zermalmen drohte.

»Vatya Ganta und der letzte Weiße Magier einträchtig auf dem Pilgerweg von Sagash? Unmöglich, sie war immer die Loyalste von euch allen. Außerdem ist sie tot!«

»J-ja, doch, mein Meister! Ich spreche die Wahrheit!«, presste Aquil hervor. »Ich befand mich auf meinem regelmäßigen Rundgang durch die Stadt, da fing ich eindeutig die Präsenz der beiden auf! Glaubt mir, zumindest Vatya könnte ich überall spüren, ihre Ausstrahlung ist unverwechselbar! Ich folgte ihnen zum Belsami-Platz, wo sie sich mit zwei Männern trafen. Danach beschritten sie gemächlich den Pilgerweg zum Tempel der Sagash. Aber da war noch etwas ... ihre Präsenz war irgendwie schwach, seltsam ... ich kann es nicht beschreiben.«

Aus dem Halbdunkel der Halle schälte sich gefährlich langsam eine pechschwarze Gestalt heraus. Kein Geräusch war zu hören, als der Meister sich näherte, dann aber wurde die Stille von der unmenschlichen Stimme wie mit einem glühenden Schwert zerteilt: »Noch nicht mal einen einfachen Mord könnt ihr ausführen, und dann seid ihr noch nicht einmal in der Lage herauszufinden, ob dieser Weißmagier und Vatya Ganta tatsächlich tot sind!«

»Ich weiß auch nicht, wie sie von den Toten auferstehen konnten! Ich selbst habe das Brandloch in der Hauptstadt gesehen, in dem sie starb! Aber vielleicht haben die beiden ja einen anderen Weg zur Unsterblichkeit gefunden und sich verbündet ...«

»Schweig!«, zischte er, als er schon fast vor Aquil stand.

Dann war er ganz nahe und eine Eiseskälte drang Aquil bis ins Mark. Die Granitwände der Halle schienen ihn erdrücken zu wollen und der Schein der Fackeln glomm wie ein Scheiterhaufen, als der Meister sein Gesicht, das bisher im Schatten der Kapuze gelegen hatte, Aquil zuwandte. Roter Fackelschein wurde blitzend von der silberroten Maske zurückgeworfen, die jedem Sterblichen den Blick auf sein wahres Antlitz verwehrte.

Bisher hatte Aquil den Blick gesenkt gehalten, doch eine unbezwingbare Kraft, deren er sich nicht erwehren konnte, brachte ihn dazu aufzusehen – in die abgrundtiefe Leere der schwarzen Augenhöhlen hinter der Maske. Einen winzigen klaren Moment, bevor ihn die anrollende Welle des Wahnsinns fortriss, fragte sich Aquil, weshalb er sich je entschlossen hatte, einer so grausamen Kreatur zu dienen, aber dann waren nahezu alle Gedanken ausgelöscht. Er fühlte, wie der Meister sich seines Geistes bemächtigte und ihn langsam verzehrte, um jedes Detail seiner Empfindungen und Erinnerungen aus der seltsamen Begegnung in der Stadt Pra in sich aufzunehmen, und er wusste, dass danach nichts von ihm übrig bleiben würde. Warum?, war die einzige Frage, die immer wieder aus dem zerfasernden Strudel seines Geistes auftauchte. Warum?

Warum diese Kreatur. Warum tut er das. Warum ich. Machtversprechen, Stärke, das hat er uns gegeben, doch zu welchem Preis. Nun fordert er es zurück. Wir Gorgul sind nur die Figuren seines ewigen Spieles, nützlich, verzichtbar, leicht zu lenken.

Dann verblasste dieser letzte Moment der Klarheit und Aquil dachte nichts mehr.

DER NAMENLOSE

Ormog und Vatya

Kälte. Eisige Kälte. Dunkelheit. Und Hunger, unbändiger Hunger. Das alles fühlte Vatya, als sie auf den Stufen zum Sagash-Tempel meditierte. Sie öffnete die Augen. »Er naht«, flüsterte sie.

Beruhigend legte Ormog den Arm um sie: »Ich weiß«, sagte er beinahe ebenso leise. »Komm!« Hand in Hand schritten sie die vierundvierzigstufige Treppe hinauf und zwischen den Säulen entlang in die Richtung des Altars. Da der Tempel der Sonnengöttin geweiht war, hatten die Erbauer Wert darauf gelegt, dass die Sonne von jedem Stand aus den Altar beleuchten konnte, weshalb es keine Wände gab. Das hohe Dach wurde nur von drei Doppelreihen mächtiger Säulen getragen, die mit goldenen Intarsien geschmückt waren, wobei die mittleren Säulen höher waren als die äußeren, sodass am Ende der Reihe Platz war für die zehn Manneslängen messende Statue der Göttin.

Diese Statue war mit bemerkenswerter Kunstfertigkeit geschaffen und mit einer Fülle an Details aus dem wertvollen gelbroten Marmor der Wüste gearbeitet worden. Sie zeigte die Göttin Sagash die Barmherzige sitzend auf einem schlichten Thron, in kostbare Gewänder gehüllt und mit einer die Sonne darstellenden Kugel aus geschliffenem Rubin in den Händen, in der sich das Sonnenlicht brach. Eine Vogelschwingen darstellende Haartracht umrahmte das fein geschnittene Gesicht der Göttin, die mit gütigen Augen auf die Gefährten herabzublicken schien.

Ichtyon und Garius hatten unterdessen ein wahres Waffenarsenal auf dem Tempelboden ausgebreitet und begutachteten die Drachenschuppenrüstungen oder schliffen die Schwerter ein letztes Mal. »Er naht!«, wiederholte Vatya, als sie und Ormog hinzutraten.

Sie nahmen ihre Waffen und sahen einander an, in stummem Verstehen.

Dann blickten sie zwischen den Säulen hindurch auf die weite Dünenlandschaft hinaus, das Unvermeidliche erwartend. Eigentlich war das am schlimmsten. Das untätige Warten auf den vielleicht bevorstehenden Tod.

Der stetige leichte Wüstenwind legte sich plötzlich und es herrschte Stille. Das Licht wurde aschfahl und Ormog sah zur Sonne auf. Aber dort war keine Sonne. Als hätte sie sich vor der nahenden Dunkelheit abgewandt. Der Himmel war grau und leer und schien den Blick in eine andere, unmenschliche Dimension zu eröffnen.

Donner grollte am Horizont und machte auf die dunkelbraune Wand eines Sandsturms aufmerksam, der sich mit unwirklicher Geschwindigkeit näherte. Schließlich ragte die Front des Sturmes vor ihnen auf und brach dann mit immenser Kraft über sie herein. Aber der Sand war nicht von der Wüstensonne erwärmt, sondern eiskalt.

Der Sturm legte sich nach wenigen Augenblicken wieder, genauso schnell, wie er gekommen war. Hustend wischten sich die vier den Sand aus den Augen und sahen auf. Am Fuß der Treppe, die zu ihnen heraufführte, verdichteten sich die unsteten Schatten, begannen ineinanderzufließen und formten, während sie immer greifbarer zu werden schienen, die Umrisse einer Gestalt.

Dann, als alle Schatten aufgesogen waren, erhellte sich der Himmel etwas. Ein einzelner Lichtstrahl vertrieb jede Unwirklichkeit der Gestalt, verlieh ihr feste Formen und enthüllte das personifizierte Verderben: den Meister der Gorgul.

Vollständig in seinen nachtschwarzen Mantel gehüllt und die Kapuze tief ins Gesicht gezogen stand er da. Vatya erkannte die silberne Maske, die mit rätselhaften Mustern in roter Farbe verziert war.

Das Schlimmste waren die leeren Augenhöhlen hinter der Maske.

»Versucht, ihm nicht in die Augen zu sehen«, warnte Vatya die anderen noch, aber in dem Moment dreht er ihnen das Gesicht zu und Vatya fühlte, wie der Wahnsinn die Finger nach ihr ausstreckte.

»Soso, Ormog, Sohn von Lakon, Ichtyon Vanastera, Garius Galtar und Vatya Ganta, einstmals die beste Kämpferin der Gorgul«, erklang die boshafte Stimme des Meisters wie das Schleifen schwerer Granittüren eines Mausoleums und weckte ungewollt Bilder unsäglicher Grausamkeiten. »Muss ich davon ausgehen, dass du von den schwächlichen Lehren oder der armseligen Moral dieses Zauberers korrumpiert wurdest?«

Eine kalte Hand legte sich um Vatyas Geist und die grausame Stimme bohrte sich tief in ihr Gehirn.

Freudloses Lachen erscholl, als er Vatyas Gedanken las: »Und dafür hast du alles weggeworfen, was ich dir zu geben vermocht hätte? Für so etwas hast du die unglaubliche Macht verschmäht, die ich dir bot? Erbärmlich!«

Dann wandte er sich an Ormog: »Du hast es also geschafft, allen Mordversuchen zu entrinnen, deine magischen Kräfte zurückzubekommen und eine der überzeugtesten Gorgul zu bekehren. Außerdem hast du es auf mysteriöse Weise geschafft, vom Tode aufzuerstehen. Ich frage mich, wie ...«, er bezwang Ormogs geistige Barrieren in einem einzigen Moment. »Ah, ihr habt es inszeniert! Wie interessant. Es ist beinahe erheiternd!«

Die Gefährten wurden von einer unsichtbaren Kraft zu Boden geschleudert, als Bewegung in die starre Gestalt des Meisters kam und er ohne Eile die Treppen heraufstieg. Näher, immer näher kam er und die vier rappelten sich auf und wichen immer weiter zurück, bis sie mit dem Rücken an die Wand hinter der Statue stießen.

»Ich denke, eure Kräfte und Fähigkeiten werden mich bereichern, wenn ich euch verzehrt habe!« Böses Lachen hallte von den Säulen wider und Ormog spürte eine Welle gewaltigen Hungers, die beinahe physisch greifbar war. »Aber verratet mir eines, wie habt ihr all das vollbringen können ohne Hilfe? Irgendjemand muss euch doch geholfen haben! Ich möchte wissen, wer es ist! Vielleicht ein mächtiger Zauberer, der sich vor mir verborgen hält? Eine Gruppe, ein Orden?«

Ormog fühlte, wie sich die Fragen wie Speere in sein Gehirn bohrten und ihn dazu zu zwingen wollten, die Wahrheit zu sagen. Er bündelte alle Geisteskräfte, um seine Barrieren wieder aufzubauen.

Vatya, ich glaube, er weiß nichts von unserer Gedankenverbindung, das ist unsere Chance! Wenn du mir hilfst, ihn abzuwehren und aus meinem Geist auszusperren, dann wird er der Versuche vielleicht überdrüssig und gibt auf!, rief Ormog stumm Vatya zu Hilfe. Gleich durchströmte ihn ein großartiges Gefühl der Wärme und vertrieb die Kälte aus seinem Kopf, das war Antwort genug.

Ormog fühlte, wie sich der Meister für einen Augenblick zurückzog. »Nun, du hast einen starken Geist, das muss ich dir lassen«, grollte er. Dann hämmerte er erneut gegen Ormogs geistige Barrieren an, doch diese gaben nicht nach. »In der Tat!« Eine weitere mentale Welle traf Ormog, um ein Vielfaches stärker als die letzte. Wieder hielt Ormog mit Vatyas Hilfe stand.

Der Meister schrie seinen brennenden Zorn über sein Unvermögen, Ormogs Gedanken zu lesen, hinaus. Bisher hatte er nur mit ihnen gespielt, das wusste Ormog, aber jetzt hatten sie es geschafft, den Zorn des Meisters zu wecken. Vielleicht würde er in seinem Zorn Fehler machen.

Der Meister sammelte sich zu einem einzigen Schlag mentaler Gewalt.

Wenn wir versuchen, dem zu widerstehen, verbrauchen wir unsere ganzen Kräfte!, warnte Vatya telepathisch. Aber Ormog beschwor sie, ihm zu vertrauen, und gleichzeitig wusste sie, was er vorhatte.

Ormogs Geistesbarrieren sanken und eine gierige Präsenz breitete sich in seinem Kopf aus, erfüllte jeden Winkel und erstickte alles in einer eisigen schwarzen Flut von Dunkelheit.

Dann zog sie sich wieder zurück, denn Ormogs Kopf war leer. Der Meister hatte nur primitive Gehirnregungen erspürt, aber nicht Ormogs wahren Geist. Wie konnte das sein? Hatte es mit ihrer mysteriösen Auferstehung zu tun?

Ormogs Geist indessen hatte sich mit Vatyas vereint und in ihren Körper gerettet. Jetzt teilte er ihn sich mit ihr. Ein seltsames Gefühl, nicht mit Worten beschreibbar. Er hörte ihre Gedanken und sie die seinen, wie vorher, aber sie fühlten die Empfindungen desselben Körpers, waren Der-/Dieselbe, eine Persönlichkeit, ein Wesen …

Dann trennten sie sich voneinander und Ormog nahm den eigenen Kopf wieder in Besitz.

»Wie kann das sein? Wieso finde ich deinen Geist nicht!«, zischte der Meister, seine Stimme nicht mehr ganz so selbstsicher wie vorher.

Er sah Vatya an und begriff. Doch als er seinen mentalen Griff um Vatyas Geist schließen wollte, entglitt dieser ihm und rettete sich in Ormogs Kopf.

Wieder versuchte er es bei Ormog und danach wieder bei Vatya, doch die Gedanken der beiden waren eins und so wechselten sie schneller zwischen ihren Körpern hin und her, als der Meister sie zu fassen bekam.

Beißender Zorn ging von ihm aus und schließlich war er der geistigen Spielchen überdrüssig. Ein urgewaltiger Schrei, der nicht von dieser Welt zu kommen schien, entrang sich seiner Kehle und erzeugte eine flimmernde Schockwelle, die sich im Bruchteil einer Sekunde ausdehnte und Ormog, Vatya und die anderen zwei zu Boden riss. Von den Säulen platzten Marmorsplitter ab und die Bodenplatten um ihn herum zersprangen.

Auf einen solch rohen Ausbruch magischer Energie war Ormog nicht gefasst gewesen. Stöhnend richtete er sich auf, während in seinem Blickfeld rote Sternchen tanzten.

»Ich dachte, diese Rüstungen absorbieren magische Angriffe?«, zischte Ichtyon, der sich einen Marmorsplitter aus dem Unterarm zog.

»Tun sie auch, aber das war ein indirekter Angriff. Er hat mit der Luft eine Druckwelle gegen uns erzeugt. Die Rüstung konnte gar keine magische Energie abfangen«, hustete Ormog und spuckte Mörtel aus.

»Wir müssen besser aufpassen!«, warnte Ichtyon und zog sein Schwert unter einer Steinplatte hervor.

Als sich der Staub verzogen hatte, standen die Gefährten wieder dem Meister gegenüber. Der hob seine behandschuhte Rechte und wies auf Ormog. Ein schwarzes Wabern umfloss seine Finger und verdichtete sich. Mit einer ungeduldigen Handbewegung feuerte er die Energieladung auf Ormog ab, doch dieser wich geschickt aus.

Der Meister streckte erneut die Hand vor. Vier gleißende Lichtbögen schossen aus seinen ausgestreckten Fingern und trafen die vier Gefährten, aber nichts geschah. Lediglich die Drachenschuppen auf ihren Rüstungen glommen in mattem Grün.

Schier außer sich entlud der Meister seinen Zorn in Form einer Serie von schwarzen Entladungen, die die Beine der sitzenden Sagash-Statue zu Staub zerplatzen ließen, bei den vieren aber wiederum keine Wirkung zeigten.

Nun war der Augenblick für den Gegenangriff gekommen. Ichtyon und Garius gingen hinter zwei Säulen in Position und ergriffen ihre vorgespannten Armbrüste, Ormog zog ein langes schmales Schwert und Vatya hielt in der Rechten das Rapier und in der Linken einen vergifteten Dolch.

Ormog lenkte einen herannahenden Feuerstrahl mit Mühe nach oben ab, der leider die Rubinkugel der Sagash traf. Tausende Rubinsplitter ergossen sich, steinernen Blutstropfen gleich, über den Altar.

Das war der richtige Moment. Ormog gab Ichtyon und Garius ein Zeichen und die beiden schossen ihre Armbrüste auf den Meister ab. Dann warfen sie die benutzten Waffen beiseite und zogen ihre Brogkhol-Langbögen.

Während sie ihr Ziel mit einem Hagel an Pfeilen eindeckten, arbeiteten sich Vatya und Ormog durch die Flut von zischenden Feuerbällen und dunklen Entladungen vor.

Als der Meister sah, dass er ihnen nichts anhaben konnte,

ließ er telekinetisch eine Säule zerbersten und schleuderte das größte Trümmerstück auf Ormog. Dieser aber sprang über das anfliegende Geschoss hinweg, kam direkt vor dem Meister wieder auf die Füße und stieß ihm das Schwert tief in die Brust. Ein weiterer Pfeil traf den Schwarzen und noch einer und noch einer. Ein Pfeil traf sogar die Kapuze, trat aber beinahe ungehindert auf der anderen Seite wieder aus. Ein Zittern durchlief die Gestalt, dann schwärzte sich plötzlich der Stahl des Schwertes und es zerfiel, genauso wie die Pfeile, zu Staub. Noch bevor Ormog einen Blick darauf erhaschen konnte, welcher Körper sich unter dem Gewand verbarg, schlossen sich die Löcher wieder, als wäre nichts geschehen.

»Genug der Spielchen! Ich habe es sehr genossen, aber nun werde ich euch vernichten und mich von eurer Kraft nähren und anschließend wird niemand mehr da sein, der dieses Land schützen könnte. Ich werde es genießen, das Leben einer Stadt nach der anderen in mich aufzunehmen und bald auch die Energie anderer Städte auf anderen Kontinenten und schließlich werde ich die Kraft der ganzen Welt verzehren und mich gegen die unsterblichen Götter wenden!«, erscholl die Stimme des Größenwahnsinnigen, während der Boden um ihn herum aufriss und einen Tornado aus Marmorstücken und Steinbrocken bildete, der Ormog und Vatya zurückschleuderte.

»Und wenn die Macht der Unsterblichen in mir aufgegangen ist, werde ich die Welt neu erschaffen, nach meiner Vorstellung, und alles wird mir untertan sein!«, rief er hinaus, sodass es wirklich selbst die Unsterblichen hören mussten.

Er breitete die Arme aus: »Euer Ende ist gekommen!«

Seine leeren Augenhöhlen starrten sie an und die Wirklichkeit zersplitterte, das Gefüge der Welt geriet aus den Fugen und die Naturgesetze selbst waren im Begriff, außer Kraft zu treten. Die Welt offenbarte sich plötzlich auf eine schreckliche Weise, weit außerhalb des menschlichen Fassungsvermögens. Alle jemals bekannten Regeln und Gesetze wurden in einem Mahlstrom fortgerissen, dessen dunkles Zentrum der Meister bildete.

Ormog fühlte, wie sein Geist von ihm angezogen wurde und die Strömungen ihn mitreißen wollten, doch die Drachenschuppenrüstung hielt ihn fest. Vatyas Gedanken wurden unklar in seinem Kopf, aber er wusste, dass auch sie sich noch hielt. Er sah sich durch die verzerrte Umgebung um und entdeckte Ichtyon und Garius zwischen zwei zerberstenden Säulen. Auch sie waren noch am Leben.

Der Sog wurde immer stärker und als alles wirbelnd auf den Meister einströmte, offenbarte sich ein Teil seiner wahren Natur. Ormog kam ein einziges Wort in den Sinn: Noum.

Dann brach das Dach des Tempels zusammen und die Gesetze der Natur begannen teilweise wieder in Kraft zu treten. Wir müssen ihn jetzt weiter mit Energie versorgen, bevor er aufhört!, schickte Ormog eine Gedankenbotschaft an Vatya.

Beide konzentrierten sich auf die fließenden Energien des Tempels, die noch nicht aufgesogen worden waren, und versuchten, sie zu kanalisieren. Es war, als schöpften sie aus einem unendlichen Reservoir an Kraft. Und tatsächlich ordnete sich die Welt wieder und sie schufen einen stetigen Energiezustrom zum Inneren des Meisters. Sie ließen ihm mehr und mehr Energie zufließen und hatten anfangs noch Mühe, den Strom zu erhalten, so gierig wurde er verschlungen, doch je mehr Zeit verging, desto weniger gierig sog der Schwarze die Energie auf, bis er dem Zustrom sogar Widerstand entgegenzusetzen begann. Immer größer wurde der Widerstand und die beiden kostete es immer mehr Kraft, noch mehr in ihn hineinzupumpen.

Wir schaffen es nicht lange genug, um ihn zu übersättigen!, warnte Vatya. Ormog sah das auch und einer plötzlichen Eingebung folgend sprach er laut das Wort aus: »Noum!«

Der Meister krümmte sich wie unter einem Peitschenhieb und der Widerstand war gebrochen, sodass sie wieder Energie in ihn hineinpumpen konnten. Sie fühlten, wie sie sich der äußersten Grenze seines Fassungsvermögens näherten. Bald, bald würde es ihn zerreißen.

Dann aber schaffte er es, den Strom zu blockieren, und es gab einen Rückstau, der sich in einem Lichtblitz entlud und Ormog und Vatya niederwarf.

»Ihr dachtet, ihr könntet mich unaufhörlich mit Energie versorgen, bis ich dadurch vernichtet werde? Törichte Sterbliche!« Er richtete sich aus dem glühenden Krater auf, in dem er nun stand, und fasste an seine Maske.

»Noum. Ja, das ist einer meiner Namen, aber nicht mein wahrer Name. Ich habe in meinem langen Leben schon so viele Seelen absorbiert, dass ich keinen wahren Namen mehr habe. Aber die Menschen damals gaben mir viele Namen: Asjab, Khoron, H'Zharz, das Grauen, Meister … auch Noum. Aber ich habe keinen Namen, ich bin der Namenlose, also kannst du mich auch nicht mit meinem wahren Namen binden und zwingen, diese Energie aufzunehmen.«

Für Ormog schwand jede Hoffnung dahin, den Namenlosen noch irgendwie zu besiegen.

»Übrigens, sehr klug von euch, die Rüstungen mit Drachenschuppen zu panzern. Ich bin aufs Neue überrascht von eurem Einfallsreichtum. Nur schade, dass ich zu satt bin, um euch noch zu verzehren – diese Eigenschaften hätte ich gerne den meinen hinzugefügt!«

Er hob ein Stück Stahl eines zerbrochenen Schwertes auf

und legte es in die Handfläche. »Da ich euch nicht verzehren und wegen eurer Rüstungen auch nicht mit Magie töten kann, werde ich es auf die althergebrachte Weise tun.« Das Metall wurde flüssig und rann quecksilberartig seine Handfläche hinunter in Richtung Boden. Kurz bevor es den Boden berührte, verfestigte es sich wieder und bildete eine perfekt ausgewogene schmale Klinge.

Mit einem übermenschlich langen Sprung war er bei Ormog, der gerade noch das Schwert hochriss. Mit für das Auge kaum noch wahrnehmbarer Geschwindigkeit täuschte er an, schlug zu, wirbelte herum, parierte und schlug erneut zu. Den Gefährten gelang es kaum noch, sich selbst zu verteidigen, geschweige denn dem Namenlosen Schaden zuzufügen.

Dann setzte ein Trümmerbrocken aus dem Dach Ichtyon außer Gefecht. Als Antwort darauf ließ Ormog eine noch stehende Säule hinter dem Namenlosen umstürzen, aber der veränderte mit einer lässigen Handbewegung beinahe nebenbei die Fallrichtung.

Unablässig tauschten sie Schläge aus oder bombardierten sich gegenseitig telekinetisch mit Steinen, doch Ormog war klar, dass sie diesen Kampf nicht mehr lange durchhalten würden, denn aus den gewandten Schlägen des Meisters las Ormog die jahrhundertelange Übung mit dem Schwert, die, wenn auch durch das Nutzen der Magie etwas eingerostet, Ormogs Kampfkunst doch haushoch überlegen war.

Funken sprühten, als Vatya mit ihrem schmalen Dolch die Maske des Meisters traf, die dabei etwas verrutschte. Die Lücke zwischen Kapuze und Maske gab einen kurzen Ausblick auf unendliche Dunkelheit frei und weckte Bilder namenlosen Entsetzens, bevor der Träger sie zurechtrücken konnte. Blitzschnell schleuderte er Garius gegen eine Säule, entwaffnete Vatya und trieb Ormog zurück.

Er holte zum vernichtenden Schlag aus, da sagte Vatya etwas und der Namenlose erstarrte. »Ich habe Mitleid mit dir!« Zum ersten Mal schien der Meister wirklich überrascht. »Ich habe Mitleid mit dir!«, wiederholte sie ihre Worte.

Der namenlose Meister

Unbewegt stand er da und hörte die Worte der Abtrünnigen. Mitleid. Was war das: Mitleid? Was bedeutete dieses Wort? Er suchte tief in seiner verschwommenen Vergangenheit danach. Ja, da war etwas. Ein flüchtiges Aufschimmern aus einer Zeit, in der er noch jung gewesen war. Längst vergessen. Wann hatte er dieses Gefühl schon einmal empfunden? Er konnte sich nicht der Umstände entsinnen. Er suchte, doch die Erinnerungen an seine frühen Jahre entglitten ihm immer wieder. Wer war er gewesen, dass er dereinst zu solchen Gefühlen fähig gewesen war? Aber es spielte keine Rolle. Er war Noum, H'Zharz, Saarkon, der Namenlose, der Meister.

Wieso ließ er sich von einer niederen Sterblichen derart verwirren? Möglicherweise lag es an dem Überschuss an Energie, den er absorbiert hatte, bevor er den Vorgang abbrechen konnte. Dieser Überschuss schwächte seine Stabilität, seinen Zusammenhalt. Sicher wurden seine Gedanken von der hellen, abscheulich gütigen Ausstrahlung dieses Heiligtums vergiftet! Er durfte keine Schwäche zeigen, denn genau das war es, sich von einer Sterblichen beeinflussen zu lassen – Schwäche!

Er konzentrierte sich auf seine Grundsätze: Stärke durch Zorn, Entschlossenheit durch Hass und Tatkraft durch seinen ewigen Hunger.

Er suchte seine dunkle Mitte, um daraus Kraft zu schöpfen. Er war der Namenlose! Alle sollten erzittern vor ihm, selbst die Götter würden ihn bald nicht mehr aufhalten können! Zum Achylos mit dieser Abtrünnigen und ihrem Weißmagier! Er holte aus und stieß in schwarzem Zorn zu.

»Ich habe Mitleid mit dir!«, hörte er sie sagen.

Seine Klinge traf daneben und bohrte sich eine Handbreit in den von Rissen gezeichneten Tempelboden.

Verflucht, warum brachte ihn das so aus der Fassung? Ein einzelnes schlichtes Wort. Zittern durchlief ihn. Er zog die Klinge aus dem Stein und verflüssigte sie wieder, um alle Scharten und Dellen verschwinden zu lassen. Dieses sonderbar beklemmende Gefühl in seinem Herzen, das nach dem einen Wort schrie, das nach Verständnis verlangte.

Aber nein, wie töricht! In ihm schlug schon lange kein echtes Herz mehr. Auf dem Weg zur Unsterblichkeit hatten die dunklen Mächte und Energien, die er gebrauchte, seinen Körper verzehrt und verbrannt. Lediglich sein magischer Kapuzenmantel gab ihm ein annähernd menschliches Aussehen, doch der war nur ein Gefäß, eine Form für ihn, damit seine sterblichen Sklaven nicht durch seine bloße Präsenz dem Wahnsinn verfielen.

Er spürte die Furcht der Abtrünnigen und hielt inne. Verflucht! Seit wann betrafen ihn die Gefühle seiner Opfer? Als sie wieder zu sprechen begann, nahm ein Teil von ihm gierig die Worte auf, die aus ihrem Munde kamen.

»Du hieltest die Gründe, aus denen ich mich von den Gorgul abwandte, für erbärmliche Schwäche? Nun, ich sage dir, sie haben mich stärker gemacht denn je, aber auf andere Art. Zum ersten Mal wurde ich nicht gehasst, benutzt oder manipuliert! Du hast mich gelehrt, dass wir mit Zorn und Hass alle anderen Gefühle unterdrücken und von uns fernhalten können, um die Ketten zu sprengen, die uns auf dem Weg zu Macht und Unsterblichkeit behindern! Aber eisernes Streben, ewiger Hass und kalte Grausamkeit lassen die Seele vereinsamen und das Herz versteinern! Ich sage dir, dass dein Weg zur Allmacht nicht der Weg des Glückes ist, denn was nützt sie dir, wenn du doch nie zur Ruhe kommen, niemals Frieden finden wirst?«

Seine Umgebung verschwimmt. Eine Unzahl an bisher verloren geglaubten Gefühlen überschwemmt ihn, von denen er schon gar nicht mehr gewusst hat, dass es sie gibt.

Er ist gespalten: Etwas tief in ihm hat die Worte aufgesogen wie ein Verdurstender das Wasser und gibt ihr Recht, doch mit seinem Verstand kämpft er dagegen an. Er will diese Worte nicht an sich heranlassen. Sie untergraben seinen eisernen, zorngeschürten Willen und bringen ihn ins Wanken. Frieden, Ruhe? Nein, es gibt keinen Frieden! Es gibt nur Zorn, um alle Feinde zu vernichten! Gnadenloses Verfolgen der Pläne, um Macht zu erlangen. Einen einzigen festen Weg, der zur Unsterblichkeit führt!

Dann sagt die Abtrünnige noch etwas, das sein Innerstes völlig in zwiegespaltenen Aufruhr versetzt: »Ich verstehe dich und kann mir vorstellen, was du fühlst. Ein längst vergessener Teil deines Selbst sehnt sich nach Aufmerksamkeit, Trost, Liebe, aber du willst es nicht wahrhaben. Du klammerst dich an dein Verlangen nach Macht, an deinen Willen zur Unsterblichkeit, aber im Grunde weißt du, dass du dich dadurch selbst zerstörst. Ich fühlte einst dasselbe! Sei ein letztes Mal stark und mach dich los von dieser machthungrigen Existenz!«

Die Worte dringen unaufhaltsam in das imaginäre Herz ein. Ein innerer Kampf entbrennt: Sie vergiften dich! Nein, sie sind voll der Wahrheit! Sie machen dich schwach! Nein, es ist keine Schwäche. Lügen! Du brauchst keinen Frieden! Du weißt es. Aber wo sollte ich hin? Wer würde mich aufnehmen – niemand, du weißt es! Wir sind einsam und werden es auf ewig sein. Wir – wieso wir? Ich bin ich. Noum, der Namenlose, H'Zharz. Nein, ich bin mehr. Wir sind mehr. Du weißt es. Nein, ich will es nicht! Was nützt es dir, gottgleich zu werden, wenn deine Seele stirbt? Die Einsamkeit hat mich taub gemacht. Dich. Uns. Der Zorn hat uns blind gemacht. Der ewige Hunger beherrscht uns, zwingt uns, immer noch eine Stadt und noch eine zu verzehren, bis nichts mehr übrig ist! Und dann? Du bist schwach! Dann sind wir schwach. Nein. Du bist ich. Wir sind ich. Nein, ich bin der Namenlose. Du weißt, es ist die Wahrheit! Lass los!

Er spürt, wie sein Innerstes immer mehr Risse bekommt. Lass los! Nein! Aber seine Überzeugtheit ist dahin. Alles verschwimmt, zerfällt, löst sich auf …

Ich will nicht sterben! Komm zur Ruhe. Nein. Nein. Nein. Lass los. Nein. Alles wird unklar, seine Gedanken, sein Wille. Wer ist er? Er weiß es nicht mehr. Finde deinen

Frieden. Ich will nicht. Doch, du weißt, dass du es willst. Nein. Ich will nicht. Ich … was will ich? Ich weiß es nicht. Nicht loslassen. Nein. Aber vielleicht …? Oder …

… nein …

… doch.

Ormog und Vatya Ganta

Der rubinrote, alles überstrahlende Blitz glomm noch lange in ihren Augen nach, bevor sie wieder etwas sehen konnten. Vatya staunte selbst, dass sie noch am Leben war. Eine schwere Last war von ihrem Herzen abgefallen. Durch ihre halb geblendeten Augen erahnte sie Ormogs Silhouette. Sie umarmte ihn und drückte ihn fest an sich, als wollte sie ihn nie wieder loslassen. Er flüsterte: »Ich dachte, er tötet dich und …« Sie erstickte den Rest des Satzes in einem langen, zärtlichen Kuss.

Dann hörten sie ein gebrochenes Schluchzen und wandten sich um: Zwischen den marmornen Trümmern des Tempels saß die gebeugte Gestalt eines sehr alten Mannes. In seinen dürren, ausgezehrten Händen hielt er die verzierte Silbermaske. Als er hochsah, offenbarte sich ein uraltes Gesicht, die Haut von unzähligen Falten zerfurcht. Er öffnete den Mund, um etwas zu sagen, und entblößte dabei einzelne schon versteinerte Zähne, aber kein Laut kam heraus. Eine kristallklare Träne rann über die fahlen Wangen. Ihren Ursprung hatte sie in tiefgrauen Augen, deren schmerzlicher Blick vom erdrückenden Wissen eines Lebens zeugte, dessen Anfang sich in dunkler Vorzeit verlor. Aber vor allem drückte er nun das böse Erwachen bitterer Erkenntnis aus. Und Trauer. Verzweifelte Trauer.

Nichts furchteinflößend Dunkles ging mehr von dem Namenlosen aus. Die gebrechliche Gestalt erweckte Mitleid.

Erst jetzt wurde Vatya in vollem Maße bewusst, was sie getan hatte. Zögernd trat sie einen Schritt auf den Namenlosen zu und streckte die Hand aus. Er wiegte den Kopf und Staub rieselte von seiner zerfurchten Haut. Vatya blieb stehen, wo sie war. Ohne Worte warnte er sie davor, ihn zu berühren, und sie ahnte, welche Gefahr noch immer von diesem Wesen ausging, das durch Konzentration dunkler Energien seit unvorstellbar langer Zeit existierte, gewissermaßen als personifizierte Dunkelheit. Und obwohl viel von seiner zornigen, schwarzen Ausstrahlung gewichen war, hielt sie Abstand.

»Ich erinnere mich an die Zeit, als der letzte der dunklen Könige vom Thron gestoßen wurde. Rhad Kumal nannte sich der stolze Krieger, der versucht hatte, das zerfallende Abendreich zu einen und zu neuer Stärke zu führen. Er wurde verraten, aber sein Name lebte weiter und stand von da an sinnbildlich für die Idee eines neuen starken Reiches. Kumal – Kamal.«

Vatya sah ihn erstaunt an: »Das wusste ich nicht ...«

»Es geschah vor beinahe neunhundert Jahren. Damals war ich jung. Was für ein seltsames Wort – jung. Ich erinnere mich kaum an etwas. Nur daran: Ein Schüler des letzten dunklen Königs zeigte mir die süße Versuchung der Macht. Und ich begehrte mehr und mehr von diesem Gift. Hunderte von Jahren ertrug ich Einsamkeit und Exil im Norden des Kontinents Ahemusa und wurde schließlich vergessen. Dann erwählte ich unerfahrene, vielversprechende Zauberer und ließ sie von meiner Macht kosten. Dies war die Geburt des Gorgulordens, der mir von da an half, den Widerstand der Weißmagier zu brechen, die die Städte meiner Opfer beschützten. So konnte ich viele Leben verschlingen. Aber die barbarischen Völker des nördlichen Kontinents boten mir nicht das, was ich suchte – den Nachglanz uralten Wissens und die Kraft großer Zauberer, an der ich mich bereichern konnte. Also richtete ich mein Augenmerk bald wieder auf den Kontinent Esatt und das kamalische Reich, hier nutzte ich das Vermächtnis der dunklen Könige, das mich dereinst verführt hatte ...

Die Gorgul infiltrierten Kamal, stürzten es in einen Bürgerkrieg, um den Hass des Volkes gegen die Magie zu schüren, sodass wenig Gegenwehr zu erwarten war ...«

Beinahe wehmütig stöhnte er: »Vielleicht hätte ich eines Tages über die Macht der Götter geboten ...«

Ein inneres Beben erschütterte den Namenlosen und eine weitere Staublawine löste sich von seinem alten Körper: »So viel Zeit ... So viel Unheil und Schmerz ... Und noch immer fühle ich die Versuchung der Macht in mir ... Aber du hast mir die Augen geöffnet und mein verdorrtes Herz angerührt. Du hattest Mitleid ... Nimm das ...« Er streckte unendlich langsam die knochigen Arme vor und reichte Vatya die silberrote Maske. Fast wäre sie ihr entglitten, solch ein unnatürliches Gewicht besaß sie.

»Nimm dies als Beweis für deine Tat und erzähle künftigen Generationen von Zauberern davon. Von der Versuchung der Macht. Dem Wunsch nach Unsterblichkeit. Und von mir, als dem mahnenden Beispiel, damit niemals wieder solches Unheil und solche Verheerung geschehen.«

Der Namenlose stand auf: »Ich will versuchen, meinen wahren Namen wiederzufinden, mein wahres Selbst. Zu viele Seelen habe ich verschlungen und darin mich selbst vergessen ... Vielleicht werde ich mich irgendwann erinnern und dann kann ich endlich an die Ufer der Unterwelt treten und Ruhe erlangen ... ohne Macht, ohne Hunger, einfach nur Ruhe ... und Vergebung ...«

Ein Ächzen durchlief seinen Körper und Risse bildeten sich auf seiner faltenübersäten Haut. Die Risse platzten auf und grelles rotes Licht strahlte daraus hervor. Immer mehr und mehr Risse bildeten sich, bis schließlich sein ganzer Körper in unwirklicher flammender Glut erstrahlte. Vatya musste sich abwenden und Ormog tat es ihr gleich, doch bevor das blutrote Licht alles in seinem feurigen Schein ertränkte, hörte sie den Namenlosen sagen: »Das Heiligtum von Sagash der Barmherzigen … welch Ironie …«

Dann war er endgültig entschwunden. Sie blickte auf und sah, wie der Himmel wieder blau wurde und die Sonne vorsichtig ihr Antlitz erhob, und sie fühlte den warmen Atem des Wüstengottes wieder auf ihren Wangen.

In den Händen hielt sie immer noch die Maske. Sie würde seinen letzten Wunsch erfüllen und von ihm berichten …

Ihre Augen suchten Ormogs Blick. Er lächelte. Ja, sie würden dafür sorgen, dass so etwas niemals wieder geschah.

AUFBRUCH

Ormog und Vatya

Der wissende, gütige Blick Sagashs ruhte auf ihnen, als sie über die Trümmer des Tempels kletterten und auf dem dünenbegrenzten Pilgerweg dem Sonnenuntergang entgegenschritten. Mit Bedauern sah sich Ormog noch einmal zu dem zerstörten Tempel um, bevor er ihn hinter der nächsten Düne aus den Augen verlor.

Mit ihren letzten Kräften wanderten die vier den Pilgerweg hinab, zu müde, um sich zu unterhalten. In stillem Einverständnis hatten sie beschlossen, ihr Nachtlager nicht im zerstörten Tempel aufzuschlagen. Stattdessen wollten sie dem Weg bis zu den äußersten Salnahainen der Stadt Pra folgen und unter einem der Bäume nächtigen.

Bald funkelten die Sterne klar über den Gefährten und es kam eine kühle Brise auf. Als sie endlich die ersten Salnas erreichten, brachen sie zusammen. Neben den Wurzeln des nächstbesten Baumes legten sie sich auf den noch warmen Wüstensand.

Trotz der bleiernen Müdigkeit konnte Ormog nicht einschlafen. Die Bilder des vergangenen Tages suchten ihn heim. Sie hatten es geschafft, hatten den namenlosen Meister besiegt, aber Ormog und die anderen waren zu erschöpft, um zu feiern. Morgen sieht es vielleicht anders aus, dachte Ormog. Aber jetzt … Die dunkle Präsenz des Meisters hatte ihnen allen das Äußerste abverlangt.

Ormog drehte sich auf den Rücken und versuchte, die sich ewig wiederholenden Gedanken auszublenden, aber der Schlaf wollte nicht kommen. Immer wieder sah er Vatya vor sich und den Meister, wie er sein Schwert hob, um ihr den tödlichen Stoß zu versetzen …

Er öffnete ruckartig die Augen und studierte intensiv den Sternenhimmel, um das Bild zu vertreiben.

Neben ihm regte sich Vatya, sie fand offenbar auch keinen Schlaf. Ormog kroch an sie heran und legte einen Arm um sie.

»Ich habe Angst davor, was ich träumen werde …«, flüsterte Vatya und Ormog teilte dieses Gefühl vollkommen. »Ich muss daran denken, was Llandaril der Ältere gesagt hat: Worte vermögen Stärkeres zu bewirken als ein ganzes Heer.«

»Welch Ironie, dass der Namenlose durch die Worte einer abtrünnigen Gorgul ins Wanken gebracht wurde«, antwortete sie und atmete leicht aus. Dann fügte sie ernster hinzu: »Aber vielleicht gerade deshalb. Vielleicht war es Bestimmung, dass ich zu dir überlaufe, um bald darauf meinen eigenen Meister von seinen Überzeugungen abzubringen. Denn ich verstand seine Motive gut. Ich habe einst Ähnliches gefühlt. Das Ertränken aller Gewissensbisse und Wünsche in dem einen großen Versprechen von Macht und Unsterblichkeit. Der Gedanke an ein ewiges Leben nimmt einen völlig in Besitz, zumal wenn er durch das eigene Vermögen in greifbare Nähe rückt. Dafür arbeitet man unaufhörlich, steckt die gesamte Kraft hinein, das ganze Sein, weil es ja irgendwann ein Ende haben wird, wenn man am Ziel ist. Aber in Wirklichkeit hört es niemals auf. Und auf dem endlosen Weg zum Ziel verliert man sich selbst. Man vergräbt sein Gewissen. Man gaukelt sich selbst vor, dass es nur vorübergehend ist, bis man erreicht hat, was man wollte, doch irgendwann vergisst man, dass man jemals ein anderer Mensch gewesen sein könnte.« Vatya hielt inne. »Aber du hast mich an mein Herz erinnert – und ich habe versucht, meinen Meister daran zu erinnern«, sie beugte sich zu Ormog und küsste ihn.

Ihre Worte wirkten in Ormog nach, selbst leise ausgesprochen erschienen sie ihm wie ein Quell reinigenden Wassers. Vatya setzte abermals an:

»Bei ihm war es jedoch anders. Viel tiefgreifender. Während ich nur mein halbes Leben den Gorgul gewidmet habe, brachte er unvorstellbar lange Zeit damit zu, sich selbst zu vergessen und zu dem zu werden, der er bis heute gewesen ist. Ich denke, dass die zahllosen absorbierten Seelen ihn stark verändert haben. Womöglich musste er sich deshalb ungleich mehr auf sein Ziel konzentrieren, es ersetzte ihm die verlorene Identität und hielt ihn zusammen. Und es machte ihn einsam. Ich habe diesen einsamen, verschütteten Teil in ihm angesprochen und offenbar war da noch ein Rest von Menschlichkeit übrig, der ihn begreifen ließ … Wir alle brauchen Freunde, Vertraute, Geliebte, die um unserer selbst willen bei uns sind, nicht um der Macht willen.«

Sie lehnte sich an Ormog und betrachtete den Sternenhimmel. Sie hatten ein Land gerettet, vielleicht sogar die ganze Welt. Eine große Zufriedenheit durchströmte beide, als sich der Schlaf auf samtenen Pfoten heranpirschte und gnädig alle Träume von ihnen fernhielt.

Ichtyon Vanastera

Lautlos öffnete sich die Tür und jemand trat von hinten auf Ichtyon zu … Farrim lächelte berechnend, dann griff er mit der Hand in das Glas und packte die kleine Kreatur mit

Daumen und Zeigefinger. Der Mann hinter Ichtyon packte ihn, hielt ihm Augen und Nase zu. Als Ichtyon schließlich nach Luft schnappen musste, spürte er etwas Trockenes, Sandiges zwischen seinen Lippen. Nein! Er fühlte die raupenartigen Bewegungen auf seiner Zunge und versuchte, die Kreatur auszuspucken, aber man hielt ihm den Mund zu. Nein, nein, nein! Heißer Schmerz zuckte in seinem Rachen auf, dann wurde sein Hals taub. Man ließ ihn los und er sackte von Wellen der Übelkeit und des Ekels gepeinigt vornüber. »Was …?«, würgte er. Dann begann sich sein Blickfeld zu trüben und er hörte gerade noch die verhallenden Worte Farrims: »Dieser kleine Hr'chik übernimmt gerade in diesem Augenblick die Kontrolle über dein Gehirn. Eine Kilgurlarve. Sie zwingt dich, genau das zu tun, was ich dir jetzt sage, und sie wird verhindern, dass du irgendwen warnen kannst. Jegliche Versuche werden von ihr sofort unterbunden, ohne dass deine Freunde merken, dass mit dir etwas nicht stimmt. Du bist jetzt ein perfektes Werkzeug des Geheimdienstes, um die Bedrohung durch die Gorgul ein für alle Mal zu beseitigen!« Farrim gestattete sich ein selbstzufriedenes Lächeln. »Du wirst deine geschätzte Freundin Vatya Ganta töten.«

Ichtyon erwachte abrupt von dem gereizten Schnabelklappern eines Wüstenstolzvogels, der vor ihm auf und ab hüpfte, um ihn mit seinem schillernd bunten Gefieder zu beeindrucken. Auch die anderen waren schon wach und sahen belustigt zu, wie Ichtyon versuchte, den aufgebrachten Stolzvogel zu verscheuchen.

Er hätte den Moment des gelösten Beisammenseins und der unbeschwerten Freude mit den anderen genossen, hätte da nicht dieser Schatten über allem gehangen, was er tat. Es dämmerte in seinem Geist ein schrecklicher Gedanke. Er hatte sich vor diesem Augenblick gefürchtet.

»Lasst uns aufbrechen, damit wir noch vor Mittag Pra erreichen. Je früher wir dem Geheimdienst die Kunde unseres Sieges bringen, desto besser. Und danach wird gefeiert!«, schlug Vatya vor und lachte ausgelassen. Sie lachte! Wie wenig sie in diesem Moment ahnte, in welcher Gefahr sie schwebte! Genau jetzt, wo sie sich zum ersten Mal seit langer Zeit sorglose Unaufmerksamkeit gönnen konnte, war sie in höchster Gefahr.

Er öffnete den Mund, um etwas zu sagen, aber schloss ihn sofort wieder. Er versuchte es noch einmal. Seine Zunge rührte sich nicht. Dieser verfluchte Geheimdienst! Seit sie vom Hauptquartier aufgebrochen waren, wollte er Vatya warnen, aber es gelang ihm nicht.

Vatya runzelte die Stirn: »Ist etwas, Ichtyon?«

»Nein«, antwortete er heiter. Doch es war nicht er, der da geredet hatte.

Seine Beine bewegten sich wie von selbst, als er den Gefährten half, die Waffen umzuschnallen und sich reisefertig zu machen. Innerlich schrie er in jedem Augenblick, aber sein Gesicht zeigte keine Regung. Ormog hatte sich gerade abgewandt, um Garius zu helfen. Ichtyon sah Vatya an und ein furchtbarer Wunsch stieg in ihm hoch, von dem er wusste, dass es nicht der eigene war. Seine Hand wanderte unauffällig zu dem Dolch in seinem Gewand, noch bevor er merkte, was er tat. Er versuchte, es zu bekämpfen, doch der Zwang war zu stark. Er würde den Befehlen Farrims gehorchen … er konnte nicht anders. Langsam schritt er auf Vatya zu, die mit dem Rücken zu ihm stand, und zückte den Dolch. Töte sie!, hallten Farrims Worte in seiner Erinnerung nach.

In diesem Moment fauchte der kleine Drache und Vatya drehte sich um. Ihre Augen weiteten sich vor Schreck, dann begriff sie in Sekundenbruchteilen und warf sich zur Seite – der Dolchstoß ging ins Leere. Allen Göttern sei Dank! Er würde diesen Drachen nie, nie mehr ein faules, unnützes Reptil nennen, nie mehr, bei Kantras! Wie er diese Kreatur in diesem Augenblick liebte!

Dann stieß er wieder zu und verfehlte Vatya um Haaresbreite. Sie reagierte schnell und packte sein Handgelenk, aber er riss sich los. Es war schrecklich, sich selbst kämpfen zu sehen und gleichzeitig zu hoffen, dass man verlöre.

Flink zog sie ihren gekrümmten Dolch und tänzelte über den staubigen Boden um ihn herum.

»Verflucht, was tust du, Ichtyon?«, brüllte Garius. Er und Ormog ergriffen ihre Kurzschwerter und umkreisten Ichtyon. Aber schon spannten sich seine Beine und er warf sich auf Vatya, ohne Rücksicht auf seinen Körper, in dem Bestreben, seinen Auftrag auszuführen, koste es, was es wolle. Nein!, schrie sein Inneres, als er den Dolch gegen ihre Kehle presste, er konnte nichts dagegen tun, gleich würde er ...

Vatyas Augen leuchteten auf und eine sirrende Druckwelle schleuderte Ichtyon durch die Luft und warf ihn unsanft auf den Boden. Als er sich aufrichten wollte, zeigten drei schimmernde Klingen auf ihn. »Rühr dich nicht vom Fleck, Verräter! Du missbrauchst unser Vertrauen einmal und gewinnst es wieder, nur um es erneut zu missbrauchen!? Ich werde ...«

»Halt ein!«, wurde Garius von Vatya gebremst. Sie murmelte ein kurzes Wort und Ichtyon konnte sich nicht mehr rühren. Dann kniete sie sich zu ihm nieder und berührte seine Stirn mit einer Hand: »Ich hatte gehofft, so etwas nie wieder tun zu müssen«, seufzte sie.

Ichtyon fühlte eine stählerne Kälte in seinen Geist eindringen ...

Er fühlte sich miserabel. Seine Sinne waren wie betäubt, als sträubten sie sich dagegen zu begreifen, was er beinahe getan hätte.

Wozu du beinahe gezwungen wurdest, Ichtyon!, meinte Vatyas Stimme sanft in seinem Kopf. Vergiss nicht, dass dich keine Schuld trifft. Vielmehr bin ich schuldig, weil ich zu unaufmerksam war, um zu bemerken, dass mit dir etwas nicht stimmt!

Die Worte hatten etwas Tröstliches, zumal sie von Vatya kamen. Sie gebrauchte eine alte Gorgultechnik, um sein Gehirn unter Kontrolle zu halten, das von der Kilgurlarve besetzt war. Sie dämmte die Larve ein und Ichtyon war größtenteils wieder Herr über seinen eigenen Körper. Als Nebeneffekt hörte er Vatyas Stimme in seinem Kopf.

So muss es für Ormog sein, meinte Ichtyon zu sich selbst, berichtigte sich aber dann: Nein, die beiden nahmen ja nicht nur ihre Stimmen gegenseitig wahr, sondern auch die Gedanken, das war etwas völlig anderes. Fast beneidenswert, obwohl Ichtyon sich Vatya und die Larve aus seinem Hirn sehnlichst fort wünschte – er schätzte seine geistige Privatsphäre doch sehr.

Gelegentlich wichen er und die anderen einigen Passanten aus, die zu dieser frühen Morgenstunde durch die Straßen Pras liefen, um ihre Marktstände aufzubauen, heimliche Handelsgeschäfte abzuschließen oder unvorsichtige Reisende auszurauben. Kurzum, der ganz alltägliche Gang der Dinge in einer südlichen Wüstenstadt. Ichyton fand das irgendwie tröstlich; offenbar war die Kunde von der Zerstörung des Sagash-Tempels noch nicht bis zur Stadt gelangt.

Dann bogen sie in eine Seitengasse ab und betraten ein heruntergekommenes Wirtshaus, das den Namen Zum fetten Mummeltier trug. Der Wirt passte rein äußerlich genau zu seinem Etablissement: Er war klein, schmierig und wirkte wenig vertrauenerweckend. Ormog wechselte ein paar Worte mit ihm, dann suchten sie sich einen Tisch, von dem aus sie die Tür im Blick hatten.

Als die erste Runde des kräftigen Rattenschnapses ausgeschenkt wurde, leerten die vier Gefährten ihre Krüge in einem Zug. »Interessante Methode, eine Kilgurlarve loszuwerden: sich besaufen, bis man unter den Tisch fällt! Gefällt mir!«, prostete Garius Ichtyon versöhnlich zu.

»Nun ja, als Gorgul hatte ich des Öfteren mit ähnlichen Dingen zu tun und ich kann nur sagen, dass sich Alkohol bisher als das beste Mittel erwiesen hat, um derartige Kreaturen zu beseitigen. Diese Kilgurlarven sind nicht sehr trinkfest, weil sie sich direkt an das Blutgefäßsystem im Gehirn anschließen, und ihre Lebern sind, falls sie überhaupt welche haben, nur einen Bruchteil so groß wie deine!«

Vatya lächelte Ichtyon an und stürzte den Inhalt ihres Krugs hinunter.

»Und wir anderen müssen dir natürlich moralische Unterstützung leisten ...«, ergänzte Ormog mit unschuldiger Miene.

»Na gut«, stimmte Ichtyon zu und bestellte eine neue Runde Rattenschnaps, »aber wenn wir zum Geheimdienstquartier zurückkehren, dann werde ich ...«

»Wir werden sehen«, meinte Ormog ruhig und setzte den Krug an die Lippen.

Bald bestellten sie die nächste Runde, dann die nächste und so weiter ...

Es würde ein langer Morgen werden, aber Ichtyon begann bereits sich zu entspannen. Seine Freunde trugen ihm nichts nach und er fühlte, wie sich die Kilgurlarve immer unwohler fühlte. Schon dadurch besserte sich seine Stimmung erheblich.

Die Erste Beobachterin und Farrim

Sie hatten die angebotenen Stühle verschmäht und zogen es vor zu stehen, um ihrem Ärger Luft zu machen. Vor allem Ormog und Ex-Adjet Vanastera wirkten aufgebracht. Wüst beschimpften sie Farrim und die Erste Beobachterin an seiner Seite, sodass er beinahe fürchtete, sie würden sich gleich auf sie stürzen. Glücklicherweise zielten in verborgenen Schießscharten etwa ein Dutzend Armbrüste auf die vier, worauf Farrim sie auch dezent hingewiesen hatte.

»Ärgerlich, dass der Plan nicht funktioniert hat«, meinte er halblaut zur Ersten Beobachterin gewandt.

»Ärgerlich?«, zischte die Gorgulhexe und rammte einen krummen Dolch in die Tischplatte, wo er zitternd stecken blieb. »Ihr habt verfluchtes Glück, dass ich euch nicht in ein klägliches Häuflein schwarzer Asche verwandle!«, fuhr sie ihn an. »Ihr habt Glück, dass ich loyal zu Ormog stehe, nicht mehr zu den Gorgul, denn sonst hätte ich das hier auf deren Weise geregelt!«

»Auch diese Möglichkeit haben wir in Betracht gezogen. Da du jedoch nicht versuchst, uns einzuäschern, finden wir deine Loyalität bestätigt«, erwiderte die Erste Beobachterin leichthin in kühlem Ton.

Ormog trat einen Schritt auf sie zu und das Geräusch entsicherter Armbrüste war zu hören. »Ich werde Euch nicht töten, denn das entspricht nicht meiner Art«, fauchte er. »Außerdem seid Ihr für das Land immer noch viel zu wichtig, jetzt da es gilt, alles wiederaufzubauen und die versprengten, führerlosen Gorgul loszuwerden. Aber für Euer falsches Spiel, Eure Listen und Eure gemeinen Pläne werdet Ihr bestraft. Ich verfluche Euch: Auf ewig soll der Fluch der Bürokratie auf Euch lasten und Ihr sollt nichts mehr tun können, ohne in Formularen zu ersticken! Die Götter seien meine Zeugen!«

Schwungvoll wandte er sich um und rauschte aus dem Raum, dicht gefolgt von seinen Gefährten.

»Haltet sie!«, schrie Farrim.

Die versteckten Wachposten reagierten nicht.

»Na los! Worauf wartet ihr denn noch?!«

»Äh, ich denke nicht, dass das in unseren Zielvereinbarungen enthalten ist!«, klang es aus einer der Schießscharten.

»Verflucht, was soll das, schließt wenigstens das Tor, wenn ihr schon zu nichts anderem fähig seid!«

»Nun, mit Bedauern müssen wir Euch mitteilen, dass hierfür noch kein Prozess definiert wurde und die verantwortliche Projektgruppe noch nicht zertifiziert ist ...«, kam es aus der Schießscharte zurück.

»Ich höre mir diesen Unsinn nicht länger an! Holt euren Hauptmann!«

»Der ist gerade in der Gruppenleiterbesprechung und die dauert bis zum Abend.«

Farrim brüllte. »Ihr faulen Hersks, wenn ihr nicht augenblicklich tut, was ich sage, und diesen Weißmagier aufhaltet, dann schwöre ich euch ...«

»Ich denke nicht, dass das Steigern der Arbeitsmotivation durch Drohungen vertraglich fixiert ist«, kam es zurück. Und eine weitere Stimme fügte hinzu: »Vielleicht solltet Ihr Euch erst mit den neuen Richtlinien vertraut machen und ein Ideencluster bilden. Ihr solltet Euren Aufgabenbereich neu definieren, Euer Exzellenz …«

Vatya Ganta

»Das lief besser, als ich erwartet hatte«, raunte Vatya Ormog zu, als sich die Menge der dunkel gewandeten Männer zerstreute. Einige weinten, andere starrten verloren zu Boden, wieder andere schienen beinahe erleichtert. Sie sah sich in der lichten Halle um und war mit sich selbst und dem Treffen zufrieden. Lediglich zwei hatten versucht, sie als Abtrünnige zu töten. Die meisten Gorgul aber hatten ihren Worten ernst gelauscht, aus Respekt vor ihr als der ehemals besten Gorgulkämpferin oder aus anderen Beweggründen. Nachdem sie die Maske gezeigt und den Zweifelnden gestattet hatte, sie zu berühren, schlug die Stimmung um und man hörte genau hin, was sie vorbrachte. Immerhin hatte sie den Meister getötet. Das war entweder Hochverrat an ihrer Sache oder die konsequente Weiterführung ihrer Lehren. Sie hatte sich als die Stärkste erwiesen und den Meister gestürzt. Damit stand ihr der Platz an der Spitze des Ordens zu …

Sie erzählte, dass ihr Meister freiwillig diese Welt verlassen hatte und auch, weshalb. Sie brachte die anwesenden Gorgul dazu, wenigstens darüber nachzudenken. Wenn sie auch einräumte, dass viele Lehren ihres Meisters zur Stärke führten, so bat sie die Gorgul doch darum, die Leitlinien von einer anderen Warte aus zu betrachten oder zumindest zu ergänzen.

Als die Halle nahezu leer war, traten fünf Gorgul an Vatya heran, während sich Ormog im Hintergrund hielt. Die fünf schlugen die Kapuzen ihrer Mäntel zurück und gaben sich Vatya zu erkennen. Es waren hochrangige Gorgul. »Jetzt, da unser Meister tot ist, haben einige von uns erwogen, Euch zu unserer Anführerin zu machen. Ihr seid stark, stärker als der Meister, also muss Euer Weg noch mächtiger sein als seiner. Aber wir können nicht für alle sprechen. Der Orden zerfällt. Viele wollen am liebsten vergessen, was sie getan haben und wofür … Andere haben dem Meister Loyalität bis an ihr Lebensende geschworen, manche wollen die politische Macht, die sie erlangt haben, nicht mehr loslassen. Etliche sind unentschlossen und ohne Führung. Sie sind bereit, Euren Lehren zu folgen und sich Euch anzuschließen, Vatya die Auferstandene!«

Der Gorgul senkte ehrerbietig sein vernarbtes Haupt.

»Ich nehme Euer Blut an!« Sie sprach ein rituelles Dankeswort, das Ormog gänzlich unbekannt war.

Dann gingen auch sie. Erstaunlich, wie leise sie aus dem Saal verschwanden, fand Ormog. Ja, vielleicht ließe sich wirklich etwas von den Gorguldisziplinen übernehmen, wenn auch in stark abgewandelter Form. Wer wusste das schon? Das Beste aus den Lehren des Weißen Ordens und dem Weg der Gorgul könnte zusammen einen neuen machtvollen Weg ergeben, hin zu einem umfassenderen Verständnis der Magie …

»Jetzt, da wir etwas Rückhalt bei den Gorgul gewonnen haben, sollten wir uns darum kümmern, dass die Regierung von der Korruption gesäubert wird«, sagte er laut.

»Und das Volk muss erfahren, dass die Gefahr gebannt ist, wir sollten einen nationalen Feiertag ausrufen lassen …«, meinte Vatya eifrig.

»Nein, nein«, entgegnete Ormog sanft, »die Menschen haben das Übel nicht vergessen, das ihnen durch den Magierbürgerkrieg widerfahren ist. Für sie ist es einerlei, wie wir uns nennen, der Hass und die Furcht vor unsereins sitzen noch zu tief in ihnen. Du würdest weder Lob noch Dank von ihnen erhalten, stattdessen wären dir Misstrauen und Furcht vor weiteren Intrigen und Kriegen sicher. Glaub mir, es ist nicht die rechte Zeit, um den Bürgern Kamals zu erklären, dass wir sie von einer unfassbaren Bedrohung befreit haben. Wir sollten subtiler vorgehen und den Menschen langsam die Angst vor der Magie nehmen, Stück für Stück, bis sie bereit sind, die ganze Wahrheit zu hören.«

Vatya sah Ormog an. Sie verstand. »Vielleicht können uns einige der Gorgul, die sich uns anschließen wollen, nützlich sein. Immerhin müssen wir die Geheimnisse der Magie vor dem Verschwinden bewahren, jetzt, da dein Orden vernichtet ist und meiner zerbricht.«

»Ja, wir werden sehen, was die Zukunft bringt«, flüsterte Ormog ihr zu.

»Lass uns hinausgehen, Ichtyon und Garius warten bestimmt schon.«

»Sicher, aber wir wollen nichts überstürzen!«, erwiderte er und küsste sie zärtlich. Dann stießen sie die großen Flügeltüren auf und schritten Hand in Hand den von duftenden Büschen begrenzten Weg hinab, der ihnen ins zarte Gold der Morgensonne getaucht eine bessere Zukunft verhieß.

Farrim

Mit gequältem Blick sah er auf, als der Majordomus einen weiteren Stapel Akten auf seinen Schreibtisch legte. »Ich habe alle Zertifikate beglaubigt, alle neuen Prozesse definiert, Schnittstellen optimiert und sämtliche Synergien genutzt, was kommt denn jetzt noch?«, fragte Farrim in flehentlichem Ton.

Der Majordomus antwortete sachlich: »Nun, Ihr müsst noch bestätigen, dass Ihr die neue Erklärung der Rechte Eurer Mitarbeiter zur Kenntnis genommen habt, außerdem müsst Ihr den Vertrag mit den Söldnern neu aufsetzen und«, der Majordomus konnte eine gewisse Erheiterung nicht verbergen, »dann müsst Ihr noch eine Erklärung zum überdurchschnittlichen Verbrauch an Waffen, Wahrheitsseren, Giften und Bestechungsgeldern binnen zwei Tagen bei der Ersten Beobachterin abgeben.«

Dieser verdammte Weißmagier mit seinem Bürokratiefluch! Seit zwei Monaten versuchte Farrim, gegen die Blockade anzugehen, doch jeder Antrag dazu war bisher abgelehnt worden, mit der Begründung, es fehlten leider die nötigen Beamten zur Abschaffung der Bürokratie ... Es war zum Verzweifeln!

Gerade jetzt, wo sich innenpolitisch die Ereignisse in Kamal überstürzten! Der Herrscher war wegen stichhaltiger Beweise für Korruption und widerrechtliche Zusammenarbeit mit den ehemaligen Gorgul abgesetzt worden. Offiziell regelte der Kronrat die Regierungsangelegenheiten bis zur Einsetzung eines neuen Herrschers, effektiv hatte aber der neue General der kaiserlichen Garde die Zügel in der Hand und dessen Name lautete, wie auch nicht anders zu erwarten, Garius Galtar. Ichtyon Vanastera reiste als Botschafter Kamals derzeit durch die abtrünnigen Provinzen. Außerdem war eine Vielzahl wohltätiger Stiftungen von jemandem gegründet worden, der sich offenbar lieber im Hintergrund hielt. Farrim konnte sich schon denken, wer das war …

Alles in allem erwiesen sich die geheimen Aktivitäten des Weißmagiers und seiner Gorgulfreundin sowie die offiziellen Garius Galtars und Ichtyon Vanasteras nicht als schlecht für Kamal. Eigentlich konnte man sogar sagen, dass es dem Reich nun, da Bestechung, Korruption und Gorgulherrschaft überwunden waren, besser ging denn je.

Trotzdem saß Farrim wie auf Kohlen, solange er sich vom ständigen Fluss geheimer Informationen abgeschnitten fühlte. Seufzend wandte er sich wieder dem Stapel an Formularen zu. Je schneller er hiermit fertig war, desto eher konnte sich der Geheimdienst wieder den wirklich wichtigen Dingen zuwenden und das Versäumte nachholen.

EPILOG

Hier sitze ich nun, auf der Terrasse meines friedlichen Gartens, während meine Enkel zu meinen Füßen spielen, und habe euch die wahre Geschichte unseres Landes erzählt. Es ist eine Geschichte voll des Zornes, des Hungers nach Macht und der Intrigen, aber auch eine Geschichte von Weisheit und Einsicht. Nicht zuletzt ist es die Geschichte meiner Großeltern Ormog und Vatya und ihrer Gefährten Garius und Ichtyon, die noch lange nach dem Verschwinden des Namenlosen für das Wohl des Landes wirkten. Heute erinnern auf dem Platz der Retter die hohen Pforten der Vanastera-Bibliothek an ihre Taten, die weitläufigen Arkaden des Ganta-Stifts und das mächtige Galtar-Denkmal, das der Wiedervereinigung Kamals gewidmet ist. Mein Großvater und meine Großmutter wirkten im Gegensatz zu Garius und Ichtyon im Hintergrund. Sie gewöhnten die Menschen behutsam wieder an Magie, indem sie die

Gorgul, die sich ihnen angeschlossen hatten, zu Heilern ausbildeten und damit vielen Schwerkranken und Verletzten halfen. Magische Künste führten sie erst nach und nach wieder ein, sodass die Menschen das Übel, das sie durch ihren Missbrauch erfahren hatten, vergessen konnten.

Dies ist einer der Gründe, warum ich die Geschichte meiner Großeltern so spät erzählt habe. Aus einem weiteren Grund bat mich mein Großvater, sie bis zu seinem Tod zu verschweigen: Er hasste Personenkult mehr als alles andere und wollte vermeiden, dass man ihn schon zu Lebzeiten verehrte.

Wenn ich jetzt zum Platz der Retter hinüberblicke und sehe, wie die Steinmetze das Gerüst von der Ormog-und-Vatya-Statue abbauen und wie meine Tochter mit dem Architekten diskutiert, während sie dem kleinen Drachen über den Kopf streicht, dann glaube ich, dass Ormog gut daran getan hat.

Bald werden die Redner auf dem Platz diese Geschichte vortragen, damit alle die wahren Hintergründe erfahren, um die sich bisher nur Legenden rankten. Wie Kamal in höchster Not vor den Gorgul und dem Namenlosen gerettet wurde und wodurch das Land während des Interregnums zu neuer Blüte kam. Einem Lauffeuer gleich wird sich die Kunde verbreiten, welchen dramatischen Umständen wir den Frieden und den Wohlstand verdanken, den wir heute genießen.

Das Publikum wird applaudieren und gebannt der Erzählung von den vier Gefährten lauschen, die das Land einst befreit haben. Und die Menschen werden zu dem schönen Statuenpaar hochblicken. Ormog und Vatya stehen dort auf ihrem Marmorsockel, Arm in Arm, den Blick auf den fernen Horizont gerichtet, wo sich die strahlende Sonnenscheibe Sagashs dem Abend entgegenneigt.